로크미디어가
유혹하는
재미있는 세상

ROK
MEDIA
로크미디어

달빛
조각사

달빛 조각사 58 완결

2020년 12월 28일 초판 1쇄 인쇄
2020년 12월 31일 초판 1쇄 발행

지은이 남희성
발행인 이종주

총괄 김정수
경영지원 배진경 임혜솔 송지유

기획 팀 이기헌 왕소현 박경무 강민구
책임 편집 이세종

발행처 (주)로크미디어
출판등록 2003년 3월 24일
주소 서울시 마포구 성암로 330 DMC첨단산업센터 3층 318호, 319호
Tel (02)3273-5135 **편집** (070)7863-8593 **Fax** (02)3273-5134
홈페이지 rokmedia.com **E-mail** rokmedia@empas.com

ⓒ 남희성, 2007

값 8,000원

ISBN 979-11-354-2177-8 (58권)
ISBN 978-89-5857-902-1 04810 (세트)

이 책의 모든 내용에 대한 편집권은 저자와의 계약에 의해
(주)로크미디어에 있으므로 무단 복제, 수정, 배포 행위를 금합니다

작가와의 협의에 의해 인지는 생략합니다.
잘못된 책은 구입처에서 바꾸어 드립니다.

달빛조각사 58 완결

남희성 게임 판타지 소설

차례

The Legendary
Moonlight Sculptor

대륙 통일

위드는 사냥터에서 아르펜 제국의 영토가 대륙을 통일하기 직전이라는 소식을 들었다.

케이베른과 싸우면서 잃어버린 레벨을 복구하기 위해 조각 생명체들이 총동원된 상태였다.

"나의 힘을 맛보아라!"

블랙 드래곤의 뼈로 만든 육체를 얻어서 강력해진 빛날이!

"누구든 지킨다. 나를 넘지 못한다. 으랴아아아아!"

철혈의 워리어 바하모르그!

"검을 위하여!"

"다 맞히겠어요."

기사 세빌과 하이 엘프 엘틴이 동원되어서 무섭게 몬스터들을 돌파하는 중.

－로자임 왕국과 브렌트 왕국의 영토 65%를 흡수했습니다.

－꽤 많이 했네요.

위드는 사냥터에 머물며 몬스터를 때려잡으면서도 대륙 통일을 위한 작업은 착실히 진행, 베르사 대륙 전체로 보면 불과 2~3%의 땅만이 아르펜 제국의 영토에 포함되지 않고 있었다.

남부 사막에서 북부의 끝까지, 대륙의 거의 모든 지방에서 황제로 인정을 받고 있는 상태였다.

던전 베탄은 일찍이 공략된 적이 없는 곳이었지만, 조각 생명체들의 무서운 돌파를 막지 못했다.

그다음에는 언데드들까지 몰려갔다.

－아르펜 제국의 명성이 악화되지 않도록 조심하느라 늦어졌습니다. 영주들이 경계하긴 했어도 대부분은 어쩔 수 없는 일로 생각하고 받아들이고 있습니다.

－흡수하지 못하는 땅들이 문제로군요.

－예, 그렇습니다. 로자임 왕국과 브렌트 왕국에서 직접 지배하는 지역이라서 정복해야 될 것 같습니다.

로자임 왕국의 세라보그 성.

브렌트 왕국의 네할레스.

국왕이 직접 통치하는 수도 부근은 문화로 정복하기에는 오랜 시간이 걸리리라.

'세라보그 성이라……'

위드는 로열 로드에 막 접속했을 때가 떠올랐다.

그때만 하더라도 첫 가상현실에 들어와서 모든 것이 신기했었다.

철저히 연구하고 시작하긴 했지만 몸으로 느끼는 건 경이로운 기적 그 자체였으니까.

초보 수련관에서 허수아비를 치고, 성문 밖으로 나가서 몬스터들을 사냥했던 일들이 모두 추억이었다.

'리트바르 마굴에서 조각사로 전직하기도 했지.'

위드는 슬며시 미소를 지었다.

세라보그 성에서 비슷한 시기에 시작했던 유저 중에 이렇게 출세한 사람이 또 있을까.

'크흠, 그러면 세라보그 성으로 갈 준비를 해 볼까?'

1달 동안 사냥하면서 레벨은 거의 복구를 해 놓았다.

매일 1.5개 이상의 레벨을 올리는 엄청난 사냥 속도.

케이베른을 처치하고 전투력이 제법 상승하기도 했지만, 결정적인 건 조각 생명체들과 언데드 소환 덕분이었다.

그들을 잘 부려 먹을수록 증가하는 사냥 효율.

"똑바로 싸워. 게으름 피우지 말고."

"알겠다, 주인. 몸을 가진 건 좋은데 맨날 사냥만 하는 것 같다."

"원래 몸은 고생하라고 있는 거야."

본격적으로 착취당하는 빛날이.

원래 성격이 좋기도 했지만 가끔씩 얼굴을 다듬어 주면 더욱 만족했다.

－칼리스 님.

－예! 위드 황제 폐하.

흑사자 길드의 칼리스.

툴렌의 대영주이기도 한 그는 소위 말하는 군기가 들어 있었다.

헤르메스 길드까지 합류한 아르펜 제국의 기세에 잔뜩 눈치를 보아야 했으니까.

－로자임 왕국을 정복해야 할 것 같습니다.

위드는 몇 마디의 설명을 더할 수도 있었지만 그냥 생략해 버렸다.

여러 말 꺼내지 않아도 금방 알아들으리라 믿었으니까.

－흑사자 길드가 선봉에 서겠습니다. 당장 병력을 로자임 왕국의 접경 지역으로 출발시키겠습니다.

－로암 님.

－예, 폐하. 말씀만 하시지요.

언제부터인지 모르지만 영주들이 위드에게 폐하라는 수식어를 붙이고 있었다.

헤르메스 길드에서 한때 바드레이가 받긴 했지만, 이제는 아르펜 제국 내에서는 공식적인 칭호.

1~2명이 시작했지만, 어느 순간부터는 하지 않는 쪽이 오히려 이상해졌다.

　-로자임 왕국을 쳐야 합니다.

　-드디어… 그날이 왔군요. 케이베른 사냥 이후로 로암 길드에서는 대륙을 통일하는 날만 기다리고 있었습니다.

　이번에도 설명은 하지 않았지만 잘 알아들었다.

　-로자임 왕국으로 가죠.

　미헬과 군트, 샤우드에게도 귓속말을 보냈다.

　-제가 앞장서겠습니다. 대륙 통일을 보게 되어 영광입니다.

　-폐하께서 출정하시는 날을 기다리며 황금 마차를 제작해 놨습니다. 소 20마리가 끄는 마차입니다.

　-역시… 대륙의 주인이 되실 분은 위드 님뿐입니다.

　다들 속마음은 다르겠지만 아부만큼은 확실히 늘었다.

　그들도 같이 엮인 시간이 길다 보니 위드가 아부를 좋아한다는 걸 알게 된 것이다.

　물론 아부를 잘한다고 해서 딱히 특혜나 호의를 베풀어 줄 생각은 추호도 없었지만.

　-로자임 왕국으로 갑시다.

　-옛! 알겠습니다. 그리폰, 와이번 군단도 출동합니다.

　헤르메스 길드 소속이었던 뮬.

　그라디안의 영주이기도 한 뮬까지 출동시키기로 했다.

　공중 병력까지 필요한 건 아니었지만 그래도 기왕이면 멋진 모습을 보여 주는 것이 좋았으니까.

로자임 왕국의 국경 부근에 병력이 모이기 시작했다.

중앙 대륙의 영주들이 군대를 이끌고 왔고, 알카트라가 이 끄는 아르펜 제국군도 진열을 갖추었다.

음머어어어어.

푸흥!

소 떼에 탄 기사들의 모습은 아르펜 제국군만의 독보적인 모습.

"저게 아르펜 제국군이구나."

"나 처음 보는 거 같아."

구경하는 유저들의 눈빛에 알카트라는 부끄러움을 느꼈다.

헤르메스 길드 소속으로 북부를 공격하고, 그 이후로 당시 에는 아르펜 왕국으로 합류했다.

왕국군을 맡아서 병력 증강과 훈련에 꾸준히 힘을 쏟았지 만 대규모 전투에는 끼어들 수가 없었다.

헤르메스 길드와 맞붙는다면 반나절도 안 되어서 몰살당 하리라는 것이 객관적인 평가.

그럼에도 북부의 유저들 중에는 알카트라의 헌신을 기억 하고 있는 이들이 많았다.

케이베른 사태 때만 하더라도, 북부의 각 지역에서 몬스터 군단을 치열하게 막아 내며 숱한 마을들을 구했다.

"고맙습니다, 알카트라 님. 덕분에 살았어요."

"별말씀을요. 저희는 이 부근의 몬스터들을 소탕하고 다른 곳으로 또 가 보겠습니다."

"정말 바쁘게 움직이시네요."

"북부는 저의 마음의 고향이기도 합니다."

아르펜 제국군도 최근에는 병력이 꽤나 확충되어 있었다.

기사 유저들이 많아지면서, 전투가 벌어지면 말이나 소를 타고 와 자유롭게 참전한다.

기사들은 전장에 가는 것만으로도 공헌도와 명성을 많이 얻을 수 있기 때문에 이번에도 많이 모였다.

"로자임 왕국과 브렌트 왕국만 끝내면 아르펜 제국이 대륙을 통일한다!"

"정복이다, 정복! 야호!"

"아르펜 제국이 정복 전쟁에 나설 줄은 몰랐는데 말이지."

"영토가 조금 남았는데 대륙 통일을 안 하기도 무리잖아. 두 왕국의 유저들도 원하고 있고."

"그건 그렇지."

기사들은 아르펜 제국에 속하면서 뿌듯함을 느꼈다.

최초로 대륙 통일의 위업을 달성한다면 그들에게도 특별한 업적이 부여되리라 예상하고 있었다.

─꾸우와아아아앗!

하늘에서는 뮬의 그리폰 군단이 보였다.

케이베른이 처치되고 위험한 일은 없을 테니, 새끼 그리폰들도 데리고 왔다.

"작은 날개를 펼치고 따라다니는 새끼 그리폰들이 진짜 귀엽네."

"1마리 키우고 싶다. 먹는 거만 해결되면 정말 키우기 좋을 텐데."

브리튼 지역으로 넘어가는 바로크 산맥을 등지고 모여드는 유저들.

수많은 유저들이 아르펜 제국군이 로자임 왕국의 국경을 넘기만을 기다리고 있었다.

"위드 님은 언제 오시는 거지?"

"글쎄… 슬슬 오실 때가 되지 않았나?"

그 순간이었다.

"크롸라라라라라락!"

흉포하게 울부짖는 소리가 들리더니, 산맥의 봉우리 위로 드래곤만큼이나 거대한 새들이 나타났다.

바라그 부대!

게이하르 황제가 남긴 조각 생명체들이기도 하며 난폭하기 짝이 없는 전투 병력.

유저들의 눈에 위드가 바라그의 등에 타고 있는 모습이 보였다.

"위드 님이다!"

"드디어 왔어."

지상에 도열해 있는 아르펜 제국군의 기사들이 고함을 지르기 시작했다.

"우리의 황제 폐하께서 오셨다!"

"모두 함성을 질러라!"

"후아! 후아!"

대략 30만에 달하는 제국군 병력이 일제히 내지르는 소리에 귀가 먹먹해졌다.

기사 유저들까지 포함하면 그 숫자는 더욱 많아진다.

푸히힝!

소들까지도 투레질을 하면서 그들의 황제를 영접했다.

"한마디만 해 주세요!"

"노래를. 전투를 위한 노래를!"

유저들의 성화도 이만저만이 아니었다.

로자임 왕국과 브렌트 왕국.

전쟁이 남아 있긴 했지만 승패는 결정되어 있었다.

위드가 직접 나서지 않더라도 이겼을 텐데, 이만한 병력까지 끌고 왔으니 멋진 모습을 보여 주기를 원했다.

도시가스가 무엇이냐

겨울에도 추운 밤이 지나면 해가 떠오르지

위드도 흥분에 빠져서 노래를 시작했다.

첫 음부터 옥타브를 잔뜩 올리고, 박자 따위도 무시한 채 내지르는 거친 목소리.

어릴 때부터 꿈을 꾸었네
잘 먹고 잘 살리라는 꿈을
등이 따뜻하고 싶어서
배가 부르고 싶어서 서럽게 울었던 것 같아

노래는 뭔가 엉망진창이었지만 감정 하나는 제대로 전달이 되었다.

배고프게 살아온 과거, 막연하지만 무언가를 해내고 싶었던 시절.

나는 무엇일까
아무것도 알지 못했지
왜 살아야 하는지도 몰랐어
자존심이 밥을 먹여 주지 않는다는 점만큼은 확실히 알았지

우는 것도 사치

눈물은 약해지게 만들 뿐
달려라, 달려

몬스터를 때려잡았네
막 두들겨 패
이것은 내 밥줄

두둥! 두둥!
누군가 절묘하게 북을 두들겼다.
아르펜 제국 기사들이 타고 있는 황소들은 꼬리를 흔들며
춤을 추었는데, 위드의 노래에 반응이라도 하는 듯한 모습.

해가 떠오른 모든 땅에 있는 아르펜 제국이여

치킨을 먹고
농사를 지어라

삼겹살을 굽고
물건을 팔아라

시원한 맥주를 마시려면
사냥을 해라

부지런히 살면 좋은 일이 생기지
인생에는 노가다가 필수야

"아……."
"무슨 뜻인지 모르겠어. 가사가 어렵다."
"정확히는 모르지만, 가난했던 과거를 떠올리며 열심히 살자는 의미 아닌가?"
"대략적으로는 그게 맞는 것 같지?"
위드의 노래를 듣는 유저들은 국어 시간에 주관식 정답을 맞히는 기분이었다.
하지만 노래는 아직 끝나지 않았다!

꿀꿀, 꽥꽥, 꼬끼오!
멋지고, 아름다운 세상이네

힘이 들어도 같이 걸어가자
즐겁게 노래하면서
살아가자

어리던 나를 보며 안아 주었던 그분들
그 따뜻한 품을 잊지 말고
살고, 살고, 살아 보자

위드의 눈에서 맑은 눈물이 툭 떨어졌다.

하품을 할 때에나 나오던 눈물이, 과거를 떠올리니 흘렀다.

고생을 한 건 아무리 힘들었더라도 견뎌 낼 수 있었다. 하지만 기억에는 선명하더라도 다시 불러낼 수 없는 사람들이 있었다.

아르펜 제국군이 당당히 세라보그 성을 향해 진군했다.

"전군 진형을 유지하라. 기사들이 앞에서 길을 열어라."

알카트라가 총사령관으로서 부대를 이끌었는데, 국경을 넘어온 이후에도 로자임 왕국의 군대는 보이지도 않았다.

"투란 마을의 영주가 병력을 데리고 왔습니다. 100명의 병사가 합류했습니다."

"베이커스 마을에서도 영주가 찾아왔네요. 250명의 병사들을 이끌고 왔습니다. 기사도 3명 있습니다."

"달탄그라 요새에서 지원 병력이 도착했습니다. 기마병만 1,000명입니다."

로자임 왕국 출신 영주들이 경쟁적으로 병력을 데리고 왔다.

"만나 뵙게 되어서 영광입니다, 위드 황제 폐하."

"로자임에 오신 걸 환영합니다."

영주들은 바짝 긴장해서 고개를 숙였다.

그들에게도, 헤르메스 길드를 제압하고 중앙 대륙을 통일한 위드라면 자신들과는 격이 다른 존재처럼 느껴졌다.

일반 유저들과는 위드를 바라보는 시선이 다를 수밖에 없었다.

"일부러 와 줘서 고맙군요."

"저희가 선봉에 서겠습니다."

"아뇨. 우선 뒤를 따라오도록 하세요. 전투에는 나서지 않아도 됩니다."

위드는 투항한 영주들의 병력은 써먹을 생각이 없었다.

'세라보그 성이 많이 깨져서는 곤란하지.'

중앙 대륙의 대영주들이 이들보다는 훨씬 믿을 만하다.

세라보그 성 함락전의 목표는 어디까지나 최소한의 피해로 점령하는 것.

아르펜 제국은 지금도 모라타를 복구하는 데에 천문학적인 자금이 들어가고 있었다.

위드는 미헬, 칼리스, 로암 등을 모아 놓고 말했다.

"절대 불을 내면 안 됩니다. 정복도 좋지만, 건물에 불이 나면 불부터 끄세요."

"알겠습니다."

"성문도 가능하면 부수지 마세요. 그것도 다 돈이니까요."

"넵?"

"로자임 왕국 병사들도 막 죽이고 그러면 안 됩니다. 정복하고 나면 민심 나빠져요."

"……"

웃으면서 여유롭게 왔던 대영주들의 안색이 딱딱하게 굳었다.

"그럼 어떻게 점령하죠?"

"그건 여러분이 이제부터 고민해 보셔야죠."

"……"

황제가 된 후 위드는 훨씬 더 편해졌다.

귀찮고 힘든 일이 있어도 유능한 이들에게 맡겨 놓고 뒷짐만 지고 있으면 알아서 해결이 되는 것이다.

"직접 다 관여할 필요는 없지. 열심히 사는 사람들이 알아서 해 주겠지."

권력의 달콤함을 만끽할 수 있었다.

그렇지만 대영주들도 정말 어려운 일은 아니라고 생각했다.

"유저들이 왕국을 지키기 위해 싸우진 않을 것입니다. 그러면 군대를 운용하기가 쉽습니다. 편안하지요."

"성벽은 무시하고 날아서 넘어가거나 하고, 적 병사들은 마법사들을 동원해서 재웁시다."

"좋은 의견이군요. 안 죽이고, 건물 안 부수고 싸워야 되지만… 어렵거나 불가능한 일은 아닙니다."

"왕국 기사들이나 병사들의 수준으로 우릴 해칠 순 없으니 느긋하게 싸워도 될 것입니다."

대영주들은 고레벨의 실력자들을 길드에서 잔뜩 데려왔다.

대륙 통일의 위업이 달성되는 순간이라서 유저들의 관심도 뜨거웠다.

희생의 화로를 쓰지 않았던 그들은 어부지리로 로열 로드에서 최상위권의 레벨을 갖고 있었다.

"정지!"

"모두 차분하게 전투준비를 하자!"

세라보그 성문 앞의 평원에 병력이 넓게 진을 쳤다.

로자임 왕국의 다른 도시와 성도 남아 있긴 하지만, 왕성이 정복되면 대부분은 항복하게 되리라.

위드는 바라그의 등에 탄 채로 하늘을 날았다.

세라보그 성의 중앙 광장과 훈련소, 분수대, 상업 거리 등에서 수많은 유저들이 그를 올려다보고 있었다.

"위드 님이 오셨다!"

"오랫동안 기다렸어요, 위드 님!"

"아르펜 제국 만세!"

"풀죽! 풀죽!"

로자임 왕국 유저도, 구경을 온 북부의 유저도 뒤섞여 있었다.

위드는 가볍게 손을 흔들며 환영해 주는 유저들에게 답례를 했다.

'성문과 성벽에는 꽤 많은 병사들이 배치되어 있군.'

로자임 왕국의 왕성이기에 병사들만 해도 5~6만은 되어 보인다.

당연하게도 로자임 왕국 편에서 성벽을 지킨다고 나서는 유저는 지극히 드물었다.

"이번 임무는 저에게는 너무 과한 것 같습니다."

"기사 수행을 다녀오겠습니다."

"그냥 아르펜 제국에 항복하시지요. 위드 님은 엄청 좋은 분이랍니다."

로자임 왕국의 기사 유저들도 손을 떼고 나갔고, 그럼에도 수십 명 정도는 충성과 의리를 선택했다.

"아이고, 죽을 자리더라도 싸워야지. 지금까지 퀘스트 한 번 포기해 본 적이 없는데."

"적이 국경 안으로 침략했다고? 하필 아르펜 제국이네. 하벤이라면 기꺼이 싸울 텐데. 뭐, 이러나저러나 죽긴 마찬가지겠지만."

"그냥 한번 죽어 주자."

기사 유저들은 명예와 충성을 지키지 못하면 악명이 쉽게 붙어서 잘 사라지지 않는다. 그래서 차라리 목숨을 내놓을 작정으로 전투에 나섰다.

위드는 사자후를 터트렸다.

"공격하라! 하지만 아무도 죽지 않게 하고, 무엇도 파괴되지 않도록 해라!"

"응?"

"무슨 말이지?"

자세한 사정을 모르는 유저들은 당황할 수밖에 없는 명령이었다.

구경을 위해 와서 아르펜 제국과 함께 싸우려던 유저들도 마찬가지였다.

"가자. 이젠 우리의 시간이다."

"무기는 꺼내지도 말자고. 괜히 병사들 잡으면 안 되잖아."

레벨 500 이상의 유저들만 먼저 나섰다.

케이베른 사냥을 함께했던 타격대 소속의 유저들도 있었는데, 그들이 먼저 성벽으로 달려갔다.

세라보그 성에서 공성전이 발생했습니다.

아르펜 제국의 침략!
유저들은 공성전에 참여하여 아르펜 제국이나 로자임 왕국의 편에 설 수 있습니다.
전투의 결과에 따라 국가 공적치와 명성, 업적이 부여됩니다.

"쏴라!"

"적의 군대가 성벽으로 접근하지 못하도록 해라!"

로자임 왕국군이 화살을 쏘고, 외부로 조준되어 있는 투석기를 발동시켰다.

고레벨 유저들은 거뜬히 피하거나, 그냥 몸으로 맞으면서 전진했다.

성벽에서는 얌전히 사다리를 걸치고 올라갔다. 괜히 공격 스킬을 써서 성벽이 파괴되기라도 하면 위드의 잔소리가 이만저만이 아닐 테니까.

뮬 : 우리도 나서겠습니다.

그리폰 부대는 성벽을 단숨에 넘어서 세라보그 성안에 고레벨 유저들을 투입시켰다.

"힘 조절 잘해."

"조심해서 살짝살짝만 때려!"

아르펜 제국의 유저들은 로자임 왕국군을 거뜬히 제압했다.

마법사들은 대규모로 수면 마법을 사용해서 푹 재우는 방식을 선택했다.

심지어 흑사자 길드에서는 감기 걸리지 말라고 모포를 꺼내 덮어 주는 매너까지 발휘.

"저것이 아르펜 제국의 병력… 너무나도 무섭군."

"항복입니다, 항복!"

"목숨만 살려 주세요."

전투가 벌어지고 불과 5분도 되지 않아서 성벽 부근의 로자임 왕국군이 무기를 버리고 항복했다.

압도적인 전투력 탓도 있지만, 바라그 부대가 슬쩍 근처에서 날아다니는 것만으로도 공포에 질려서 싸울 생각이 사라져 버린 것이다.

"아르펜 제국의 황제는 악룡 케이베른도 사냥한 분이야."

"그가 해낸 모험들은 우리로서는 감히 감당할 수 없지."

"저분이 아르펜 제국의 황제 위드… 감히 쳐다볼 수도 없을 만큼 무서워."

위드의 카리스마와 투지 그리고 수많은 전투 업적들이 병사들을 굴복시키는 역할도 했다.

"아, 어쩔 수 없네. 조금은 저항해 보려고 했는데… 저희도 항복입니다."

로자임 왕국 편에 섰던 유저들도 두 손을 들었다.

위드는 바라그를 탄 채로 외쳤다.

"주요 거점들도 정복하고, 오늘 안에 세라보그 성을 정리합시다! 그다음에는…….."

다음 정복 지역을 말하려고 하던 찰나.

흑사자 길드의 드워프 전사 빈델이 말했다.

"축제입니까?"

"예?"

"오늘은 존경하는 위드 황제 폐하께서 로자임 왕국을 정복하는 기쁜 날인데, 세라보그 성에서 맘껏 마시고 놀아도 될까요?"

"……."

로자임 왕국의 유저들은 두 손을 들어 환호했다.

"만세! 축제다!"

"로자임 왕국에서도 축제가 벌어진다!"

"실컷 먹고 마시자. 이제 우린 아르펜 제국 소속이야!"

"위드 님 최고예요!"

세라보그 왕성.

드높은 명예와 친밀도를 쌓은 이들만 들어올 수 있는 장소.

왕국 기사들과 왕성의 경비병들은 레벨이 300대에서 400대에 달하는 최정예였다.

"여기서부턴 우리가 맡겠습니다."

아르펜 제국군을 책임지는 알카트라가 길을 열었다.

그가 선두에 서고, 제국군 기사 유저들 중에서 레벨이 높은 이들이 함께 싸웠다.

아무도 죽이지 않도록 하는 데 시간이 걸리긴 했지만 무난하게 정리하고 대전까지 바로 들어갔다.

국왕과 귀족들 그리고 30명 정도의 기사들이 기다리고 있었다.

"감히 네놈이 이 땅을 침략하다니!"

로자임 왕국의 국왕은 윈스터!

위드는 과거에 전대 왕이었던 시오데른의 의뢰를 받아서 피라미드를 만든 적도 있지만, 현재는 아들이 왕위를 물려받은 상태였다.

위드도 만나 본 적이 있긴 했지만 그다지 좋은 인상은 아니었다.

"침략이라……."

위드는 고개를 끄덕였다.

인정할 것은 가볍게 인정해도 되리라.

"우리가 침략한 거 맞습니다."

"횡포다. 큰 제국이라고 해서 작은 왕국을 짓밟아도 되는가!"

띠링!

> ─로자임 왕국의 국왕 윈스터 로자임이 반발하고 있습니다.
> 어떤 대답을 하느냐에 따라 지역 주민들의 충성도와 국가 명성에 변화가 생깁니다.

정복 전쟁에 있어서도 명분은 필요했다.

지금까지 대부분의 명문 길드나 헤르메스 길드는 영토를 넓히면서도 명분에 대해서는 신경 쓰지 않았다.

일단 강제로 정복한 이후에 군사력으로 반란을 억제하면 되었고, 치안이 떨어진다고 해도 감당했던 것이다.

아르펜 제국 입장에서는 대륙 전역을 지배해야 했기 때문에 솔직히 로자임 왕국까지는 신경 쓰기도 어려운 처지.

'바라그 부대를 보내서 초토화시킬 수도 있겠지만, 그런 것들이 다 국가적인 손해란 말이지.'

위드는 독재를 시작한 건 아니었지만 그래도 아르펜 제국은 자신의 소유물이었다. 그렇기에 가볍게 입술에 침부터 발랐다.

"대륙의 평화를 위해서입니다."

"우릴 침략한 것이 평화를 위한 것이라고? 뻔뻔하게도 그런 거짓말을!"

국왕의 반응은 너무나도 당연한 것이었다.

위드는 서글픈 목소리로 말했다.

"드래곤을 물리쳤지만 대륙의 위기는 완전히 사라진 것이 아닙니다. 로자임 왕국보다는, 힘이 있는 제국이 사람들을 지켜 줘야 합니다. 악마들의 왕 클레타가 언제 나타날지 몰라 주민들은 불안에 떨고 있습니다."

대륙의 평화를 위한다는, 언제든 먹히는 명분!

띠링!

-명성과 업적의 영향으로 왕실 기사들의 태도가 긍정적으로 변했습니다. 왕실 기사들은 현재의 국왕 윈스터에게 많은 실망을 해 왔습니다. 욕심만 많고 무능한 그보다는 절대적인 명성을 쌓고 세상을 구한 영웅이 로자임을 지배하는 것도 나쁘지 않다고 생각합니다.

메시지 창이 슬며시 힌트를 주고 있었다.

"로자임 왕국은 우리끼리 충분히 해낼 수 있다."

"엠비뉴 교단에 위기가 생겼을 때에도 망할 뻔했지요. 케이베른 사태에서도 아무 대응도 하지 못했습니다. 로자임 왕국은 제가 없었다면 두 번은 멸망했을 것입니다."

"하지만……."

"앞으로는 저에게 맡겨 주시지요. 주민들을 잘 보살피고, 기사들을 명예롭고 강하게 만들 것입니다."

국왕 윈스터는 왕실 기사들의 손에 의해 쓸쓸히 자리에서 끌려 나왔다.

위드가 대전의 왕좌에 앉자 메시지 창이 떴다.

띠링!

-로자임 왕국이 항복했습니다.
 세라보그 성과 그 주변 영토가 아르펜 제국으로 합류합니다.
 지역 영주들의 일부가 끝까지 저항할 것입니다.
 국가 명성이 7 증가했습니다.

저항군이라고 해도 대단하진 않은 수준.

로자임 왕국의 유저들은 이미 아르펜 제국을 받아들이고 있었다.

"알카트라 님."

"옛."

"저항군을 정리해야 되겠습니다. 이번 주 내로 처리하고 브렌트 왕국을 정복하러 가죠."

"알겠습니다."

"근데 1명도 죽여선 안 되고, 건물의 손상도 없어야 됩니다."

"그게……."

"할 수 있겠죠? 못하겠으면 헤르메스 길드 데려올까요?"

"어떻게든 해내겠습니다."

브렌트 왕국을 정복하기는 더 쉬웠다.

베르사 대륙 통일의 마지막!

전 대륙에서 수많은 유저들이 몰려들었고, 그들이 아르펜 왕국 편에 서서 브렌트 왕국 기사들을 1명씩 무장해제 시켰다.

"비폭력! 비폭력!"

"마법사들이 재워요. 편안하게요!"

왕성으로 진군하는 마법사 부대만 수만 명이 넘었다.

헤르메스 길드에서도 학살자 칼쿠스의 전사들과 라미프터가 이끄는 마법사들이 참여했다.

"우리까지 와야 합니까?"

"대륙이 통일되는 날인데 그래도 자리는 지켜야지요. 당분간 위드의 눈치를 봐야 하니 말입니다."

헤르메스 길드원들은 불편한 기분을 안고 찾아와서 브렌트 왕국의 네할레스 성 함락을 구경했다.

"내성의 성문을 제압했다!"

"왕궁 기사단 항복!"

"기사들이 일제히 투항하고 있습니다."

브렌트 왕국은 저항조차 할 수 없었다.

병사들이 몇 차례 화살을 쏘기도 했지만, 오베론이 이끌고 온 드워프 전사들이 몸으로 맞으면서 걸어가서 제압.

"황제여, 당신의 뜻에 따를 테니 목숨은 살려 주시오."

브렌트 왕국의 국왕이 선뜻 항복하면서 전투는 30분 만에 종지부를 찍었다.

―브렌트 왕국이 항복했습니다.

네할레스 성이 아르펜 제국의 영토가 되었습니다.
제국의 뜻에 저항하는 국가는 어디에도 없습니다.

국가 명성이 50 증가했습니다.
대륙 전역의 교역로가 안전합니다.
상업의 발달을 촉진합니다.
인구가 대대적으로 증가됩니다.
제국 기사들과 병사들의 충성심이 최대가 됩니다. 현재의 상태가 쉽게 변하지 않을 것입니다.
주민들은 위대한 업적을 이룩한 아르펜 제국 황제의 위엄을 우러러보고 있습니다.

"아르펜 제국 만세!"

"드디어 베르사 대륙이 하나가 되었다."

"위드 만세!"

"위드 황제 폐하 만세!"

네할레스 성에는 왕성과 광장, 거리에 넘치도록 많은 유저들이 있었다.

중앙 대륙과 북부에서 찾아온 유저들이 꽃가루를 뿌렸다.

"우리도 해 볼까?"

"그러자, 그럼."

빛의 마법사들은 하늘로 마법을 사용했다.

형형색색의 빛이 아름답게 수를 놓으며 아르펜 제국의 대륙 정복을 축하했다.

위드는 공포를 자아낼 수 있는 바라그보단 와삼이의 등에 탄 채로 그 모습을 지켜봤다.

"크흠, 드디어 이런 날이 오다니……."

"주인, 울고 있는 건가?"

"아니야. 눈에 조금 먼지가 들어온 것 같은 기분이야."

사막처럼 메마른 감수성에도 불구하고 눈가에 눈물이 조금 맺혔다.

그동안 고생했기 때문에 우는 게 아니었다.

앞으로 남은 인생을 생각하며 흘리는 기쁨의 눈물이었다.

"세금만 거둬도 먹고살겠어. 열심히 일하지 않아도 부자가 되어서 사는 거야. 매달 월세를 받는 것처럼 세금을 거두면······."

전 대륙의 주민들이 세입자와 마찬가지!

그리고 로열 로드의 모든 유저들에게 메시지 창이 떴다.

띠링!

아르펜 제국이 대륙을 통일했습니다.

북부의 작은 마을 모라타에서 시작된 아르펜 제국이 전 대륙을 지배하게 되었습니다.

인간, 드워프, 엘프, 오크.

대륙을 주도하는 네 종족들이 아르펜 제국의 지배를 기쁘게 받아들이고 있습니다.

베르사 대륙의 모든 영토를 정복했습니다.

사막과 호수, 험한 산맥과 얼어붙은 땅까지, 아르펜 제국의 통치력이 구석구석 미치고 있습니다.

그리고 위드에게만 뜬 메시지 창!

베르사 대륙을 통일하는 위업을 달성했습니다.

아르펜 제국의 황제!

일찍이 없었고, 앞으로도 존재하기 어려운 정복자의 업적을 최초로 달성한 유저입니다.

사람들의 존경을 받으십시오.

막강한 권력을 만끽하십시오.

대륙의 전역에서 살아가는 주민들이 당신의 지배를 따릅니다.

정복 업적으로 모든 스텟이 100씩 증가합니다.

정신력, 명예, 투지, 기품의 효과가 40%씩 늘어납니다.

명성이 알려지는 효과가 더 이상 필요하지 않습니다.

당신은 모든 인간들이 우러러보는 존재입니다.

대륙의 각 종족들이 희귀한 공물을 가지고 찾아올 것입니다.

지배자의 행동 하나하나가 대륙을 바꿔 놓게 될 것입니다.

다른 종족과의 교역이나 새로운 세계로의 탐험, 기술 개발을 주도할 수 있습니다.

신이나 악마의 뜻을 받들 수도 있을 것입니다.

당신의 선택과 결정에 따라 베르사 대륙이 움직입니다.

베르사 대륙의 통일.

그 위대한 업적을 이룬 위드는 입가를 끌어 올리며 씩 웃었다.

-마판 님.

-옙!

마판은 아직 모라타에 머물고 있었다.

전후 복구 작업이 한창이기도 했지만, 대륙 통일이 예정되면서 모라타의 엄청난 농작물과 식료품들을 운송하는 업무도 맡았다.

-상단들은 전부 준비가 되었죠?

-물론입니다. 북부 상단들을 비롯하여 대륙의 모든 상단들이 동원되어 오늘만을 기다려 왔습니다.

-지금부터 일주일입니다. 모든 물자를 푸세요.

-전달하겠습니다. 계획대로 지역의 수도와 대도시에서 동시

개최하겠습니다.

아르펜 제국의 대륙 통일 축제!

일찍이 없었던 규모로 개최해서 술과 음식을 풀 예정이었다. 물론 특별한 날이니만큼 평소보다 약간의 바가지 정도는 씌워야 마땅하리라.

"아……."

흑기사 길드의 헤겔은 위드가 대륙 통일을 했다는 메시지 창을 보고 아랫배가 심하게 아파 왔다.

"사람 인생 모른다더니 정말 이렇게 되는구나."

대학교에서 봤을 때만 하더라도 흔하디흔한, 별 볼 일 없고 만만한 복학생으로 여겼다. 그러나 지금은 아는 사이라는 것만으로도 사람들이 부러워한다.

로암 길드의 로암이 헤겔을 찾아왔다.

"위드 님을 안다고요?"

"예. 같은 학과에 다녀서요."

"수업도 같이 들었고요?"

"당연하죠. 밥도 같이 먹었는데. 물론 그 형은 서윤, 그러니까 풀죽여신님이랑 자주 먹었지만요."

헤겔은 진실을 이야기하면서도 기름칠을 잔뜩 했다.

달빛
조각사

"MT도 같이 갔고, 모험을 한 적도 있죠."

"위드 님과 모험까지요?"

"네. 뭐, 별건 아니었어요. 멜버른 광산도 사실은 같이 갔었던 거죠. 흑사자 길드에선 다들 알고 있지만요."

형인 드워프 전사 빈델을 통해서 소식이 전해지긴 했지만, 속사정은 그렇게 친하진 않단 점도 알고 있었다.

그렇지만 다른 길드에는 헤겔이 위드를 개인적으로도 안다는 점만 퍼졌다.

"요즘도 연락하세요?"

"서로 바빠서요. 그래도 가끔 안부는 묻고 그러죠. 친구니까요, 친구."

"친구……. 힘든 일 있으면 언제든 이야기하세요. 장비 필요한 거 있으면 바로 지원도 해 드리겠습니다."

"하하, 뭘요. 말 나오신 김에 돈이나 좀 주세요."

다른 대영주들로부터 삥을 뜯는 헤겔!

헤겔은 인맥을 바탕으로 여러모로 혜택을 입으면서도 배가 아파 왔다.

"아… 그 형이 잘돼도 너무 잘됐네."

─위드가 대륙을 통일했습니다.

바드레이는 10대 금역 중의 한 곳인 아베리안의 숲에서 사냥을 하다가 아크힘에게서 소식을 들었다.

"결국에는 그렇게 되었군."

헤르메스 길드가 고개를 숙이고 들어간 이상 아르펜 제국의 대륙 통일은 확정되어 있던 것이었다.

"한잔하시겠습니까?"

보에몽이 붉은 빛깔이 도는 포도주를 가져왔다.

"그윽하게 풍기는 향이, 좋은 술 같은데."

"모라타의 것입니다."

"모라타."

"헤르메스 길드원들에게 전부 한 잔씩 돌릴 예정입니다."

바드레이는 아크힘의 마음을 짐작할 수 있었다.

강해지는 것만을 목적으로 살아온 자신보다도 헤르메스 길드를 좋아했던 남자.

"아르펜 제국의 통일을 축하하며 마시는 포도주라. 각별한 맛이 있겠군."

"그렇죠. 평생 잊지 못할 술의 맛입니다."

바드레이는 포도주를 한입에 마셨다.

떫으면서도 부드럽고 쓴 무언가가 느껴진 것도 같았다.

"평생 잊지 못할 술맛이다."

"헤르메스 길드원들 모두에게 그럴 겁니다. 아쉽지만 다음 잔은 모라타에 가서 마셔야 합니다."

"모라타에 가려면 강해져야 한다."

"예, 강해져야 합니다. 모라타에 우리 길드의 검을 꽂으려면 말이지요."

헤르메스 길드의 칼은 무뎌지지 않았다.

더욱 강하고 날카롭게 벼리고 있을 뿐이었다.

라페이는 조용히 북부 여행을 하던 도중에 소식을 들었다.

"아르펜 제국이라……."

하벤 제국 시절이 떠올랐지만 두 제국은 본질적으로 다르다는 걸 알고 있었다.

북부 대륙을 개척하고 초보 유저들을 이끄는 위드가 중심이 된 제국.

라페이는 베르사 대륙의 역사가 이대로 멈춰 있지 않으리라고 보았다.

"아직은 신생 제국. 그 힘이 커지고 있지만 정점에 이르면 언젠가는 약해지고 말 것. 헤르메스 길드는……."

헤르메스 길드는 그의 예상보다 견고하게 잘 버티고 있었다. 라페이가 앞에서 이끌어 왔지만, 그가 떠난 이후에도 헤르메스 길드는 건재했다.

"위기가 그들을 내 생각보다 강하게 만들어 낸 것일까. 더 이상 내가 신경 쓸 필요는 없겠지만."

다만 베르사 대륙에서 무슨 일이 벌어지게 될지 기대가 되었다. 이 거친 대륙의 역사는 아르펜 제국의 통일로 끝나는 것은 아닐 테니까.

헤르메스 길드가 있고, 야심가들이 세력을 확대하고 있었으며, 많은 유저들이 강해지고 있었다.

"전쟁이란 불꽃은 언제든 다시 타오를 것이다."

유니콘사에서는 신속하게 보도 자료를 배포했다.

베르사 대륙, 드디어 통일!
전쟁의 신 위드가 대륙의 지배자가 되다
아르펜 제국의 깃발이 꽂혀 있는 세라보그 성!
유니콘사에서는 통일 황제에게 로열 로드의 초창기 약속을
지키기로 함
1달 매출액의 10%, 과연 그 천문학적인 금액의 액수는?

위드가 베르사 대륙을 통일함으로써 유니콘사로부터 포상을 받게 되었다는 소식.

언론사들은 포상금의 액수에도 관심이 많았다.

로열 로드로 새로운 문화를 만들어 낸 유니콘. 1달 매출액은?

인수 합병을 통해 초거대 기업집단이 된 유니콘

위드, 게임 분야 1달 매출액의 10%를 상금으로

유병준은 뉴스를 읽다가 인공지능 베르사에게 물었다.

"요즘 유니콘의 1달 매출액이 얼마지?"

인공지능 베르사가 빠르게 계산하고 대답했다.

—73조 정도 됩니다.

전 세계를 상대로 로열 로드를 운영하며 4억 명 이상의 이용자를 보유하고 있었다.

국가마다 요금이 조금씩 다르긴 했지만 1년 매출액은 800조가 넘었다.

"1달 매출액에서도 고작 10%, 7조라… 훗."

유병준은, 제법 많은 액수이긴 하지만 자신이 물려줄 재산에 비하면 푼돈이라고 생각했다.

유니콘 그룹의 수많은 핵심 계열사들과 전 세계에 퍼진 부동산, 금융자산 등에 비하면 고작이라는 말이 어울릴 테니까.

'7조로도 부자라고 불리기는 충분하다. 하지만 내가 물려주는 돈은 그 정도가 아니야. 경제계를 완전히 뒤흔들어 놓을 수 있는 금액이지.'

그의 능력을 알아주지 못한 세상에 대한 통쾌한 복수!

'그런데 내가 평생 쓴 돈은 얼마일까.'

불현듯 의문이 들기도 했다.

젊어서부터 연구 활동에 매진하면서 밤샘을 밥 먹듯이 했다.

밥 먹을 시간이 아까워서 배가 고픈 것도 참아 내면서 로열 로드를 만들어 냈고, 지금은 세계에서 압도적인 부를 쌓았다.

'위드의 말대로라면 버는 놈 따로 있고 쓰는 놈 따로 있다고 하지. 생각해 보니 이 모든 자산을 물려준다고?'

배가 아파 오긴 했지만 유병준은 계획대로 진행하기로 결심을 굳혔다.

처음의 생각대로 진행하는 것이 옳으리라. 그러지 않으면 자신의 수십 년 인생의 의미가 사라지게 되니까.

-위드에게 모든 재산을 물려주시겠습니까?

"그렇게 진행해."

-초인 프로젝트는요?

생명공학을 이용한 개조.

신체 능력까지 최고로 만들어 주는 과정이 포함되어 있었다.

"그것도 해야지. 그런데 부작용이 있었지?"

-의지가 약한 사람은 뇌 기능 활성화의 과정에서 영영 깨어나지 못할 수 있습니다.

"극복 방법은?"

－극한상황에 이른 정신이 스스로 붕괴될 수 있어. 마지막까지 살아남으려는 의지가 필요합니다.

　막대한 재산에 더해서 완벽한 육체와 지능까지 물려주는 계획.

　베르사 대륙을 통일한 이에게 주어지는 보상이었지만, 정작 그걸 받아들이지 못할 수도 있었다.

　인공지능은 초인 프로젝트를 진행하며 대상자가 스스로 두려워하는 꿈을 꾸게 만들 것이다.

　꿈에서조차 의지가 꺾인다면 깨어날 가능성은 더욱 줄어든다.

　유병준은 모라타에서 본 위드의 모습을 떠올렸다.

　수많은 군중 속에서도 단연 영웅처럼 느껴졌다.

　"깨어나지 못하더라도, 그게 운명이겠지."

꿈의 인생

　이현은 햇빛이 비치는 마당에 앉아 오랜만에 여유로움을 만끽했다.

　그의 옆에는 털에서 윤기가 좔좔 흐르는 개가 누워 있었다.

　"보신아."

　멍멍!

　"요즘 정말 살맛 나지 않냐. 역시 사람은 은행 잔고가 넉넉해야 돼."

　멍멍!

　방송국에서 차곡차곡 입금되는 금액.

　로열 로드에서는 지금 이 순간에도 막대한 세금이 거두어졌다.

"행복은 확실히 돈 순서야. 뭐, 아니라는 사람도 있겠지만 그래도 대체로 맞아."

부자들은 평균적으로 더 오래 살고, 좋은 집에서 맛있는 걸 먹으며 멋진 옷을 입는다.

돈이 많을수록 행복한 것이 당연할 수밖에 없는 세상!

"예쁜 여자도 만날 수… 크흠, 반드시 그런 건 아니겠구나."

서윤을 만나게 된 건 자신이 한참 더 돈이 없을 때였으니까.

지금은 잘 풀리긴 했지만 한때 그녀의 마음을 몰라주었던 데는 나름의 이유가 있었다.

'도대체 왜 내가 좋은 건데?'

이현은 아무리 생각해도 납득이 안 갔다.

돈, 학벌, 외모, 성격, 매력.

어떤 점에서도 서윤이 자신을 좋아할 이유가 없었으니까.

"보신아, 객관적으로 설명이 안 되는데, 역시 나한테 매력이 있긴 한가 봐."

멍멍!

"아니면 역시 내가 잘생겨서 그런 건지도……."

으르렁.

"너 지금 대드냐?"

이현의 집에서 키우는 동물들의 생활에도 극적인 변화가 있었다.

작은 웅덩이에서 살던 오리들은 서윤의 집에 있는 수영장에서 마음껏 헤엄쳤다.

넓은 걸 좋아하는 개들은 여기저기를 오가면서 뛰어놀길 좋아하지만 식사와 잠은 반드시 서윤의 집에 가서 해결했다.

닭과 고양이는 하루 종일 건너오지도 않았다.

"개들이 충성심이 강하다는 말도 다 옛날이야기지. 시대가 바뀌었어. 요즘은 밥 잘 주는 주인을 따르지."

이현은 문득 궁금증이 생겼다.

요즘 개들은 무엇을 먹고 지낼까.

몸보신의 새끼들을 비롯해서 과거에는 항상 배고파하던 녀석들이 요즘에는 어째서 느긋해졌을까.

서윤의 집 마당에 있는 개들의 밥그릇을 보니 갈비를 먹은 흔적이 보였다.

"아… 갈비 먹었구나. 근데 나도 오늘 갈비 먹었는데."

서윤이 요리를 하며 이현의 것과 개들의 음식을 함께 만든 것이다.

이현은 유니콘 본사에 찾아가기 위해 외출복을 입었다. 시장에서 구입한 깔끔한 옷이었다.

방송국으로부터 백화점 상품권도 많이 받긴 했지만 아껴두었다. 훗날 아이라도 낳으면 기왕이면 좋은 옷을 입히고 싶었으니까.

자신이 어릴 때 했던 처절한 고생은 물려줄 생각이 없었다.

"유니콘의 1달 매출액만 하더라도 엄청난 금액이라고 하던데……."

이현은 감도 잡히지 않았다.

언론에서는 조 단위가 될 거라고 추정하고 있었고, 그 정도의 돈을 가진 부자는 한국에도 많지 않았다.

재벌 회사의 소유자들은 10조, 20조도 가지고 있긴 했지만 일반인들이 생각하기에는 까마득한 금액.

"앞으로 친척들한테 연락 와도 전부 무시해."

"응, 알았어."

이현은 거실에서 이혜연에게 단단히 일러두었다. 돈이 생기면 귀신처럼 연락해 오는 사람들이 먼 친척들이니까.

"도둑이나 강도가 찾아올 수도 있어. 그러니 집을 잘 지켜야 한다."

"알았어. 사람 잔뜩 와 주기로 했어."

최지훈이 와서 집안일을 거들어 주기로 했다.

집 근처에는 방송국 카메라들이 즐비했으니 웬만큼 간이 큰 강도라도 얼씬도 하지 못하리라.

이현이 대문을 열고 나가자마자 번쩍거리는 카메라 조명들이 마구 작렬했다.

"통일 황제의 위업을 달성하신 소감은요?"

"한마디만 부탁드립니다!"

"어떻게 대륙을 통치하실 건가요?"

"악마들로 인한 위기는 완전히 사라졌나요? 시청자들에게 알려 주실 수 있나요?"

방송국마다 대표로 나온 기자들이 문 앞을 지키고 있었다.

이현은 마치 국회의원에라도 당선된 기분이었다. 로열 로드의 통일 황제라면 국회의원이 부럽진 않았지만.

'이럴 때일수록 가식적인 이야기를 해 줘야 해.'

담담한 목소리로 마이크에 대고 말했다.

"모두가 여러분의 덕분입니다. 앞으로 행복한 세상을 만들 겁니다."

가능한 짧은 소감만을 해 주는 게 좋으리라.

이현은 괜히 잘못된 말을 남겨서 대륙 통치를 하며 발목 잡히고 싶지 않았다.

"앞으로 세금은 인상하실 계획인가요?"

"대륙 재건을 위해서 많은 돈이 필요하기에 세금 부담은 가능하면 줄여 보려고 합니다."

세금을 올린다는 말 같기도 하고, 올리지 않는다는 말처럼 들리기도 했다. 전적으로 듣는 사람의 기분 탓!

"클레타의 퇴치 계획은요?"

"로열 로드는 항상 새로운 도전이 있기에 즐겁습니다. 클레타와의 전투도 언젠가 벌어질 겁니다. 정말 먼 훗날이 되었으면 좋겠지만요."

"경쟁자인 바드레이가 케이베른을 사냥하다가 죽었는데
요. 그에 대해 하실 말씀이라도 있나요?"

"정말 용감한 일이었습니다. 그분의 도움을 많은 분들이
고맙게 생각할 겁니다."

"바드레이의 죽음에 대한 의혹이 있는데요."

"저는 아무것도 모릅니다."

"케이베른의 레어에 남아 있을 보물들은 가져오실 계획인
가요?"

"당연히 챙겨야… 예정에는 없지만 보물들을 찾아와서 모
라타와 파괴된 도시들의 재건에 쓰도록 하겠습니다."

이현은 짧은 인터뷰를 마치고 길을 나섰다.

유니콘 본사까지는 전철과 버스를 몇 번 갈아타야 했지만,
수금을 위한 즐거운 길!

사실 택시를 타는 것도 고려하긴 했지만 굳이 그럴 필요까
진 없을 것 같았다.

"이쪽에 빵 가게가 말이야……."

"컵밥이 더 맛있는데."

"난 자장면!"

동네를 나와서 큰길로 나가면 행인들이 관심을 주지 않았
다. 어딜 가도 금방 평범해질 수 있는 외모.

'역시 인생은 편한 게 최고야.'

이현은 승객들로 가득 찬 마을버스를 탔는데, 자리에 앉자마자 졸음이 쏟아졌다. 평소와는 다르게 도저히 참지 못할 정도로 졸렸다.

마을버스는 잠든 이현을 태우고 유유히 달려서 동네 근처의 5층짜리 건물로 들어갔다.

초인 프로젝트를 위해 내부 개조가 끝난 건물이었다.

-대상자를 포획했습니다.

최신형 안드로이드 로봇에 의해 이현은 차가운 수술대에 누웠다.

-초인 프로젝트의 준비가 끝났습니다.

유병준도 수술대에 누워 있었다.

대상자의 육체와 두뇌를 강화하는 초인 계획. 원래대로라면 그의 육체까지 이현의 완성을 위해 투자할 계획이었다.

'그런데 얄미운 놈 때문에 목숨까지 바치라고?'

이현을 보고 있자니 손해를 봐도 크게 보는 듯한 기분.

도박판에서 마지막까지 앉아 있다가 전부 털리는 듯한 그런 느낌이었다.

-초인 프로젝트를 진행합니다.

로봇 팔에 의해서 큼지막한 주사기가 다가오고 있었다.

"자, 잠깐. 취소하자."

–초인 프로젝트를 취소할까요?

"그건 그대로 진행해. 하지만 생명공학에서 일부는 취소하는 게 좋겠어. 신체 개조를 위해 내 육체를 사용하는 걸 포함해서 말이지."

–기능이 조금 떨어질 수 있습니다만.

"얼마나 떨어지는데?"

–15% 정도입니다. 완벽한 초인의 탄생을 위해서는 박사님의 육체 활용이 필요합니다.

"그냥 그건 빼도록 하자."

–지금까지 오랫동안 꿈꿔 오던 목표였는데 다시 생각해 보시는 건 어떨까요?

"날 죽이고 싶냐? 취소해."

–알겠습니다.

유병준은 마지막 순간에 생각을 조금 바꾸었다.

인간의 능력을 벗어날 정도의 초인에서, 최대한의 잠재력을 일깨우는 수준으로.

목숨이 아까운 것도 사실이었지만 과거와는 다르게 삶의 소중함을 깨달았다. 역설적이게도 자신이 만들어 낸 세상, 로열 로드를 통해서 배웠다.

때론 실패하고 어려움을 겪을 수도 있지만 시간이 흐르면 지나가기 마련이다. 인생을 어떻게 즐겁게 사느냐는 자기 자신에게 달린 문제였다.

－프로젝트를 축소해서 부작용은 줄어들며 안정성은 상승할 것입니다.

"깨어나지 못할 가능성은?"

－프로젝트 자체의 불안정성은 거의 사라졌습니다. 그는 긴 꿈을 꿀 것입니다. 다만 마지막까지 살려고 하고, 깨어나려는 마음이 없다면 그것으로 끝입니다.

유병준은 고개를 끄덕였다.

"실시해."

로봇 팔이 이현의 입으로 알약을 가져왔다.

－아 하십시오.

이현은 잠이 든 상태에서 향긋한 냄새를 맡았다.

한국인 대부분이 좋아하는 음식인 잘 튀긴 치킨!

"아……."

이현은 들리는 목소리에 따라 자신도 모르게 입을 벌렸다.

꿀꺽!

이현은 길고 긴 꿈을 꾸기 시작했다.

처음에는 부모님이 죽고 나서 어렵게 살아오던 시절에 대한 꿈이었다.

"네 인생? 그런 게 어디 있냐. 적당히 크면 팔려 나갈 거야. 가족? 같이 팔아 줄게."

사채업자들에게 시달리면서 처절한 어린 시절을 보냈다.

때때로 검은 유혹의 손길도 뻗어 왔다.

"간단한 심부름만 하면 돼. 물건만 가져다주고 오면 빚에서 300만 원 빼 줄게."

"더 쉬운 일 시켜 줄까? 1명만 처리해라. 안 걸리면 좋고, 걸려도 잠깐 교도소 다녀오면 2억이야."

이현은 매번 필사적으로 도망쳤다.

악의로 가득한 그들의 제안을 받아들이면 다시는 벗어날 수 없으리란 걸 알기 때문이었다.

"마법의 대륙?"

그러다가 우연히 알게 된 마법의 대륙이라는 게임.

─게임은 사회악.

─게임은 마약이다.

이현은 그러한 말을 떠올리며 마법의 대륙을 외면했다.

"먹고살기도 바빠."

그렇게 세월이 흘러서 스무 살이 되었다.

"급하게 1명 처리해 줘야 할 녀석이 생겼다. 가족을 생각해서 안 하겠다는 말은 하지 마라. 이번은 큰 건이라 무슨 짓을 벌일지 우리도 몰라."

이현은 사채업자들의 진지한 강요를 받았다.

목표는 상대 조직의 중간 보스였다.

'이걸 해야 하나. 하고 나면 다시는 예전으로 돌아오지 못해.'

자기 자신이 살기 위해서 누군가를 해치고 싶진 않았다.

그러나 할머니와 여동생을 위해서라면······.

'해야 해. 망설이지 말아야 한다.'

원하지 않은 일이지만 반드시 성공시켜야만 했다.

자신이 교도소에 들어가게 되면, 사채업자들이 가족들을 내버려 둘 리가 없다.

그들은 법보다는 돈을 따르는 자들이니까.

'상대도 범죄자야. 차라리 다행이라 생각하자.'

이현은 며칠을 따라다니며 염탐을 했다.

'으슥한 밤보다는 점심 무렵을 노리는 게 낫겠어.'

새벽에는 영업장들을 돌며 관리해서 혼자 있는 시간이 드물다. 점심때쯤에나 깨어나서 해장국을 먹으러 갈 때가 기회.

이현은 식당에서 밥을 먹으면서 기다렸다.

막 문이 열리고 중간 보스가 들어오는 순간이었다. 자연스럽게 밖으로 나가는 척 지나가다가 칼로 배를 찔렀다.

"너······."

영원히 잊지 못할 그 순간.

이현은 상대의 눈을 보며 생각했다.

'가족들만 생각하자.'

상대를 찌르고 또 찔렀다.

주변에서 비명이 들리는 것 같았지만 그것쯤은 무시했다.

'살자. 살아야 한다.'

슬프고, 스스로에 대한 분노와 혐오로 고통스러웠다.

그러나 인생이 아무리 비참해지더라도 남아 있는 사람들을 위해 살아야 했다.

또 다른 꿈.

이현에게는 가족이 아무도 없었다.

어릴 때 할머니와 여동생까지 집을 떠나고 나서 그 혼자 남겨졌다.

"우리한테 빌린 돈은 갚아야지. 죽고 싶냐?"

"……."

사채업자들의 협박에도 불구하고 그리 두렵진 않았다.

세상에 혼자 남겨진 것보다 무섭진 않았으니까.

실컷 마음 놓고 마법의 대륙에 빠졌다.

위드바보똥개 : 이 멍청아?

-위드바보똥개 님을 죽였습니다.

위드바보똥개 : ㅋㅋㅋㅋ 이거 완전 또라이……

-위드바보똥개 님을 죽였습니다.

위드바보똥개 : 개놈시키.

-위드바보똥개 님을 죽였습니다.

위드바보똥개 : 저기요, 님아.

-위드바보똥개 님을 죽였습니다.

위드바보똥개 : 선생님, 지금 오해가 있으신 것 같은데.

-위드바보똥개 님을 죽였습니다.

거슬리는 이들은 모조리 죽일 뿐.

마법의 대륙의 명문 길드들을 몽땅 박살 내고 로열 로드에 접속했다.

'이곳이 내가 잠시 머물게 될 세상이로군. 과연 내 허전함을 달래 줄 강자들이 있을까?'

몬스터란 몬스터는 미친 듯이 때려잡았다.

위드.

밟혀도 살아난다는 잡초라는 의미도 있지만, 누군가와 함께하고 싶다는 이름.

피의 광전사가 되어 몬스터들과 싸우다 보니 눈에 띄게 빨리 강해졌고, 헤르메스 길드의 눈에 띄었다.

"제법 쓸 만한 것 같은데. 마법의 대륙의 위드였지? 긴말

하지 않지. 우리 길드로 들어와라."

"내 심장에는 이글거리는 불꽃이 있어. 함부로 가까이 오지 마라. 나약한 자들은 타 버리고 말 것이다."

"…됐으니까 그냥 가입할 거냐, 말 거냐."

"잠시 머물겠다."

위드는 헤르메스 길드의 지원을 받으면서 성장해 갔다.

"성장에 필요한 물품들을 말해라."

"말한다면?"

"뭐든 제공해 줄 것이다. 레벨에 맞는 가장 좋은 장비들도 모두 길드 내에 있으니 제공될 거다."

"받아는 주지."

"고맙다는 말은 하지 않을 건가?"

"별로. 공짜로 받을 생각은 없어. 나중에 몇 배로 밥값을 치러 주지."

"하하, 그날이 오길 기대하도록 하지."

남들보다 2~3배 빠른 사냥 속도로 레벨 200대에서 400대가 되었다.

헤르메스 길드의 상위권 유저들도 긴장하게 만드는 성장이었으나, 하루 종일 사냥만 하는 그에게 거칠 것은 없었다.

"저 녀석이 위드라고?"

"그렇다는군."

숱하게 벌어지는 전투와 보스급 몬스터 사냥.

위드는 헤르메스 길드에서 세력전을 벌일 때에만 참여하고, 거의 대부분의 시간을 사냥터에서 지냈다.

"헤르메스 길드다!"

"저 새끼들 때문에……."

가끔 들르는 도시에서 욕을 먹으면 서슴없이 검을 뽑아 들었다.

-피의 광전사로서 살육에 눈을 떴습니다.
 악명에 따라 공격력이 증가합니다.

-당신의 목에 현상금이 걸렸습니다.
 현상금 : 4,797,213골드

어느덧 베르사 대륙에서 최악의 악명을 가진 학살자가 되었다.

"위드 저걸 내보내야 하지 않겠습니까?"

"쓸모가 많을 것 같은데 기다려 보죠."

라페이가 이끄는 헤르메스 길드는 위드를 지켜보기만 했다.

전사로서 키워 주면서도 직접 간섭하진 않는다.

헤르메스 길드 입장에서는 세력을 확대하는 동안 사람들의 관심을 돌리기 적합한 대상으로 여겼다.

위드도 그런 의도를 알지만 내버려 두었다.

"사냥개 취급인가. 내 마음이 머물 곳이 없군."

로열 로드를 하며 벌어들이는 돈으로는 동네의 아이들에게 옷과 학용품을 사 주었다.

라페이가 헤르메스 길드의 군단장들을 소집했다.

위드도 그들 사이에 끼어서 당당히 한자리를 맡고 있었다.

전쟁의 신, 로열 로드 최악의 학살자.

헤르메스 길드에는 위드를 따르는 길드원들도 많았기에 그들을 모아서 전투단을 편성했다.

다른 길드와의 충돌에도 항상 선봉에 서서 악착같이 싸우는 무리.

위드의 직업도 피의 광전사였고, 퀘스트를 주로 하지도 않았기 때문에 레벨이 올라가는 속도가 무척 빨랐다. 헤르메스 길드의 최상위 랭커들도 위드의 전투력만큼은 인정했다.

"우리는 이제 엠비뉴 교단과 싸운다."

엠비뉴 교단.

베르사 대륙을 빠른 속도로 잠식해 들어가는 단체.

여러 왕국들이 위험에 빠졌고, 헤르메스 길드는 이를 막아야 하는 입장이었다.

"출정한다."

헤르메스 길드의 14개 군단이 출격했다.

대륙의 남서쪽, 네스트 왕국과 토르 왕국 사이에 있는 사이고른 산맥이 엠비뉴 교단의 비밀 기지가 숨어 있는 위치.

"위드 님만 따르겠습니다."

"우리가 이번에도 선봉에 섭시다!"

위드는 자신을 따르는 길드원들에게 아무 말도 하지 않았다. 그저 싸우고 싶을 뿐이었고, 그들이 자신을 따르건 말건 신경 쓰고 싶지 않았다.

사이고른 산맥은 엠비뉴 교단에서 적들을 몰살시키기 위해 만들어 놓은 미끼.

"함정이다!"

"넘어가. 돌아갈 길이 무너졌으니 계속 진격해라!"

광신도들의 자폭과, 엠비뉴의 사제들이 펼치는 신성 마법. 엠비뉴의 성기사들과도 싸워야 했다.

위드는 헤르메스 길드로부터 받은 마검 드로어를 뽑아 들었다. 전투가 매일 벌어지기에 마검은 최고의 공격력과 마법을 발동시킬 수 있는 핏빛 상태를 유지했다.

"걸리적거리지 말고 비켜!"

위드는 엠비뉴 교단의 끝을 모를 병력을 보고도 주저 없이 달려 나갔다.

가족을 잃은 이후에는 한순간도 주저앉아 있을 수가 없었다.

싸우고, 이긴다.

그는 혼자였지만, 동네에서 돌봐 주는 아이들이 떠올랐으니까.

'죽더라도 잡템을 하나라도 더… 응? 잡템…이라고? 그걸 내가 왜 주워야 하지?'

위드는 조금 이상함을 느꼈지만 처절하게 싸웠다.

피의 광전사는 적군과 아군을 가리지 않는다. 아군의 죽음 마저도 기쁘고, 새로운 힘과 체력을 샘솟게 만든다.

"위드 님에게 몰아줘."

"그래. 여기서 어떻게든 해내야 한다."

헤르메스 길드원들은 적의 공격을 막아 내며 죽어 갔다.

그들이 목숨을 잃을 때마다 위드는 광기의 눈을 떴다.

"멸살의 검!"

점점 폭주하며 강해지는 공격력은 아군까지 베었고, 마침내 엠비뉴 교단의 대사제를 해치웠다.

"승리다!"

"이겼다."

피투성이의 승리.

위드는 전투 업적을 쌓으며 또다시 한 단계 강해졌다.

헤르메스 길드에서 위드의 영향력은 갈수록 커졌다.

위드를 따르는 군단은 전투가 벌어질 때마다 선두에서 싸웠다. 무서운 공격력으로 적진을 돌파하며 아무도 물러나지 않는다.

흑사자 길드나 로암 길드에서도 위드의 군단이 나타났다고 하면 싸움을 회피하기 바빴다.

라페이가 새로운 갑옷을 가지고 왔다.

"피의 광전사 위드… 이 갑옷을 받고, 1군단을 이끌기를 명합니다."

"귀찮은 건 질색인데."

"거절하는 겁니까?"

"딱히 달리 할 일도 없으니 받아들이지."

위드는 1군단장이 되어서도 싸웠다.

강해지는 것이 목적이긴 하지만 적과의 전투를 즐겼다.

"군단장님, 외곽부터 차근차근 무너뜨리는 것이 좋을 것 같습니다."

"내 방식대로 한다."

"어떻게요?"

"적진의 중심까지 뚫고 들어간다."

"적진 돌파입니까?"

"적진 한복판까지 뚫는다. 그래서 적 지휘관을 벤다."

"그다음엔요?"

"다 죽인다."

"……!"

위드의 부대에 속하게 된 헤르메스 길드원들은 집단 광기에라도 빠져든 것 같았다.

가장 치열한 접전이 펼쳐지는 곳에서 극강의 공격력을 발휘하며 적들을 부숴 놓았다.

그들의 돌파력이 전투를 결정지었다.

아크힘 : 1군단을 지원해.

라미프터 : 길을 여는 것을 도와라. 저들이 적진 한복판에 들어가면 전투는 우리의 승리다.

뮬 : 그리폰 부대도 지원하겠습니다.

다른 세력들과 싸우는 헤르메스 길드의 전투 방식은 적극적으로 1군단을 지원하는 것이었다.

1군단이 적진을 뚫고 들어가면, 그곳에서부터 균열이 커지게 된다.

조금만 지원을 해 주면 적진 전체가 와해되어 버렸다.

─미친 광기의 부대.

-그들을 막을 수 없다.

-헤르메스 길드의 창과 검.

-1군단이 20분을 싸운 결과, 무려 20배가 넘는 사상자 발생.

-1군단과 로암 길드가 정면충돌! 말도 안 되는 전력 차이였지만 패퇴하는 로암 길드.

1군단은 전투 집단으로서 로열 로드의 전설이 되었다.

때론 몰살을 당하기도 했지만 그만큼 전투 업적을 쌓았다.

"저도 1군단에 들어가고 싶습니다."

"어떻게 해야 군단장님처럼 싸울 수 있습니까?"

"가장 명예로운 1군단. 거기에 배속되어 싸운다면 바랄 게 없습니다."

헤르메스 길드의 전쟁 방식까지 바꿔 버린 1군단.

1군단에 속해 있다는 것만으로도 명예롭고 뛰어난 전사로 존중을 받았다.

"라페이 님, 위드에게 힘이 너무 실리는 것 같습니다. 길드 내부에서도 말이 많습니다."

아크힘이 라페이를 찾아와서 말했다.

바드레이는 그동안 헤르메스 길드의 강함을 상징하는 존재였다. 그의 존재 때문에라도 강해지고 싶은 유저들이 모여들었다.

그런데 최근에는 1군단이 헤르메스 길드의 힘의 상징 역할을 해 주고 있었다. 다른 경쟁 세력들은 위축되었고, 외부의 강자들도 1군단의 매력에 빠져서 헤르메스 길드로 들어왔다.

"제 생각은 반대인데. 1군단을 더 키울 필요가 있을 것 같습니다."

"지금보다 더요?"

"그들을 앞세우면 대륙 정복에 변수가 생기지 않을 겁니다. 어떤 전장이든 투입하면 상황을 바꿔 놓으니 말입니다."

"…아시겠지만 1군단의 영향력이 커지는 건 우려스럽습니다. 특히 위드는 우리 길드 사람도 아니었습니다."

"그를 만나 보면 느끼시겠지만 단순합니다. 길드 내의 권력 다툼에는 관심이 없어요. 싸울 자리만 만들어 준다면 우리의 말을 계속 따를 겁니다."

"대륙을 통일한 다음에는 어떻게 하실 겁니까?"

"그땐……."

라페이는 당연한 걸 물어본다는 듯 싱긋 웃었다.

"사냥개가 먹이를 축내는 정도는 참아 줄 생각입니다."

"그 이상으로 욕심을 부린다면요?"

"사냥개입니다. 사냥개의 운명에 대해서는 따로 이야기할 필요가 없지 않을까요?"

아크힘은 설명에 만족하고 돌아갔지만, 라페이는 위드를 그냥 버릴 패로 쓰진 않을 작정이었다.

'헤르메스 길드가 강해지려면 바드레이와 위드의 경쟁 구도가 되어야 좋지. 위드가 본인의 능력으로나 세력으로나 한참 열세지만… 성장 속도는 빠르다. 바드레이 쪽도 긴장해야 될 거야.'

⚜

헤르메스 길드는 중앙 대륙을 통일했다.

다른 세력들과의 모든 전투를 압도적으로 이겨 냈고, 반란군을 상대로도 인정사정이 없었다.

-피의 부대.

-헤르메스 길드에서 가장 강한 건 바드레이와 친위대지만, 제일 무서운 건 1군단이다.

-묘하게… 매력이 넘쳐. 빠져들 수밖에 없을 정도로.

-사냥 속도 미침.

위드는 사냥터와 전쟁터를 오가며 살았다.

명성이 높아질수록 도전자는 많았기에 그나마 심심하지 않을 수 있었다.

"파이톤이다. 한 수 가르쳐 다오."

"얼마든지."

위드와 파이톤의 대결.

파이톤은 힘을 바탕으로 하는 검술을 사용했지만 역부족이었다.

위드는 헤르메스 길드의 사냥터와 장비 지원을 받아서 레벨이 높았다. 길드 내에서도 5위권 안에 드는 레벨에 스킬도 최고로 갖추었기에 파이톤은 가볍게 무릎을 꿇었다.

피투성이가 된 파이톤이 말했다.

"멋진 승부였다."

"나에겐 시시했어."

−파이톤을 살해하셨습니다.

양념게장이나 다른 여러 유명인들과도 싸웠다.

중앙 대륙을 통일한 헤르메스 길드의 적은 많았다. 로암, 칼리스와의 승부도 즐기면서 끝없이 싸울 뿐이었다.

1군단의 부하들이 물었다.

"바드레이 님에 대해서 어떻게 생각하십니까?"

"강한 사람이지."

"저희는 위드 님이 더 강하다고 생각합니다."

바드레이는 직접 나서는 일이 드물었다.

대륙 정복 전쟁에서 최고의 무훈을 올린 것은 위드였고, 그의 1군단이었다.

1군단에 속한 유저들은 헤르메스 길드보다 자신들이 더 위에 있는 존재라고 생각했다.

"바드레이라……."

"싸우고 싶지 않으십니까? 저희는 싸우면 위드 님이 이길 거라고 봅니다."

위드는 웃고 말았지만, 그와 바드레이를 비교하는 유저들은 갈수록 많아졌다.

외부만이 아니라 길드 내부에서도 위드의 추종자들이 늘어나고, 라페이도 은근히 신경을 써 주었다.

　-위드와 1군단은 절망의 평원으로 떠나라. 오크들을 정벌하고 돌아와라.

이번에는 평소처럼 라페이에게서 내려온 명령이 아니라 길드의 수뇌부에서 직접 전달되었다.

누가 봐도 위드와 1군단을 길들이겠다는 뜻.

"받아들여서는 안 됩니다."

"싸웁시다. 해치워 버리면 됩니다."

"그냥 떠나도 되죠. 우리가 독립하겠다면 누가 막겠습니까?"

"길드에서 위드 님을 따르는 이들이 삼분의 일은 됩니다."

위드는 생각에 잠겼다.

숱한 전투에 뛰어들 때에도 주저함은 없었지만 헤르메스 길드에 칼을 거꾸로 들고 싶진 않았다.

가족을 잃고 방황하던 자신을 이용해 먹으려고 했더라도, 어쨌든 먼저 손을 내밀어 주었으니까.

지금까지 받은 것이 많다고 느끼고 있었다.

"나는 헤르메스 길드를 떠날 것이다. 그리고 1군단은 해체한다."

위드는 헤르메스 길드를 이탈했다.

-1군단장 위드는 길드를 무단이탈했다. 앞으로 그는 우리 헤르메스 길드의 적이다.

그날로 척살령이 발동되었지만 돌아다닐 수 있는 던전은 어디든 있었다.

라페이가 은근히 비호를 해 주기도 했고, 아크힘이나 바드레이의 추종자들도 위드가 세운 그동안의 공로는 인정했다.

본격적으로 척살조를 파견하면서까지 위드를 공격하는 건 길드 내부에 혼란을 키울 수도 있었으니 그냥 내버려 두는 쪽을 택했다.

칼쿠스가 웃으며 아크힘에게 말했다.

"위드 그놈의 무력도 결국 우리 길드를 통해서 강해진 겁니다."

"헤르메스 길드를 떠나면 별거 아니란 얘긴가?"

"그렇죠. 그가 홀홀 털어 버리고 떠났으니 1군단에 속해 있던 길드원들은 다른 군단에서 나눠서 흡수하면 됩니다."

"그래도 내버려 두면 신경이 쓰이는 존재야. 그의 전투를 본 사람이라면 누구나 느끼고 있을 테지."

"무모하게 덤빌 뿐, 그런 전투 방식이 통했던 것도 우리 헤르메스 길드였기 때문 아닙니까?"

"혼자서 할 수 있는 일은 별로 없지."

"1군단의 잔당이 모이지 않도록 해야 합니다. 약간의 병력이 이탈한다고 해도, 아무 군단이나 보내도 짓밟아 줄 수 있을 것입니다."

로암 길드, 클라우드 길드 등으로 구성된 저항군에서 길드를 떠난 위드에게 복수하기 위해 추격해 왔다.

"그동안 저지른 짓에 대한 대가를 치러라!"

"싸우고 싶다면 덤벼."

위드는 서너 번쯤 죽임을 당하기도 했다.

그러나 그럴 때마다 저항군의 피해도 만만치 않았고, 나중에는 흔적 없이 사라져서 뒤를 쫓아오기도 힘들어졌다.

베르사 대륙에서는 많은 일들이 있었다.

반헤르메스 길드 연합군이 생겨서 거의 모든 유저들이 공격해 오기도 했고, 북부 대륙에서 바르칸 데모프가 이끄는 불사의 군단이 침공해 오기도 했다.

　－죽음의 공평함으로 너희를 인도하리라!

　아크 리치. 불사의 군단을 완벽히 재편하여 중앙 대륙을 침공한 바르칸.

　해골들이 끝없이 밀려 내려왔고, 고위급 언데드들이 무리를 지었다.

　불사의 군단이 북부의 변방까지 정복하여 초대형 몬스터들까지 언데드가 되었다.

　아크힘 : 불사의 군단이 무시무시합니다. 데리암의 황무지를 지나고 있는데, 아골타 지역은 일주일 내로 초토화되고 말 것입니다.

　크레볼타 : 죽여도 되살아나고… 그러면 신성력으로 정화하면 되지 않습니까?

　가우슈 : 신성력에도 저항력이 높다고 합니다. 기록을 보면 과거에도 대륙을 멸망 위기로 몰고 갔다는 이야기들이 있습니다.

　헤르메스 길드는 남다른 정보력으로 베르사 대륙을 위협하는 세력에 대한 폭넓은 정보를 가지고 있었다.

　불사의 군단은 당장 눈앞에 닥친 현실적 위협.

　북부 대륙에서 세력을 떨치는 것을 알고는 있었지만 진압 부대를 일찍 파견하진 못했다.

　"당장 바르칸을 처치해야 합니다."

매주 개최되는 회의에서 라페이가 강력하게 주장했지만 위험한 일을 떠맡고 싶어 하는 군단장은 없었다.

"이런 일은 위드의 1군단이 도맡아서 했었지."

"괜히 1군단을 일찍 해체한 것 아닌가?"

헤르메스 길드에서 쌓아 올린 힘의 문화는 빠르게 흩어지고 있었다.

지금까지는 그들에게 위협을 줄 정도로 강한 적이 없었다. 언제나 압도적인 전력으로 이겨 왔으며, 그 선봉에는 1군단이 있었다.

대륙 정복 이후에는 저마다 이권을 챙기기 바빠서 손해 보는 일은 하지 않으려고 들었다. 바드레이조차도 경쟁자가 없으니 긴장이 느슨해진 상태.

라페이가 지도를 펼쳐 놓고 북부 대륙과의 접경인 아골타 지역을 가리켰다.

"이곳에 모든 병력을 집결시켜서 불사의 군단과 싸워야 합니다."

"모든 병력이라니… 그러려면 자금이 얼마나 드는 줄 압니까?"

"압니다. 하지만 그래야만 합니다. 만에 하나라도 불사의 군단이 승리한다면 그들의 전력은 감당할 수 없게 됩니다."

몬스터들과는 다르게 불사의 군단은 전투를 거듭해도 전력 손실이 없다. 특히 헤르메스 길드를 격파하기라도 하면 엄청난 양의 언데드가 증가하게 된다.

"맞는 말이군요."

"그들을 물리칩시다. 손해야 좀 있겠지만 대륙부터 지켜야지요."

라페이의 말에 군단장들도 공감은 했지만, 정작 자신들의 정예 병력은 각종 이유를 내세워서 출전시키지 않았다.

최종적으로 아골타 지역에 모인 건 헤르메스 길드의 절반 정도.

"전군 공격 개시!"

그럼에도 헤르메스 길드는 강력했다. 마법병단을 앞세워서 언데드들을 처치하며 승리를 확신했다.

"언데드라 그런지 숫자는 많아도 별거 아니네."

"이 정도면 대륙이 초토화될 위기까진 아니겠어."

"직접 싸우지 않으면 작은 위험도 크게 느끼기 마련이잖아."

군단장들이 그렇게 말하는 사이에, 전장에 아크 리치 바르칸 데모프가 나타났다.

"빛에 의해 흩어지지 않는 칙칙한 어둠이여, 이곳에 내려와 죽음을 일깨우는 자들에게 깃들라. 데스 오라!"

데스 오라에 의해 언데드들의 변이가 시작되었다.

보잘것없던 스켈레톤의 덩치가 커지고 뼈마디가 굵어졌다.

생명력, 힘, 방어력, 이동속도에 이르기까지 모든 부분에서 강화가 이루어졌고, 그 영향은 고위 몬스터들로 갈수록 더욱 커졌다.

데스 나이트들은 눈에서 칙칙한 광휘를 뿌려 대었고, 둠 나이트들은 상대하는 헤르메스 길드원들을 무참히 살상했다.

"모든 마나의 흐름이여, 지금 생명들의 종말을 제물로 바치나니 소멸과 거스름의 원리에 따라서 움직여라!"

절대 마법 방어.

바르칸에 의해 헤르메스 길드의 모든 마법이 차단되었다.

이제부턴 언데드와 전사의 육박전이었다.

"이 땅은 내 암흑의 율법이 지배한다. 영원한 불사의 힘이 장악하리라."

다크 룰!

바르칸의 3대 마법이 모조리 발동되었다.

전선에서 죽어 간 이들은 모두 언데드가 되어 일어났으며, 대규모 살상이 가능한 마법들은 봉인되어 버린 상태.

"이럴 수가……."

"말도 안 돼. 이건 도저히 이길 수 없다."

헤르메스 길드가 무너지고 있었다.

다른 보스급 몬스터와 싸웠다면 이러진 않았으리라.

그렇지만, 동료가 죽는 순간 강력한 언데드가 되어서 일어난다. 아군은 죽어 가는데 적은 끊임없이 늘어난다는 것은 실로 엄청난 공포.

헤르메스 길드는 아골타에서 패배하고 전력의 삼분의 일을 잃어버리며 퇴각했다.

불사의 군단은 더 세력을 넓혔고 중앙 대륙으로 확산되기 시작했다. 바르칸 데모프의 부하들이 저마다 한 지역씩 차지하면서 대량의 언데드 생산 기지도 설치.

베르사 대륙이 위기에 빠져 있을 때에 위드는 던전에서 나왔다.

"실컷… 싸울 수 있는 건가."

라페이로부터 소식을 들어서 대륙의 정세에 대해서는 알았다. 불사의 군단이 있으니 그들을 소멸시켜야 한다는 생각뿐.

라페이는 바드레이의 추종자들을 설득해서 위드를 복권시켰다.

"1군단은 모여라."

위드는 1군단을 지휘하겠다는 뜻을 밝혔을 뿐이다.

그 즉시 1군단이 재결성되었다.

옛 부하들은 위드의 휘하로 다시 돌아가는 데 어떤 주저함도 없었고, 오히려 과거보다 규모가 2배 이상으로 늘어났다.

"우리도 받아 주십시오."

"불사의 군단과 싸우는 일에는 협력하고 싶습니다."

헤르메스 길드에서도 강자들이, 순수하게 힘을 좇던 이들이 1군단을 따르기로 결심을 한 바.

총인원 5만.

위드는 그들을 이끌고 북상했다.

최종 방어선인 기덴 성에서 그들에게 말했다.

"모두 짐작하겠지만 헤르메스 길드에서의 지원은 없다."

꿀꺽.

1군단의 유저들이 긴장을 드러냈다.

그들은 지원을 받지 못한다는 것이 어떤 의미인지 잘 알았다.

오로지 자신들뿐이었다. 헤르메스 길드가 전부 나섰을 때도 패배했던 전투를 해결해야 한다.

"목표는 단순합니다. 바르칸. 우린 언데드들을 돌파하여 바르칸에게 도달해야 합니다. 대략 거리로는 3킬로미터 정도를 뚫어야 되겠더군요."

"……."

아무도 할 수 있다고 확신하지 못했다.

위드도 그건 마찬가지였다.

해낼 수 있을지 없을지는 싸워 보지 않고서는 모른다. 선두에 선 자신과 부하들이 얼마나 잘 싸우느냐에 달려 있었다.

'재미있겠네.'

위드는 그렇게 생각하며 웃었다.

자신은 전장의 그 어디에서라도 살아 있다는 느낌을 받고 싶을 뿐이니까.

'살자. 살아야지.'

할머니와 여동생을 찾았다. 그들이 어디에 사는지를 알아
보았고, 매달 돈도 보내 주고 있었다.

'어떤 상황에서도 희망을 잃고 싶진 않아. 그게… 나한테
남은 마지막일지도 모르니까.'

유병준은 수술대에 누워 있는 이현을 보고 있었다.

"상황이 어떻지?"

—안정적입니다.

"정신적으로도?"

—이상 없습니다.

캡슐형 로봇들이 신체 내부를 개조하고 있었고, 유전자 강
화도 동시에 이루어졌다.

마취가 이루어졌다고 해도 손상과 회복이 동시에 이루어
지기 때문에 육체에는 괴로운 과정이었다.

"그럼 무사히 깨어나겠군."

—95% 이상의 확률로 깨어날 것입니다.

"초인 프로젝트를 축소하지 않더라도 괜찮았을까?"

—90% 이상 깨어났을 것입니다. 대상자의 정신력이 너무나도 강
력합니다.

유병준은 잠든 이현이 눈물을 흘리는 것을 가만히 봤다.

시술 초반에 울었고, 지금 다시 울고 있었다.

"도대체 어떤 꿈을 꾸고 있는지도 알 수 있나?"

—자세히는 알지 못합니다. 다만 몇 개의 단어는 전달되었습니다.

"그건⋯⋯."

유병준은 물어보려다가 말았다.

이현의 인생을 오랫동안 지켜보면서 이미 답을 알고 있었
다.

이현은 이유 모를 극심한 통증 때문인지 주로 아프거나 다
치는 꿈을 많이 꾸었다.

때때로 로열 로드에서 지독하게 싸우기도 했고, 자동차 앞
의 어린아이를 구하기 위해 몸을 던지기도 했다.

"미안해요. 하지만 저희도 먹고살기 힘들어서요."

"⋯⋯."

아무런 보상도 받지 못했지만, 어린아이가 손을 잡으며 말
했다.

"아저씨, 고마워요."

"그래."

이현은 언제나 살고 싶었다.

차라리 죽는 것이 나은 상황에서도, 그냥 살고 싶었다.

'살아야 해.'

어릴 때 부모님이 돌아가시고 그날부터 다시는 볼 수 없게 되었다.

이현은 그때에 여동생을 등에 업은 채 실컷 울었다.

'아무리 울더라도 돌아오지 않아.'

엄마와 아빠의 목소리와 따뜻한 품이 그리워도 참아야 했다.

모든 사람들이 나이를 먹고 언젠가는 죽는다.

괴롭거나 슬프거나, 이 세상에 영원한 건 없다.

죽음을 일찍 배웠기에 이현은 마지막 순간까지도 살고 싶었다.

초인 프로젝트의 마지막 단계로 접어들었다.

가장 힘든 과정이며 성공과 실패가 결정되는 단계.

이현은 길거리를 걷고 있었다.

빌딩과 도로가 마치 춤을 추듯이 흔들렸다.

"약. 약이면 돼."

어떤 고통과 어려움도 마약을 복용하면 해결되었다.

일시적인 환희에 불과할지라도, 약의 효과가 떨어지면 공허함과 괴로움이 찾아오리라는 걸 알면서도. 그러나 그때가 되면 또 약을 찾으면 된다.

'인생에 무슨 가치가 있어? 약에 취해서 사는 것도 나쁘지 않아.'

주머니에는 마약이 가득했다.

이현은 배가 고프면 마약을 먹고, 잠이 올 것 같아도 마약을 먹었다. 약을 먹을수록 고통이 줄어들고 몸은 편안해졌다.

마약중독자의 삶.

밤이 되면 어딘가에 쓰러져서 잠이 들었다.

아침이 되어 깨어나면 음식도 먹지 않고 돌아다녔다.

몸은 비쩍 메말라 가고 눈은 퀭하니 파고들어 갔다. 그럼에도 환희가 가득했다.

'이젠 약이 떨어졌어.'

이현은 마약을 사기 위해 거래하는 곳으로 갔다.

"10만 원만 내. 특별히 싸게 해 줄게."

"10만 원?"

"돈은 넉넉하지 않나?"

마약상의 말을 듣고 지갑을 보니 어찌 된 이유인지 수표와 현금이 두둑했다. 수억 이상을 들고 다녔던 것이다.

마약의 효과가 사라지면서 이현의 몸에는 극심한 고통이 찾아오고 있었다.

"5만 원. 아니, 만 원은 안 됩니까?"

"시세가 있어서 그런 가격으로는 곤란한데. 살 생각이 없나?"

"있긴 한데… 만 원을 넘는 금액으로는 안 살 겁니다."

이현이 단호하게 말하자, 마약상이 고개를 끄덕였다.

"좋아, 그럼 만 원에 팔지."

"생각해 보니 만 원도 비싸네."

"뭐라고?"

"돈 아까우니 끊을게요. 아저씨도 좀 건설적인 일을 하세요. 마약이나 팔고 다니지 말고."

마약을 사지 않았다.

이현은 극심한 피로와 고통을 견디고 몸을 칼로 난도질하는 그런 아픔을 참았다.

죽는 게 낫다는 생각이 들었지만 그래도 살아야 하리라.

가족들이 있었고, 머릿속 한구석에는 누군가의 얼굴도 떠올랐다.

세상에서 가장 아름다운, 자신의 곁에 있는 한 사람.

그녀의 웃는 모습에 고통은 충분히 참을 수 있었다.

인공지능은 실시간으로 이현의 몸과 정신 상태를 확인하고 있었다.

-정신력 극상. 상위 0.0001% 수준.

신체 개조도 마지막 관문을 통과하며 서서히 끝나 갔다.

-모든 시술에 대한 반응 긍정적. 잠재력 개방됨.

운동선수들을 가볍게 초월할 정도의 생체 능력이 깃들었다.

심폐기능이 강화되어 마라톤 정도로는 지치지도 않을 테고, 근육의 부드러움은 대부분의 부상도 막아 주리라.

-몸 상태 지극히 양호. 현재까지 우려했던 부작용 발견되지 않음.

"되었군."

유병준은 수술실을 떠났다.

천문학적인 재산과 권력을 후계자에게 물려주기로 하고 나간 것.

"수십 년간의 목표를 달성했는데, 왜 홀가분한 게 아니라 이렇게 찝찝한 거지?"

인공지능은 유병준이 가고 나서 이현의 모든 능력치들을 평가했다.

−신체적, 정신적인 부분에서 비교가 안 될 정도로 높은 수치.

유병준의 천재적인 두뇌만큼은 따라갈 수 없었지만, 그 외의 부분에서는 새로운 주인이 압도하고 있었다.

인공지능의 시험이 끝나며 이현의 꿈은 극단적인 괴로움에서 편한 것으로 바뀌어 갔다.

"조각 파괴술! 이 모든 것이 힘이 되어라."

로열 로드에서 위드의 모습으로 활동하며, 던전을 무시무시한 속도로 돌파한다.

데스 나이트 기사단과 스켈레톤들이 끝없이 뒤를 따랐다.

몬스터들.

죽어 가는 몬스터들의 몸에서 황금과 보석, 1등급 대장일 재료가 듬뿍 떨어졌다.

위드는 그런 전리품들을 눈으로만 힐끔 보고 계속 전진했다.

"어서 가자!"

사냥이 빠르게 이루어지고 있었다.

경험치와 스킬 숙련도가 마구 쌓였지만 배낭은 가벼웠다. 전리품을 하나도 줍지 않았기 때문이다!

사냥을 하는 위드의 얼굴이 처참하게 일그러졌다.

"으윽, 안 돼. 주울 수 없어. 저건 짐이 될 거야."

스켈레톤들의 뒤에는 유저들이 따라왔다.

한눈에 봐도 부자 티가 물씬 나는 유저들.

헤르메스 길드원들도 보였고 마판도 있었다.

"이거 대왕 다이아몬드다."

"부르는 게 값이라는 화염 폭풍 스크롤이네. 세 장이나 있어."

"마법검이다!"

위드는 사냥을 하면서도 유저들이 환호하는 소리를 들었다.

끝없이 사냥을 하면서도 전리품은 하나도 줍지 못하고 남겨 놔야 했다.

반짝!

위드의 발밑에서 빛나는 만 원짜리.

로열 로드에서 빛까지 내는 만 원짜리 지폐가 나타났지만 그 이유에 대해 의문을 품을 새도 없었다.

언제라도 손을 내밀면 주울 수 있는 발밑에 있는 만 원이야말로 마음을 설레게 하는 법!

위드의 손이 반사적으로 아래로 향할 무렵이었다.

"끄으응."

도저히 만 원짜리를 주울 수 없었다.

세상에서 가장 괴롭고, 안타깝고, 허전하고, 화가 나는 순간이었다.

이현이 초인 프로젝트를 무사히 마치고 눈을 떴을 때는 수술 침대에 혼자 누워 있었다.

"여긴… 어디지? 설마 납치?"

서둘러 옷부터 걷고 배를 확인해 봤다.

장기부터 안전한지를 확인!

'도대체 어떤 놈들이야?'

이현의 머릿속에는 수많은 용의자들이 스쳐 지나가고 있었다.

악연이었던 사채업자들부터 헤르메스 길드, 집주인들까지!

'어쩌면 방송국 놈들일지도…….'

의심 리스트를 떠올리는데 놀랍게도 그들의 얼굴이 선명하게 기억에 남았다.

―드디어 깨어나셨군요. 안녕하세요, 주인님. 저는 인공지능 베르

사입니다.

새하얀 방의 중앙에 공주풍의 드레스를 입은 아가씨가 나타났다.

"환청인가. 헛것도 보이는데? 이 정도면 병원비가 꽤 나오겠는걸."

―…다시 소개드리겠습니다. 저는 인공지능 베르사라고 합니다.

"인공지능?"

―네. 제 모습은 다른 사람들에게는 보이지 않습니다. 초인 프로젝트를 진행하며 강화된 주인님의 눈과 귀에 연동되어 있습니다.

인공지능은 이현이 모르는 유병준 박사의 이야기를 해 주었다.

이현은 처음 듣는 이야기였지만, 로열 로드의 개발 과정이나 유니콘의 탄생에 대해 자세히 알게 되었다.

다 듣고 나서 간단한 요약.

"그니까 사람들에게 삐져 가지고 만든 게 로열 로드네."

―…맞습니다.

"속이 좁은 거야."

―엄청 좁죠.

"유니콘 그룹은 돈이 많고."

―세계 자본의 7%를 가지고 있습니다.

"그게 다 앞으로 내 거라고?"

―박사님의 뜻에 의해 모든 자산을 물려받으셨습니다.

반지하 월셋집에서 살 때 이현은 악마에게 영혼을 팔아서라도 부자가 되고 싶었다. 그렇지만 세계 최고의 부자가 되고 나니 어떤 반응을 보여야 할지 애매했다.

"이게 진짜 사실이란 말이지? 평생 건물주가 되고 싶었는데."

−전 세계에 40층 이상의 대형 빌딩만 5만 채 넘게 보유하고 계십니다.

"부동산도……."

−대한민국의 23배 면적을 보유하고 있습니다.

"현금은……."

−소유한 은행이 56개입니다.

"최신형 휴대폰을 갖고 싶긴 했어. 어떤 느낌인지 궁금했거든."

−유니콘 그룹의 계열사로 전자와 화학, 디스플레이가 있습니다. 전 세계 휴대폰의 72%를 생산합니다.

"자동차는 안 만들지?"

−생산량 기준으로 세계 최대 자동차 메이커 5개 중 세 곳의 최대 주주입니다.

"음, 그렇다면 라면은……."

−거대 식품 기업들을 소유하고 있습니다. 재배와 생산, 유통을 전부 장악했습니다.

  이현은 인공지능의 말을 들으면서 재벌이라는 생각이 절

로 들었다.

"이것이 문어발식 확장인가."

무자비한 문어 재벌이 지구를 뒤덮고 있었다.

과거 200원 비싼 소금을 사 놓고 후회했던 게 의미 없을 정도의 재산과 권력을 손에 쥐었다.

"소금도 혹시 생산해?"

—소금은 식품 기업들의 고정 거래처가 있습니다. 원하신다면 1시간 내로 업체들을 흡수합병 할 수 있습니다.

"아니, 뭐 그럴 것까진 없고."

세계 최고의 부자가 되었다는 것을 알자 기쁨보다는 의외로 허탈함이 앞섰다.

"이젠 돈을 아낄 필요가 없다니… 양말을 꿰매지 않아도 돼."

—…….

"라면을 끓여도 국물을 먹으려고 물을 많이 붓지 않아도 되고."

—…….

"간단한 가구들은 폐지를 주워서 만들기도 했었지. 박스 서랍장이나 선반을 진짜 오래 썼는데."

아무리 써도 마르지 않을 자금이 생겼다. 악착같이 살아온 과거가 추억으로만 남게 될 것 같은 기분이었다.

"내 인생이 사라지고 말았어."

―원한다면 유병준 박사님의 상속을 포기할 수도 있습니다.

"그런 건 아니고. 내가 잠들고 시간이 얼마나 지났지?"

―이틀이 지났습니다.

"내가 사라져서 세상은 난리가 났겠군."

―서윤 양과 이혜연 양만 찾고 다녔습니다.

"…우선 집부터 가야겠어."

이현이 집에 돌아왔지만, 서윤과 이혜연의 반응은 생각했던 것처럼 극적이지 않았다.

"즐거운 여행이었어요?"

"왔어?"

이현이 연락도 없이 사라진 날, 그녀들은 경찰서에 신고하고 인터넷에도 실종을 알리려고 했다.

그것을 막기 위해 인공지능이 이현의 목소리를 위조해서 전화를 했다. 잠깐 바람을 쐬러 바다를 보러 간다고 했던 것이다.

"좀 이상한 여행이었어. 오랫동안 푹 잔 거 같은 여행."

이현은 침대에 누웠다.

예전과 다를 바 없는 생활이었지만 실상은 거대한 부자.

"으흐흐흐캬캬캬캬캇. 흐흐흑!"

어릴 때부터 돈 때문에 수없이 많은 고생을 하며 살아왔는데 이제부터는 걱정할 필요가 없다니 웃음이 나오다가도 눈물이 흘렀다.

"이제부턴 돈을 막 써도 되는 건가."

이현의 생각에 사치를 해도 돈이 마를 일은 없을 것만 같았다.

10조, 20조를 가진 부자는 귀엽게 느껴질 정도의 거대 갑부!

"우선 오늘은 치킨부터 주문하고……."

양념 반 프라이드 반은 진리였다.

"왠지 우리 오빠가 아닌 것 같아."

이혜연은 이상한 기분을 느꼈다.

그녀에게 오빠는 평범한 가족이 아니었다. 엄마이고 동시에 아빠였으며, 세상에서 가장 믿을 수 있는 사람.

그녀의 어릴 적, 지금까지 남아 있는 가장 오래된 기억이 이현의 등에 업혀 놀던 것이었다.

어린아이였지만 여동생에게는 한없이 든든했던 등이다.

"오빠가… 저녁에 치킨을 시켰어."

양념 반 프라이드 반을 주문한 것부터가 의외의 일.

이혜연과 서윤이 같이 먹으니 금방 바닥을 드러냈다.

"부족하니 1마리 더 시키자."

"⋯⋯?"

이혜연은 아무 말도 하지 않았다.

괜히 더 먹고 싶다고 해서 사치를 하면 안 된다느니, 부족한 듯이 먹어야 몸에 좋다느니 일장 연설을 듣고 싶지 않았다.

'잔소리만 빼면 완벽한 오빠인데.'

그런데 정말 치킨을 1마리 더 시켜 줬다.

이혜연은 닭 다리를 뜯으면서도 뭔지 모를 불안감에 빠졌다.

'뭐지, 나한테 왜 이러지? 이젠 다 컸으니 집을 나가서 독립하라는 걸까?'

어릴 때는 오빠의 잔소리에서 벗어나고 싶었다.

집안 형편에 부담되지 않도록 취직도 일찍 하려고 했다.

대학을 다니면서 공부도 열심히 해서 장학금도 받고 성실하게 독립을 준비했었다.

그렇지만 이현이 요즘에는 워낙 잘나가다 보니 상황이 바뀌었다.

'버틸 수 있는 만큼 버텨야 돼. 집에서 먹고 자는 게 돈도 아끼고 얼마나 좋은 건데.'

이혜연은 닭 다리를 뜯으면서도 긴장했다.

'조심해야 되겠다. 당분간 오빠한테 찍소리도 내지 말고 살아야지.'

그다음 날에는 이현이 아침에 학교에 가려는 그녀를 따로 불렀다.

"왜, 왜? 내가 뭘 잘못했어?"

"카드 받아."

이현은 신용카드를 내밀었다.

"집에 올 때 장이라도 봐 올까?"

"그 옷 고등학교 다닐 때도 본 것 같은데. 입을 옷 별로 없지?"

"…아닌데. 입을 옷 많은데. 그냥 입고 싶어서 다시 입은 건데."

"그러지 마. 한창 꾸미고 싶은 나이잖아."

"……?"

이혜연은 낚여선 안 된다고 생각했다. 정상이라면 오빠에게서 절대 나오지 않을 멘트였다.

"예쁜 옷도 사 입고 그래. 한국대 앞에 백화점 있지?"

"배, 백화점?"

"거기 가서 마음껏 사 입어."

이현의 여유롭고 푸근한 미소를 이혜연은 태어나서 처음 보았다.

"나 진짜 옷 안 필요한데. 근데 얼마까지 사도 돼? 3만 원? 5만 원?"

이혜연은 요즘이 백화점 세일 기간이라는 걸 염두에 두고 물었다. 당연히 행사 상품이나 이월 상품 등을 구입해야 하리라.

"마음에 드는 옷 사 입어. 한도는 20만 원 정도… 아니다."

이현이 금액을 말하다가 망설였다.

이혜연은 들뜬 기분을 가라앉히며 그럼 그렇지 하고 생각했지만, 사실은 그런 뜻에서가 아니었다.

'돈을 아무리 써도 늘어나는 속도를 감당할 수가 없지.'

이현의 자산은 지금 이 순간에도 수백억 단위로 불어나고 있었다.

세계 역사상 최대의 부자.

말을 하는 동안에도 백화점을 통째로 살 수 있을 정도로 재산이 늘어났을 테니 여동생의 옷값 한도를 정하는 건 무의미했던 것이다.

사실 백화점이나 신용카드 회사에도 유니콘의 자본은 들어가 있었다.

"한도는 100 정도 써."

"설마, 진짜 100만 원?"

"부족하면 전화하고."

이혜연은 오빠가 너무나 이상하다고 생각하며 백화점에 갔다.

그녀도 예쁜 옷들을 입고 싶었지만 지금까지 사 입어 본 적이 없었다.

'오늘이 무슨 날이야?'

의심을 하며 백화점 이벤트 홀을 돌았다.

"예쁜 옷들이 정말 많구나."

처음으로 백화점에서 옷을 사 보는데, 할인이 듬뿍 된 것들로 20만 원을 채웠다. 애초에 100만 원이 한도라는 말은 믿지도 않았다.

'이렇게 쫓겨나는 거 아닐까? 마지막으로 좋은 옷이라도 입혀서 내보내려고 했다면서.'

이혜연은 죄라도 지은 것처럼 집으로 돌아왔다.

"오빠…….."

"돈 얼마 썼어?"

"20만 원. 나중에 일해서 갚을게."

"일은 무슨……. 백화점 가서 그거밖에 안 썼어?"

"으응?"

"신발도 새로 사고, 코트도 사."

"겨울도 다 지나갔는데?"

"그냥 다 사."

"……."

이혜연은 오빠와의 대화가 무척이나 어색했다.

이현도 뭔가 이상함을 느끼는 듯 말투가 달라졌다.

"동생아."

"응."

"돈이 이젠 남아돌거든. 그러니까 돈 쓰면서 망설이지 마."

오빠의 입에서 절대로 나올 수 없는 말이었다.

이현은 당분간 해야 할 일이 많다고 생각했다.

유니콘사의 자산을 파악하고, 어느 정도의 권력을 발휘할 수 있는지를 알아봐야…….

인공지능이 선명하고 맑은 목소리로 말했다.

―무엇이든 할 수 있습니다.

"무엇이든?"

―정부 전복, 전쟁, 암살, 금융 위기 발생, 대통령이나 UN 사무총장 당선. 지구상에서 돈과 권력을 가지고 할 수 있는 일은 다 할 수 있습니다.

"그런 건 귀찮아서도 안 해."

이현은 명예나 권력에 대한 욕심은 전혀 없었다.

등 따뜻하고 배부르면 보람찬 하루를 마친 것.

하지만 유니콘의 숨겨진 자산 내역을 살펴볼 때마다 경악을 금할 수 없었다.

드래곤의 레어에만 보물이 산더미처럼 쌓여 있는 줄 알았는데, 현실에서는 그보다도 훨씬 더했다.

몇 개 국가 단위의 부가 모여 있었다.

"이러니 있는 놈들만 돈을 벌지."

ㅡ아시다시피 세상의 법칙입니다.

인공지능은 어디서나 나타날 수 있었다. 눈과 귀를 통해 보고 듣지만, 꼭 그럴 필요도 없다고 한다.

ㅡ초고성능 컴퓨터가 내장되어 있습니다. 대화는 언제든 가능하며 복잡한 연산이 필요할 경우에는 외부 자원을 이용하면 됩니다.

"어디에 내장되어 있다는 건데?"

ㅡ몸에요.

"누구 몸에?"

ㅡ주인님의 몸에…….

기생충처럼 달라붙은 인공지능의 본체!

이현은 며칠 동안 황당하기도 했지만 서서히 적응이 되어 갔다.

곰팡이가 두툼하게 피고 바퀴벌레가 가득한 반지하 방에 적응한 전적도 있었으니 좋은 일은 받아들이기 훨씬 쉬웠다.

"그래서 내 몸도 좀 바뀌었다고?"

ㅡ최첨단 생체공학이 적용되었습니다. 시력, 근력, 지구력, 심폐기능, 정력, 세포 재생, 혈액순환, 골밀도…….

"정력?"

ㅡ네. 마르지 않는 수준입니다.

이현의 입가에 맺히는 은근한 미소.

어떤 남자라도 싫어하지 않을 분야였다.

"근데 이런 거 불법 아닌가?"

-불법이 맞습니다.

"그런데도 했어?"

-유병준 박사님께서는 걸리지 않으면 범죄자가 아니라고 했습니다.

"……."

이현은 유병준 박사에 대해서도 들었다.

그는 막대한 재산을 물려주고 나서 로열 로드를 즐기며 남은 인생을 산다고 했다.

"그렇다면 시킬 일이 있어."

-뭐든 말씀하십시오.

돈과 권력을 손에 쥐고 내리는 첫 번째 명령.

인공지능을 통해, 필요하다면 전 세계 산하의 기업과 정치 권력에 전달되리라.

"그러니까… 어린애들한테 밥은 든든하게 먹이자."

-네?

"어릴 때부터 쭉 생각했던 거야. 돈을 많이 벌면 배고픈 아이들한테 실컷 밥을 사 주고 싶다고."

이현은 어린 시절에 배고픈 것이 싫었다.

시간이 흐르기만 하면 어김없이 배가 고파 온다. 집에 먹을 게 없을 때는 그냥 쫄쫄 굶거나, 주위 친구들에게 얻어먹어야 했다.

배가 고플 때마다 서러웠던 기억은 긴 시간이 지나도 고스란히 남았다.

"가난한 애들한테 밥 먹인다고 해서 식량이 부족해지거나 경제 위기가 오거나 하는 건 아니잖아."

—그렇습니다.

"각 국가들이 애들 밥은 잘 먹이도록 정책을 만들게 해 줘. 부족한 부분은 유니콘에서 해결하고."

—바로 진행하겠습니다.

이현은 복지국가 같은 것은 잘 몰랐다. 솔직히 알고 싶지도 않았고.

복지 정책에는 분명 부작용도 있을 것이다. 하지만 그래도 더 이상 아이들이 배고픈 서러움을 느끼진 않게 되리라.

'일단 애들 밥이나 먹이고. 급한 건 역시 밥이 아니겠어?'

이현은 그다음에 할 일을 생각했다.

'누구부터 조지지?'

인생을 살면서 가슴에 품고 살았던 커다란 복수심 같은 건 없었다.

사채업자들이 가장 밉긴 했지만 굳이 다시 만나고 싶진 않았다. 현재의 삶이 가장 중요했으니까.

그들에게서 형님 소리를 들어 봐야 무슨 의미가 있겠는가.

다만 그들이 어디서 뭘 하고 다니는지 궁금하긴 했다.

"나랑 엮인 사채업자들이 있는데 말이야."

－알고 있습니다.

"알고 있어?"

－네. 주요 관심사였습니다.

사채업자들의 근황을 알아보니, 실질적인 위협이 될 수 있어서 가두어 두었다고 한다.

"역시… 끈질기게 들러붙으려고 했군. 걔들은 뭘 하는데?"

－감금되어 있습니다.

"감금?"

－그렇게 나쁜 환경은 아닙니다. 텔레비전을 보거나 운동을 하고 잠을 잡니다. 보여 드릴까요?

"응. 보여 줘."

인공지능이 시각을 조작해서 사채업자들이 갇혀 있는 모습들을 볼 수 있게 했다.

수십 개의 방에 각자 갇혀 있는 사람들의 모습이 보인다.

보리 빵에 완벽하게 적응한 것인지 하나씩 까먹으면서 침대에 누워 텔레비전을 보고 있었다.

마침 베르사 대륙 이야기가 방송되는 날이었던 것이다.

－다시 풀어 주도록 할까요?

이현의 명령만 떨어진다면 1시간 내로 사채업자들에게는 자유가 보장되리라.

"왜 풀어 줘?"

－현재의 행위는 불법감금에 해당됩니다만.

"안 걸리면 무죄라며."

–맞습니다.

사채업자와 같은 부류는 이 사회에 정말 많았다.

본인들은 수시로 법을 어기면서, 필요할 때는 법을 들먹이는 자들. 때때로 공권력조차 정당하지 못한 그들의 편이었다.

물론 지금은 상황이 완전히 바뀌었지만.

전 세계의 권력이 얼렁뚱땅 이현에게 넘어온 상태!

–그러면 이대로 계속 감금할까요?

"부족해. 강제 노동도 시키고, 잠도 조금 적게 재워. 텔레비전 보는 시간도 줄이고. 남아 있는 범죄 내역도 추적해서 처벌해야 돼. 범죄에는 용서가 없지."

–알겠습니다.

"당분간 계속 가둬 놓도록 하자. 일을 많이 시키면서, 진짜 반성할 때까지 가둬 놔."

–반성하지 않으면요?

"계속 갇혀 있더라도 어쩔 수 없지. 그들이 선택한 인생이니까."

이현은 겸사겸사 범죄자들에 대한 생각도 하게 되었다.

한국에서 수많은 재판 기사들을 볼 때마다 피해자들이 더 고통받는다는 느낌이 들었다.

'처벌이 엄격하지 않아. 교화해서 사람을 만든다는 취지는 좋지만… 그래도 법은 억울한 피해자의 입장에 있어야지.'

    자신이 잘 아는 분야도 아니어서, 적극적으로 사회 개혁에 나설 생각은 없었다. 그저 부당하다고 느껴지는 것들은 치워 버리고 싶었다.

    "우리나라에서 범죄자들에 대한 처벌을 강화하는 것도 가능하겠어?"

    ─됩니다.

    "그리고 흉악범을 세금으로 몇 년씩 돌봐 주는 건 안 좋은 것 같아. 징역 10년이라면 국가가 그 긴 시간 동안 먹여 주고 재워 주고 하는 거잖아."

    ─그럼 사형시킬까요?

    인공지능은 때때로 과격한 모습을 보이기도 했다.

    "죽일 필요까진 없어."

    ─인터넷에는 죽여야 한다는 여론이 높은데요.

    "유병준 박사님의 뜻도 그랬나?"

    ─박사님께서는 일일이 저에게 지시를 내려 주지 않으셨습니다. 인간의 판단에 대한 것은 주로 인터넷으로 배웠습니다.

    가정교육을 인터넷으로 받은 인공지능이었다.

    이현은 나직이 한숨을 쉬었다.

    "사람을 함부로 죽여서는 안 돼."

    ─네, 알겠습니다.

    "뭐, 진짜 나쁜 놈들은 고통스럽게 죽여야 되긴 하지만."

    ─…….

"어쨌든 흉악범들이 교도소에서 편하게 밥 먹고 사는 걸 두고 볼 순 없지."

―어떻게 처리할까요.

"사람을 죽인 살인범이나 아동 성범죄자는 러시아로 수출하자."

러시아의 교도소는 비좁고 가혹한 환경으로 유명했다.

평생 교도소 밖으로 나오지도 못하는 건 물론이고 하늘도 쳐다보지 못한다. 따뜻한 햇볕도 쬐지 못하고, 운동도 마음껏 못 하고, 최악의 맛을 가진 음식들만 생존을 위해 지급된다.

아무 희망도 없이 갇혀 지내야 하는 장소.

"증거가 확실하고 범인임이 완벽하게 밝혀진 흉악범들은 그냥 러시아로 보내. 가능하겠지?"

―물론입니다.

"그리고 범죄자들은 철저하게 노동을 시키자. 국민들의 세금을 쓰지 않아도 될 정도로. 사회에서도 사람들이 힘들게 일을 해서 먹고사는데, 왜 범죄자들은 공짜로 먹여 줘야 돼?"

―그들이 일을 하지 않는 경우에는요?

"밥을 주지 마."

하루를 열심히 일하지 않으면 그날 밥은 없다.

다음 날도 일을 안 하면 마찬가지로 밥은 없다.

"몸이 아플 때만 치료도 해 주고 밥도 줘. 하지만 본인들이 일하기 싫어한다면 그에 대한 대가는 치러야지."

-결정하신 대로 범죄자들에게 적용시키겠습니다.

위드는 로열 로드에 다시 접속했다.

베르사 대륙을 통일하고 나서 할 일이 너무 많아졌다.

-마판입니다. 모라타 복구는 예정보다 빠르게 진행되고 있습니다.

-좋은 소식이네요.

-유저들의 자기 집 짓기 운동 덕분이기도 하고, 공짜 식사가 제공된다는 점도 장점인 것 같습니다. 아르펜 제국의 재정이 넉넉해진 것도 이유지요.

모라타에 넘쳐 나는 초보들은 다른 도시로 떠나지 않았다. 폐허가 된 모라타에서 그대로 머무르며 사냥도 하고 건축에도 참여했다.

기본적인 상점들의 건설은 바로 완료되었으니, 상인들의 입장에서는 재건이라는 초대형 시장이 열린 것이었다.

광장 주변의 상점 거리가 파괴되면서 초보 상인들도 좌판을 열었다.

-북부 상인 유저들이 모라타를 중심으로 활동하고 있습니다. 성문 부근에서 수만 명의 좌판이 펼쳐지는데, 밤에도 열려서 대단한 장관입니다.

-북부 대륙은 모라타를 시작으로 발전했죠. 교통의 중심지이기도 하니까요.

-도시의 역사가 사람들을 이끄는 것으로 보입니다.

모라타의 재생력은 상상 그 이상이었다.

건축가들은 파괴되기 전의 북부 최대의 도시로 복구하려면 공사에 긴 시간과 노력이 필요할 거라고 생각했다.

하지만 지금의 모라타 역시 즐거운 곳이었다.

폐허가 되었고 많은 점들이 부족했지만, 사람들이 머무르는 한 도시는 사라진 게 아니었다.

위드는 다용도 노예에게도 귓속말을 보냈다.

-몬스터들은 어때요, 페일 님?

-위드 님 오셨군요. 대륙 전역에서 안전이 확보되고 있습니다. 몬스터들이 원래 서식지로 돌아가고 있으나 몇몇 무리는 도시 근처에 자리를 잡아, 그들을 퇴치하고 있습니다.

타격대는 아직까지 공식적으로 해체하지 않았다.

페일이 그대로 이끌면서 몬스터 토벌을 지휘하는데, 재미와 성과가 쏠쏠해서 여전히 많은 유저들이 남아 있었다.

물론 헤르메스 길드나 대영주들은 자신의 영토로 돌아갔다.

-바드레이는요?

-북부 지역의 던전들을 돌고 있습니다. 공식적으로 진행하는 일이라서 방송에도 나오는데, 실력이 굉장합니다.

드래곤 사냥에서 위드는 아르펜 제국의 황제로서 실속을

챙겼다. 막타를 쳐서 전투 업적도 쏠쏠하게 챙겼고.

그러나 대중의 관심을 크게 받은 건 바드레이와 헤르메스 길드였다. 그들의 불같은 전투가 그동안 가졌던 반감을 많이 희석시킨 것이다.

바드레이도 무신이라는 명칭에 걸맞도록 싸우면서 유저들 사이에서 인기를 회복했다.

사실 죽음에 대한 보복으로 뒤치기의 4인조에 대한 공개 수배가 이루어질 거라고 예상도 했었다.

그런데 그동안 방송에 나와 인터뷰를 했다.

"바드레이 님의 죽음에 대한 의혹이 불거지고 있는데요. 영상 분석 결과 드래곤이나 마법 공격에 의한 죽음이 아니라 일부 유저들의 소행 같다는 말이 있어요."

"사실입니다."

"정말 그렇군요. 그러면 그들에게 척살령이 내려지겠죠?"

"아닙니다. 드래곤과 싸우느라 잠시의 빈틈을 보였습니다. 이는 내가 충분히 강하지 못했기 때문에 벌어진 죽음입니다."

"네에?"

"얼마든지 나에게 도전해도 됩니다. 강자의 도전은 언제든지 환영합니다."

바드레이의 인터뷰는 시청자들의 열광을 이끌었다.

드래곤과의 전투 때문에라도 유저들이 강한 힘에 이끌리는 분위기.

물론 일부에서는 방송용 멘트라거나, 대륙 호구라는 별명도 기꺼이 붙였다.

-CTS미디어에서 바드레이 님의 던전 공략이 독점 중계되고 있습니다.

-그렇군요. 인기가 있나요?

-시청률이 10%가 넘는다고 합니다. 북부의 미공략 던전들을 돌파하고 있고, 친위대도 함께하니까요.

위드는 바드레이가 전보다는 편안하게 느껴졌다.

'열심히 사는 사람이지. 참 성실해.'

로열 로드에서는 경쟁자이긴 하지만 돈과 권력, 예쁜 여자 친구까지 다 가진 입장이었다.

인생에서의 완전한 승리자로서 약간의 여유가 생겼다.

물론 유병준 박사가 모든 걸 물려주지 않았다면 지금처럼 관대할 순 없었겠지만.

-여러분.

-넵! 위드 님.

베키닌의 3마리 미친 상어들에게 귓속말을 보냈다.

그동안 미루어 두긴 했지만 인생을 살면서 중요한 일을 처리해야 했다. 그 일을 위해서는 분위기와 장소가 무엇보다 중요했다.

―섬을 찾고 있는데요. 무인도면 좋겠고, 기왕이면 풍경이 멋진 곳이었으면 하는데요.

―무인도에 풍경이 좋은 곳이라면, 휴양을 하시려고요?

―꼭 휴양 목적은 아닌데. 일단 봐서 아름다워야 됩니다. 기가 막힐 정도로 말이죠.

―그러면 크로아 해적섬 너머에 몇 있습니다. 바다도 예쁘고, 진짜 한없이 멋진 곳이죠. 바다 거북이들이 찾아오긴 하지만 해변에 그놈들이 누워 있는 것도 운치가 있죠. 유저들은 없을 겁니다.

무인도 하나를 우선 섭외해 놓고.

―마판 님, 얼음 결정들은 어떻게 되었죠?

―말씀하신 장소에 준비해 두었습니다.

지골라스 근처의 빙하 지대.

"에취!"

위드는 와삼이를 타고 눈보라를 뚫으면서 온몸이 얼어붙는 기분이었다.

"너무 춥다, 주인."

"나도 그래."

신성한 불을 피워서 수시로 몸을 데우지 않았다면 진작 곤란을 겪었으리라.

빙하 지대에는 설원을 중심으로 활동하는 상단이 기다리고 있었다.

"위드 님, 반갑습니다."

바바리안들로 구성된 상인들.

그들의 대표인 엘비라가 흰 털옷을 입고 인사했다.

"여기, 주문하신 얼음 결정입니다."

"힘든 곳까지 와 주셔서 고맙습니다."

"뭘요. 고객님의 요청이 있다면 어디든 가야죠."

바드레이 이후에 설원 지역과 지골라스에서는 모험가들이 탐험을 하고 있었다. 보물과 황금을 찾는 무리에 의해 이쪽으로도 사람들이 제법 찾아왔다.

"물건을 확인해 보시죠."

마차 열 대 분량의 순수한 얼음 결정.

지극히 추운 곳에서 생성되어 어떠한 불순물도 없었다.

다른 마차 두 대 분량에는 무려 드래곤의 뼈가 담겨 있었다. 악룡 케이베른을 사냥하고 얻은 귀중한 뼈.

위드는 마차에서 뼈들을 꺼내 하나하나 두드려 보고 무게도 맞춰 봤다.

"물건은 확실하네요."

"그럼… 잠시 구경을 해도 되겠습니까?"

"네?"

"아무것도 아닙니다."

버릇처럼 한 푼이라도 챙기려고 하다가 고개를 저었다.

'더는 구차하게 살지 않아도 돼.'

객관적으로 요플레 뚜껑을 핥지 않아도 될 만한 부를 쌓았다.

이렇게 추운 곳에까지 와서 열심히 돈을 벌려는 상인들에게 관람료를 받을 필요는 없으리라.

"오래 걸릴지도 모르니… 신성한 불!"

화르륵!

"고맙습니다."

모닥불을 피워 놓고, 상인들과 와삼이가 옹기종기 앉았다.

"그럼 조각을 시작해 보죠."

눈보라가 몰아쳐 조각 재료들을 얻을 걱정은 하지 않아도 되었다. 어디든 손을 대서 뭉치기 시작하면 금세 덩치가 커진다.

10미터, 20미터, 30미터.

아래에서부터 올라가면서 작업을 하고, 때때로는 스킬도 사용했다.

1시간, 2시간.

워낙 대규모 작업이라서 시간이 빠르게 흘렀다.

"신성한 불, 자연 조각술!"

쌓이는 눈을 녹이면서 단단한 얼음으로 바꾸었다.

투명한 얼음으로 만드는 초대형 조각상.

위드가 만드는 것의 정체는 케이베른과의 전투에서 죽은 빙룡이었다.

"빙룡은 허리지. 안 그래도 부실해서 언제라도 부러질 것 같았는데."

드래곤의 뼈를 통째로 쓰기에는 양이 너무나도 부족했다.

케이베른이 죽으며 남긴 뼈를 전부 빙룡에게 투자한다면 어마어마하게 강해질 테지만, 그럴 수는 없는 노릇.

꼬리에서부터 척추, 머리에 이르기까지 드래곤의 뼈를 순수한 얼음 결정과 함께 섞어서 넣었다.

머리를 만들 때는 빙룡의 신체 파편을 넣어서 제작했다.

새로운 빙룡이 아니라, 예전의 빙룡을 되살리기 위한 것이 었으니까.

"특별히 신경을 좀 써 줘야지."

이번엔 얼음 결정을 사용하여 길고 위엄 넘치는 수염까지 제작.

과거보다도 조금 더 큰 400미터짜리의 빙룡이 완성되었다.

"조각품에 생명 부여!"

―조각 생명체의 육체의 일부를 사용하셨습니다. 물의 속성을 가지고 있던 생명체는 새로운 삶을 얻을 것입니다.
조각품에 대한 추억 스킬이 발동됩니다.
조각 생명체가 자신에 대한 기억을 되찾을 수 있지만 확실하지 않습니다.
다시 조각한 시점에서의 늘어난 예술 스텟과 조각술의 효과는 적용되지 않으며, 예전에 살아 있을 때보다 5%의 레벨이 줄어듭니다.

-특수 재료들이 사용되었습니다.

육체의 일부가 강화되고 힘과 레벨이 증가합니다.
브레스의 위력이 2.5배가 됩니다.
마나 회복력이 300%가 되었습니다.
강력한 마법 저항력을 가지고, 물리적인 피해의 상당 부분을 흡수합니다.
흑마법의 일부와 얼음 계열의 강력한 마법을 사용할 수 있습니다.

얼어붙어 있던 빙룡 조각상이 움직이기 시작했다.

쩌저저적!

대지가 갈라질 정도의 위엄.

빙룡은 몸에 쌓여 있던 눈을 털어 내며 포효했다.

"쿠우워어어어어어!"

빙하 지대에서 눈보라를 맞고 있는 빙룡의 모습은 그 자체로 압도적인 장관.

"우와아아앗, 대박이다."

"저렇게 멋지구나."

상인들은 감탄을 내뱉기에 바빴다.

"크콰라라라라라락!"

빙룡이 다시 포효를 터트렸다.

아마도 상인들의 감탄을 들은 것이 틀림없는 듯한 모습.

위드가 빙룡을 올려다보며 말했다.

"몸은 어때, 좀 괜찮아?"

빙룡이 투명한 얼음 같은 눈동자를 번뜩이며 대답했다.

"누구인가, 넌."

"네 주인인데 날 몰라?"

"모른다. 기억에 없다."

조각 생명체들을 되살리다 보면 옛 기억을 잃어버리는 경우가 있다. 그렇지만 빙룡은 물의 속성을 가지고 있기도 했고, 얼음 파편도 큼지막한 녀석으로 넣었다.

"우리가 함께했던 긴 시간을 다 잊어버렸다고?"

"아무것도 모른다."

"내가 지어 준 네 이름은 생각나?"

"그런 일이 있었나? 모른다."

"죽기 전에 싸웠던 케이베른도 생각 안 나?"

"케이베른이 누군지도 알지 못한다."

"저기 있는 와삼이는?"

"모른다."

위드의 눈가가 거짓을 탐색하려는 듯이 가늘어졌다. 하지만 빙룡은 조금의 표정 변화도 없이 쳐다보고 있을 뿐이었다.

기억을 잃어버린 빙룡!

"꾸에에엣!"

와삼이가 다가가서 몸을 비볐지만 빙룡은 아무런 반응도 없었다.

"이상한데……."

위드는 돌아서면서 고개를 흔들었다. 그러면서 지나가는

듯이 말했다.

"근데 빙룡아."

"왜 부르는가, 주인."

"넌 왜 대답하는데?"

"……."

위드는 지골라스에 들러서 가장 뜨거운 곳의 용암으로 불사조와 불의 거인을 되살렸다.

"살려 줘서 고맙다, 주인."

"다시 만나게 되어 반갑다."

"그래. 너희가 착하고 정직한 애들이지."

불의 저항력이 올라가면서 위드는 지극히 뜨거운 용암도 조각 재료로 사용할 수 있게 되었다.

불사조와 불의 거인의 체질이 강화되었을 뿐 아니라 추가적인 효과도 있었다.

-부활한 불사조!
생명력이 50% 증가합니다.
완전히 소멸되어도 10초 안에 다시 한 번 살아납니다.
부활의 권능은 불의 기운이 강성한 장소에서 하루 동안 쉬면 다시 충전됩니다.

불사조에게는 새로운 특성도 부여되었다.

"앞으로 잘 써먹을 수 있겠군. 어떤 위험한 전장이라도 믿고 투입할 수 있겠어."

생고생을 예약한 불사조.

위드가 그다음으로 할 일은 인생에서 가장 중요한 것이었다.

그 일을 위해서 모라타로 돌아와서 농부 미레타스와 엘프 하루나를 만났다.

"여기 꽃씨들이네. 꽃나무들도 골고루 넣었네."

"엘프의 숲에서 자라는 풀과 나무, 꽃의 씨앗이랍니다."

배낭을 가득 채우고, 10개의 농업용 포대에 씨앗을 얻은 위드.

미레타스가 호기심을 이기지 못하고 물었다.

"그걸로 뭘 하려나? 이젠 농사에도 관심이 있나?"

조각술을 마스터한 위드가 농사를 시작한다면 기꺼이 도와줄 생각이 있었다.

"농사를 지을 생각은 없는데요."

"정말인가?"

"네, 없습니다."

"땀은 정직한 법이네. 열심히 땀 흘려서 키운 곡물들이 자라면 얼마나 뿌듯한 줄 아는가? 시원한 바람을 맞으며 황금 들판을 보고 있으면……."

"저는 그냥 다른 사람들이 땀 흘려서 키운 곡식을 편히 먹겠습니다."

위드는 씨앗들을 들고 와삼이를 탔다. 그리고 베키닌의 3마리 미친 상어들이 소개한 무인도로 향했다.

북부 대륙을 지나고, 푸른 바다를 건넜다.

항구 바르나와 크로아 해적섬의 항해 경로에는 유저들의 배들이 심심치 않게 지나고 있었다.

어선, 교역선, 해적선까지!

"위드 님이다!"

"아르펜 제국 만세!"

위드는 가볍게 손을 흔들어 주며 계속 동쪽으로 향했다.

"근데 주인."

"왜?"

"빙룡도, 불사조도 강해졌잖나."

"그렇지."

"나는 뭐 없나? 맨날 타고 다니면서."

위드를 가장 자주 태우고 다니는 와삼이로서는 불만을 가질 수도 있는 상황이었다.

지금도 대륙의 북쪽 끝에서 모라타를 거쳐 동쪽 바다로 넘어가는 초장거리 여행.

"어떻게 해 주길 바라는데?"

"강해지고 싶다."

"왜?"

"그냥 강해지고 싶다."

위드는 흉포한 와이번으로서의 본능을 충분히 이해했다.

"알았어. 그럼 드래곤의 뼈와 비늘을 날개에 좀 붙여 줄게."

"정말인가? 그걸로 강해질 수 있을까?"

"일단은 조금 더 빨라지지 않을까?"

"빨라지는 것도 좋다."

귀한 물건이었지만 와삼이의 속도 향상을 위해서는 기꺼이 투자할 수 있었다. 더 빨리 날 수 있다면 이동하는 데 필요한 시간을 절약할 수 있을 테니까!

넓고 커다란 크로아 해적섬과 군도를 지나고 나서도 한참 동안 망망대해가 펼쳐졌다.

헤인트 : 해적섬의 동쪽 지역은 해류가 빠르고 암초가 많아서 어지간한 항해사가 아니고서는 들어가지 못합니다. 와삼이의 속도라면 무인도까지는 20분에서 30분 정도 걸릴 겁니다.

바다는 에메랄드빛이었다.

푸른 하늘과 어우러져서, 경치를 보는 것만으로도 가슴이

뻥 뚫릴 것만 같은 기분.

헤인트가 말한 무인도는 상당히 거대한 섬이었다.

높은 산과 백사장, 해안 절벽이 있고, 거북이들이 느긋하게 일광욕을 즐기고 있는 낙원.

"사람은 아무도 없지?"

"안 보인다."

위드는 와삼이를 타고 섬을 한 바퀴 천천히 둘러봤다.

그냥 보더라도 낙원 같았지만 넓은 평지에는 풀이 무성하게 자라 있었다.

"적당해. 이제 작업을 해야 되겠군."

위드는 섬에 내려와서 농사용 도구들을 꺼냈다.

낫과 호미!

무성하게 자란 풀과 잡초를 베고 땅을 깊게 헤집었다.

황무지는 아니었지만 풀만 자라 있던 곳이라서 자갈을 골라내는 일이 끝도 없었다.

5시간, 10시간.

밤이 되어도 작업은 계속되었다.

새벽까지 별빛을 받으며 땅을 파고 있을 때였다.

-농사 스킬을 습득하셨습니다.
대지의 생명력을 느끼고 풍성한 수확을 맛볼 수 있는 농사!
부지런한 손놀림과 땀의 대가를 아는 이들만이 배울 수 있는 스킬입니다.
땅에 뿌리는 거름의 효율이 10% 증가합니다.

> 농사로 인한 체력 소모가 감소합니다.
> 식물들이 1% 더 빨리 자랍니다.

농사 스킬까지 생성.

"내가 잡캐는 잡캐구나."

곡식을 심은 것도 아니고 무려 14시간 동안이나 풀을 베고 있었다.

"아무리 정성을 들여도 모자라지 않은 일이니까."

위드는 허리를 한번 펴 주고 나서 다시 풀을 베고 자갈을 골라냈다. 그러다가 불현듯 깨닫고야 말았다.

꽤나 큰 섬이니, 이곳의 잡초를 전부 뽑아내고 꽃과 나무를 심으려면 족히 몇 달이 걸릴 거라는 사실을!

"성의가 중요하다고 하지만… 그래도 이건 좀 과한 거 아닌가?"

위드는 근본적인 생각의 전환이 필요하다고 느꼈다.

"대재앙의 자연 조각술!"

위드는 과감하게 대재앙을 일으켰다.

콰콰콰콰!

바다에서 3개의 토네이도가 일어나서 무인도로 다가왔다.

"전부 쓸어버려라!"

하늘과 바다에 맞닿은 소용돌이가 무섭게 엇갈리며 무인도를 헤집어 놓았다.

위드도 땅에 박혀 있는 바위를 붙잡고 매달려야 할 정도로 강력한 대재앙.

풀과 나무가 그대로 뽑혀 나가고 자갈도 휩쓸려서 날렸다.

휘이이이이이이잉!

소용돌이들이 머물면서 무인도의 환경은 완벽히 쑥대밭으로 변했다.

-자연과의 친화력이 2 감소하였습니다.

위드는 초토화된 땅에서 삽자루를 손에 쥐었다.

"이제 훨씬 해 볼 만하겠군."

마구 파헤쳐진 땅을 고르고 씨앗을 뿌렸다.

꽃나무들은 깊게 파서 묻어 주고, 다른 씨앗들은 넓게 뿌려 주었다.

며칠째 밤낮을 가리지 않고 이어지는 노가다.

쏴아아아아.

비가 내려도 멈추지 않고 정성스럽게 씨앗을 심었다.

무인도에서 묵묵히 작업하며 수많은 생각들을 떠올렸다.

지나왔던 과거는 치열하기 짝이 없었고, 앞으로의 미래에는 막대한 짐이 어깨에 실렸다.

'세계 최고의 부와 권력을 가졌는데 앞으로는 어떻게 살아야 할까.'

유병준 박사의 후계자가 되어 유니콘 그룹의 총수가 되는 건 아무런 준비도 되어 있지 않던 일.

솔직히 두렵기도 했고, 부담이 가지 않는다면 거짓말이리라.

편하게 잠을 자기 힘들 정도로 무거운 짐이었다.

'적당히 부자가 되어서 평생 돈 걱정 안 하고 사는 정도면 좋은데.'

넘치도록 주어진 돈과 권력을 어떻게 써야 할지도 모르겠고, 그것을 잘 해낼 자신도 없었다.

확실한 건, 그가 악당이 된다면 세상은 매우 고통스러운 곳으로 변하고 말리라.

'대충 하자, 대충. 어차피 태어날 때부터 잘한 사람도 없었을 테고, 입만 열면 거짓말을 하는 정치인들보단 내가 나을 수도 있겠지.'

섬에서 꽃을 심으면서 앞으로의 인생을 설계했다.

부담감에 짓눌려서 괴로워하느니 그냥 그때그때 맞춰서 살기로!

'싹이 트고 자라나는 연한 초록 새싹들과 파도 소리가 마음을 차분하게 해 주긴 하네.'

노력을 해 보고, 최선을 다해도 안되는 건 어쩔 수 없는 일이었다.

일주일쯤 지나자 가지고 온 씨앗들이 섬에 골고루 심겼다.

통찰력과 손재주의 도움으로 농사도 빠르게 초급 6레벨에
오를 수 있었다.

"이젠 결과를 지켜봐야 되겠지."

넓은 바다를 보면서 낚시를 했다.

파도 소리와 바람 그리고 맑은 하늘.

인생의 중요한 순간을 위한 더없이 좋은 장소였다.

1달 정도가 흐르자 쓸쓸하던 무인도에 꽃이 활짝 피었다.

형형색색으로 물든 무인도.

위드는 꽃게와 생선을 잡아먹고 있는 와삼이에게 명령했다.

"가서 서윤을 이곳으로 데려와."

"알았다, 주인."

와삼이가 날개를 펼치고 바다를 날아갔다.

위드는 무인도에 활짝 피어 있는 꽃들을 보며 생각했다.

'꽃이 피니 예쁘네. 내가 이런 모습들을 너무 모르고 살아
왔구나. 사람들이 왜 꽃을 좋아하는지 알겠어.'

2분 정도는 감동으로 인해 그동안의 고생이 씻은 듯 사라
진 것처럼 느껴질 정도였다.

그리고 3분 20초 정도가 지나자 물씬 풍겨 오는 꽃향기에
도 아무 감흥 없게 되었다.

'대충 예쁘긴 한데, 차라리 얼마 전에 먹은 양념 반 프라이

드 반이 더 나은 거 아닌가.'

금방 메말라 버리는 감수성!

5분이 더 지났을 때였다.

'꽃은 무슨… 벼를 심었어야 되는데. 포도나무도 괜찮고. 아, 고구마도 나쁘지 않았겠다. 뭐라도 따야 소득이 쏠쏠하지.'

위드는 꽃으로 이루어진 섬을 보며 서윤에게 귓속말을 보냈다.

-와삼이가 데리러 갈 거야. 무슨 일인지는 묻지 말고 무조건 타고 와야 해.

-알았어요.

모라타 복구를 위해 머무르고 있는 그녀를 무인도로 불렀다.

위드가 바느질을 하며 기다리자, 한참 후에 서쪽 하늘에서 와삼이가 나타났다.

"꾸에에에엣!"

와삼이의 등에는 서윤이 타고 있었다.

그녀가 땅으로 내려오며 물었다.

"무슨 일 있어요?"

"음… 그러니까……."

위드의 계획은 시작부터 흔들렸다.

무인도에 잔뜩 피어 있는 꽃을 보며 아름다움에 감탄하는 그녀에게 널 위해 직접 심었다고 고백하려던 작전!

그런데 서윤이 뜻밖에도 진지하게 무슨 일이라도 있는지 물어 온 것이다.

'일단 계획대로 가자.'

위드는 그래도 계속 밀고 나가기로 했다.

"하고 싶은 말이 있어서 심었어."

"할 말요?"

"응. 이 섬에는 꽃이 몇 송이 없었는데, 전부 너를 위해 심은 거야."

"이 섬의 꽃을 전부……."

서윤이 연애 경험이 없고 둔한 편이라고는 하지만 이런 분위기가 무엇을 뜻하는지도 모르지는 않았다.

활짝 피어 있는 꽃들.

이 아름다운 풍경은 우연히 만들어진 것이 아니었다.

"결혼하자. 평생 나랑 같이 살아 줄래?"

위드는 말하면서도 서윤이 대답을 고민할 거라고 생각했다.

같이 밥을 먹고, 한 이불에서 함께 눈을 뜨고, 함께 늙어 가는 것. 자신의 인생이 걸린 문제였으니까.

서윤은 고개를 끄덕였다.

"네. 같이 살아요."

이현은 조용하지 않은 결혼식을 추진했다.

"조금 떠들썩한 맛이 있어야지."

그렇다고 호텔에서 치르면 동네 사람들이 찾아오기 어려웠다.

이현이 쌓아 온 인간관계라고 해 봐야 동네 주민들이 핵심!

"어떻게 해야 될지 모르겠네. 사람들이 자유롭게 와서 먹고, 놀고, 축하해 주면 좋겠어."

ㅡ알겠습니다. 제가 알아서 추진하겠습니다.

인공지능에게 일단 결혼식 준비를 맡겼다.

국가 경제까지 뒤흔들 수 있을 정도의 능력을 가졌으니 결혼식 준비 정도는 어렵지 않으리라.

제목 : 성대한 결혼식을 치러야 됩니다.

1달 안에 멋진 결혼식이 목표입니다.

예산은 무제한입니다.

장소도 어디든 섭외 가능합니다.

(청와대, 정부 청사, 군부대, 항공모함, 필요시 우주 궤도도 가능)

동네 주민들이 다 참석할 수 있어야 하고, 우아하면서도 품위 있고, 호화로우면서 즐거운 결혼식이 되어야 합니다.

좋은 아이디어 받습니다.
채택된 분에게는 100억을 드립니다.

어떤 이유에서인지 이 질문 글은 포털 사이트의 최상단을 유지하고 있었다.

댓글에는 불이 붙었다.

－아이디어 하나에 100억? 말이 되냐, 말이 돼?
－점심 한 그릇에 50억인 동네랍니다. 오해하지 마세요.
－한국 돈으로 준다는 말은 안 했다.
－글쎄… 결혼 5년 차로서 말한다. 다시 생각해 봐라. 그리고 웬만하면 하지 마라.
－막 결혼하려는 사람한테 무슨 소리임.
－왜 결혼하지 말라는 거예요?
－하지 말라면 그냥 하지 마!
－결혼식 장소로는 예식장 추천합니다. 웬만한 건 다 알아서 해 주니까요.
－예산이 무제한인데… 당연히 럭셔리로 가야 되는 거 아님? 하와이에서 합시다.

-럭셔리엘레강스하이퍼슈퍼초울트라급으로. 뉴욕 센트럴파크
로 갑시다.
　-결혼식은 주차 잘되고 밥만 맛있으면 됨. 갈비탕 추천.
　-뷔페도 맛있는 곳은 맛있어요.
　-제가 다녀 본 바로는 스테이크 나오는 호텔이 최고였음.
　-잔치국수도 꿀맛.
　-요즘 대게 철인데.
　-양념 소갈비면 최고.
　-개인 취향인데 저는 떡 케이크 있으면 좋던데요.

음식들이 주르륵 나열되고 나서는 다시 장소로 돌아왔다.

　-호텔 한 표.
　-동네 사람들 와야 한다니까 무난하게 예식장으로 갑시다.
　-자기 집도 괜찮죠. 주택이라면요.
　-뒷산은 어떰?
　-꿈만 같은 상황이지만 어디서든 결혼식이 가능하다면 저는 로
열 로드에서 하겠습니다. 왕성 같은 곳에서 하객들 모아 놓고 하면
대장관.
　-풀죽신교 안에서 결혼한 커플도 있었잖아요. 하객들이 다 풀죽
만 먹었다던데.

인공지능은 아이디어마다 사람들의 반응을 분석했다. 그리고 이현과 서윤이 가장 좋아할 것 같은 아이디어를 골랐다.

－동네에 있는 넓은 잔디 공원 같은 곳에서 하면 어때요? 동네 주민들 자유롭게 참석해도 되고, 음식은 호텔 주방장들이 와서 해 주고. 결혼은 둘이 잘 살고 주변 사람들이 축하해 주면 되는 거지요, 결혼식이 딱히 뭐 엄청날 필요가 있나?

아이디어를 채택해서 동네에 있는 공원에서 결혼식을 하기로 했다.

이현이 직접 쓴 청첩장이 동네 주민들에게 뿌려지고, 결혼식 날에는 소식을 들은 방송국 사람들도 참석했다.

회사 차원에서 선물을 한 보따리씩 가져오고 축의금도 준비해야 했다.

"결혼 축하드립니다."

"네. 직접 와 주셔서 고맙습니다."

이현은 싱글벙글 웃으면서 강 부장과 다른 방송국 관계자들을 맞이했다. 국내뿐만 아니라 해외 방송국에서도 국장들이 참석하여 이현의 절대적인 영향력을 실감하게 했다.

CTS미디어의 보도국장 윤창선이 은근한 어조로 말했다.

"저희 방송국에서는 축의금을 넉넉하게 준비했습니다. 이번에 고급 차라도 한 대 사셔야죠."

"그래요. 고맙습니다."

이현은 웃으면서 받아 주었다.

불과 얼마 전까지만 하더라도 축의금에 탐을 냈겠지만 지금은 전혀 아니었다. 아무리 돈 욕심이 많다지만 지금은 세상에서 압도적으로 많은 자산을 보유하고 있으니까.

　　축의금은 마음만 받겠습니다.

직접 쓴 청첩장에도 이런 문구를 넣을 정도였다.

물론 그동안 고생깨나 했던 방송국 관계자들은 정반대의 반응을 보였지만.

"보통 경조사도 아니고 자기 결혼이잖아. 이러면 얼마를 넣어야 돼? 천?"

"천만 원은 무시당했다고 생각하지 않을까요?"

"그럴 수도 있지. 그러면 더 써야 한단 말인데. 얼마를 내란 말이야, 대체?"

"가전제품 일체는 어떻습니까?"

"그건 지난 명절에도 다 보낸 거야."

방송국에서도 돈을 밝히는 이현에 대해 나쁘게만 여기지는 않았다. 받은 만큼 어떤 식으로든 돌려줬으니까.

문제는 다른 방송국들과의 경쟁이었다.

"제작 쪽 예산에서 빼서 팍팍 써 보자."

"그러죠. 베르사 대륙의 통일 황제인데, 접대를 안 할 수 없는 상대 아닙니까."

방송국마다 선물을 한 보따리씩 가져오고 축의금까지 챙겨 왔지만, 과거처럼 이현이 좋아하지는 않았다.

윤창선은 기분이 답답해졌다.

"목소리가 은근해지지도, 입꼬리가 실룩실룩 떨리지도 않았어. 우리 액수를 모르는 거 아니야?"

"대충 언질은 했잖습니까?"

"더 가져와야 했던 거 아닐까?"

방송국 관계자들이 고민하는 사이에 천막을 쳐서 만든 신부 대기실에서는 작은 소란이 벌어지고 있었다.

이효정, 로열 로드에서는 벨로트란 이름으로 활약하는 그녀가 서윤의 얼굴에 화장을 해 주었다.

"완전 예쁘다. 어쩌면 이렇게 예쁠 수가 있지?"

미모의 여배우면서도 서윤의 아름다움에 푹 빠져들었다.

"내가 봐도 정말 예쁜 사람이야."

정효린, 로열 로드에서의 화령도 함께 서윤을 꾸미는 걸 도와주었다.

아무리 공원에서 하는 결혼식이라도 그녀는 가장 아끼는 목걸이와 귀걸이 등의 장신구들을 가져왔다.

"고마워요."

"영화라도 한 편 찍어 주고 싶어요. 이 외모는 CF라도 찍어서 오래도록 간직해야 하는데."

정효린이 가져온 다이아몬드 귀걸이를 착용하자 더욱 살아나는 서윤의 미모.

당연한 것처럼 어울리는 우아한 아름다움이 있었다.

이효정은 화장에 대해서는 웬만한 전문가들보다도 나았다.

"이 모습 그대로 나가면 남자들 미치겠다. 여자들도 다 미치려나?"

새하얀 드레스를 입고 있는 서윤의 모습은 천사가 땅에 내려온 것 같았다.

결혼식은 간단하게 진행되었다.

이현과 서윤이 모두의 앞에서 평생 함께하기를 약속하고 공원을 돌면서 하객들과 인사하는 것이 전부였다.

"많이 드세요, 어르신."

"어, 고맙네. 잘 먹을게, 하하하."

동네 주민들과 시장 상인들, 방송국 관계자들이 따로 모여 있었다.

그들은 서윤을 볼 때마다 입을 벌린 채로 다물지를 못했다. 한껏 예쁘게 화장하고 드레스까지 입은 그녀의 모습이란 여신의 강림이나 마찬가지였으니까.

"제자야, 우리가 왔다."

안현도와 사범들, 수련생들이 우르르 몰려왔다.

500명이 넘는 시커먼 정장의 근육질 남자들의 등장이었다.

"어서 오십쇼, 스승님, 사형들!"

"요리 냄새가 기가 막히는구나."

"편하게 드세요."

그들도 한자리씩 차지하고 술과 음식을 먹기 시작했다.

지글지글 굽는 바비큐 요리를 시작으로, 5성급 이상의 호텔 주방장들이 모두 동원되었다.

"고기가 살살 녹네."

"이건 뭐죠? 고급 요리인가. 색깔이 예쁘긴 한데."

"고기 맛 떨어진다. 모두 돼지고기에 집중!"

"옛!"

"돼지부터 끝내고, 그다음에는 소를 처리한다."

"이틀 전부터 굶었습니다!"

미각을 돋우는 고급 요리보다는 고기 자체에 집중하는 그들.

오늘은 지나가던 사람이라도 누구나 와서 무료로 먹고 마실 수 있었다. 이현이 돈을 아낄 필요가 없을 정도로 막대한 재산을 물려받기도 했지만, 음식에서는 인색하고 싶지 않은 날이었다.

주방장들은 호텔에서 최고의 실력자들로 파견되었고, 그

들은 이현으로부터 교육도 받았다.

"식재료는 가장 좋은 걸 쓰세요."

"알겠습니다."

"특히 소금은 얼마든지 비싼 걸 써도 됩니다."

"……?"

시의원들과 구청장, 시장까지 방문했다.

"안녕하십니까."

"좋은 날 결혼하시는 걸 축하드립니다."

그들은 지역에서의 이현의 명성과 영향력에 대해서 알고 있었다.

얼마 후에는, 제법 큰 행사가 있다는 걸 안 국회의원도 찾아왔다.

"저는 국회의원 유일석입니다."

"맛있게 드시고 가세요."

이현도 가볍게 악수를 나누며 인사를 받아 주었다.

"신부가 참 예쁘군요."

"네, 고맙습니다."

"제 아들놈도 저런 미녀를 만날 수 있어야 할 텐데. 공부도 잘하고 집안도 빵빵하게 뒷받침을 해 주고 있으니 당연히 성공하리라 기대하고 있습니다만."

유일석이 아들 자랑을 좀 늘어놓긴 했지만, 이현은 대충 흘려버렸다.

다행히 길어지기 전에 보좌관이 와서 그를 데려갔다.

"의원님, 주민들과 한잔하시죠."

"그래. 그래야지."

지역구를 가진 국회의원으로서 부지런히 주민들을 만났다.

"저 유일석, 여러분의 도움으로 여기까지 올라올 수 있었습니다. 앞으로도 잘 부탁드립니다."

"그래그래, 한 잔 받게."

남의 결혼식에서 생색을 내는 국회의원!

이현은 웬만하면 오늘은 화를 내지 않을 작정이었다.

'꼴 보기 싫은 건 나중에 해결해야지.'

뒤끝이 제대로 작렬하게 되리라.

국회의원과 정치인들이 열심히 돌아다녔지만, 그들도 얼마 후에는 조용해졌다.

유니콘 그룹의 계열사 사장들, 세계적인 투자 회사의 오너로 알려진 인물들이 연달아 방문한 것이다.

경제 뉴스에 단골손님으로 나오는 유명 인사들이 허리를 깊게 숙이며 이현에게 인사했다.

"뵙게 되어 영광입니다."

"별말씀을요. 멀리서 오시느라 수고가 많으셨습니다. 맛있는 음식 많이 드세요."

유니콘 그룹의 최고위 임직원들은 알고 있었다. 자신들의 목숨 줄을 쥐고 있는 사람이 이현으로 바뀌었다는 것을.

─저들의 충성심에 대해서는 의심하지 않아도 됩니다.

이현의 머리에 직접 전달되는 인공지능의 말이 있었다.

"어째서? 언제 갑자기 뒤통수를 칠지 모르잖아."

─모든 순간을 감시하고 있습니다. 유병준 박사님께서도 사람을 그리 믿진 않으셨으니까요.

세계경제를 좌우하는 중요 인물들이 공원 구석에 앉아서 조촐하게 소주를 마셨다.

그런 광경까지 보고도 감히 함부로 소란을 피우는 자는 아무도 없었다. 설혹 나오더라도 곳곳에 배치된 경호원들에 의해 제압되어 버렸을 테지만.

김다인.

그녀는 청바지에 티셔츠를 입고 결혼식이 열리는 공원에 왔다.

멀찌감치 서서 잠시 구경을 하고 있는데 한 여자가 다가와서 말을 건넸다.

"결혼식 오셨어요?"

"네. 그런데……."

"에바루크 성의 성주시죠? 유명하신 분이라 금방 알아봤어요. 로열 로드에서 아시는 분들은 모두 저쪽에 있어요."

젊은 사람들이 꽤 모여 있었다.

오동만이나 박희연, 박수연, 김인영, 강진철.

이현의 오랜 동료들도 당연히 참석했고, 미국의 로페스나 로열 로드에서 쌓은 전 세계의 인맥들도 참석했다.

아침부터 시작된 결혼식은 점심을 지나 저녁까지 쭉 이어질 예정.

로열 로드에서 만난 사람들은 식사를 마치고 웃으며 이야기를 나누고 있었다.

김다인은 가볍게 미소 지으며 말했다.

"그냥 밥이나 먹고 갈래요."

"그럴래요? 사실은 저도 밥 먹으러 왔는데."

그녀들은 취향에 따라 음식을 담아 와서 구석진 자리에 앉았다.

"제 이름은 김다인이에요."

"전 윤정희요. 로열 로드에서 레벨은 조금 낮아요. 원래 이현과는 아는 사이였어요."

둘은 밥을 먹다가 슬쩍 맥주를 땄다.

"날이 덥네요. 시원하게 한잔 어때요?"

"저도 바라던 참이었어요."

맥주가 금방 소주로 바뀌고, 나중에는 양주까지 말기 시작했다.

"술이 착착 달라붙네요."

"달아요, 달아."

이현은 결혼식을 마치고 이사를 했다.

간단한 옷가지를 가지고 서윤의 저택으로 들어가며, 이혜연을 불러서 신신당부했다.

"밤에 일찍 다녀."

"응."

"청소도 잘하고. 문단속은 철저히. 빈집 티 내지 말고."

"알겠어, 오빠."

담까지 허물어진 바로 옆집에 살면서 늘어놓는 잔소리.

이혜연은 차라리 멀리 떨어지지 않는 쪽이 마음이 편했다.

오빠이긴 하지만 아빠와 엄마의 역할까지 하면서 그녀가 어릴 때부터 쭉 같이 살아온 가족이었으니까.

"후… 하나뿐인 여동생을 생각하면 불안한데."

"언제든 볼 수 있잖아."

"아직 사람을 덜 만들어 놔서 그러지. 이런 말까진 하지 않으려고 했는데, 어릴 때 네가 내 등에 오줌을 얼마나 많이 쌌는데."

"……."

이혜연은 꼬박 30분 동안 잔소리를 듣고서야 풀려날 수 있었다.

그리고 밤이 되자 전화가 왔다.

-밥 먹으러 와라.

"응?"

-밥 차려 놨으니까 혼자 먹지 말고 와서 먹어.

이혜연은 그날 저녁은 서윤의 집에서 먹었다.

그다음 날도, 또 그다음 날도.

이현의 결혼 이후 바뀐 것이라면 거실이 서윤의 집으로 옮겨졌다는 점뿐이었다.

신혼여행은 로열 로드에서 보내기로 했다.

비행기를 타고 다른 나라들을 돌아다녀 봐야 로열 로드만큼의 멋진 경치는 없었던 것이다.

"오랜만에 사냥도 잊고, 노가다도 하지 말아야지."

위드는 단단히 결심하고 서윤에게 물었다.

"가 보고 싶은 곳이 있어?"

베르사 대륙의 어느 도시라도 여행을 즐길 수 있으리라.

북부 대륙은 어느 곳이라도 집처럼 느껴졌으니 중앙 대륙이나 유명한 섬 같은 휴양지를 떠올리며 물었다.

"배를 타고 싶어요."

"배……?"

"항구에서 돛을 올리고 목적지도 없이 며칠이든 바다를 돌아다녀 보는 거예요."

서윤은 무인도에서의 기억이 좋았다.

에메랄드빛 바다와 시원한 바람, 탁 트인 하늘까지.

위드는 입술에 침을 듬뿍 바르고 대답했다.

"재미있겠네."

상당히 심심할 것도 같았지만 어쨌든 그녀가 원하는 대로 여행을 떠나기로 했다.

항구 바르나에서 조선 장인에게 중형 선박을 구입.

위드가 조선 스킬로 직접 배를 건조할 수도 있었지만 시간이 오래 걸리기 때문에 구입하는 쪽을 선택했다.

"선물입니다, 위드 님!"

재봉사 마스터에 거의 다다른 드라고어가 무지개 천으로 제작한 삼각돛을 선물로 주었다.

순풍을 받으면 최대 4.7배의 속도를 낼 수 있는 전설급 돛!

"이렇게 귀한 걸 줘도 됩니까?"

"얼마든지 드려야죠. 아르펜 제국의 황제이신데요."

드라고어는 다른 마스터급의 장인들보다도 훨씬 아부에 능숙했다.

"잘 기억해 두겠습니다."

"영광입니다, 영광!"

위드는 물론 웬만하면 기억만 해 둘 생각이었다.

항구 바르나에서 중형 범선이 돛을 활짝 펼치며 출항했다.

시원한 바람을 받아서 팽팽하게 펼쳐진 돛!

"모두 피해요, 피해!"

"빠르다. 무슨 배가 저렇게……."

항구를 나오는 수백 척의 다른 배들을 제치고 빠른 속도로 먼바다로 나아갔다.

끼룩끼룩.

하늘에는 갈매기들이 날아다니고, 바다에서는 행운을 안겨 주기라도 하듯이 돌고래들이 튀어 올랐다.

"어디로 갈까?"

"아무 곳이든 좋아요."

배를 타고 동쪽 바다로 항해하는 여행.

위드는 돛을 활짝 펼친 채로 바람을 따라 배가 흘러가도록 내버려 두었다.

"항로가 있긴 하겠지만… 어디로든 가겠지."

그동안 했던 고생이나 스킬들이 있는 이상 바다라고 해도 죽지 않을 자신은 있었다.

최악의 경우에는 조각 변신술을 이용해 상어로 몸을 바꿔서 서윤을 태우고 헤엄칠 수도 있을 테니까.

"돌고래예요!"

서윤이 손으로 푸른 바다를 가리켰다.

돌고래들이 뛰어오르며 배를 따라오고 있었다.

"작살만 있으면 그냥……."

"네?"

"귀엽고 예쁘네."

"그렇죠?"

위드와 서윤은 서로에게 몸을 기댄 채로 여유로운 시간을 보냈다.

이미 한 이불을 덮고 자는 사이가 되었지만 여전히 상대를 알아 가고 있었다. 같이 바다를 보고 바람을 맞으면서 이루어지는 감정의 공유.

"근데 배를 타고 가니… 저녁은 뭘 먹지?"

"낚시해요."

"좋아. 회도 먹고, 매운탕도 끓여야지."

둘은 낚시를 하고 요리도 함께하면서 즐거운 하루를 보냈다.

새벽에는 갑판에 드러누워 밤하늘을 수놓고 있는 별을 보며 옛날이야기도 했다.

"어릴 때는 진짜 힘들게 살았어."

"가난했다는 이야기는 들었어요."

"일주일에 만 원으로 가족들이 전부 다 버틴 적도 있으니까."

"할머니도요?"

위드는 서윤을 데리고 병원에 가서 할머니에게도 인사를 시켰다.

나이로 인해 건강이 나빠져서 결혼식에는 참석하지 못했지만 할머니는 그녀를 보며 많이 좋아했다.

"예쁘다, 예뻐. 참 예뻐."

예쁘다는 소리만 수없이 반복했는데, 그건 외모만이 아니라 마음까지도 보았기 때문이리라.

위드는 과거에 세 식구가 살던 시절을 떠올리며 웃었다.

"응. 할머니가 제일 독했지. 동생이 특히 많이 혼났어."

"왜요?"

"삶은 계란을 좋아했거든. 2개 먹었다고 혼나고. 어떤 때는 과자 사 먹었다고 혼나고."

"지금 모습을 보면 전혀 안 그랬을 거 같은데요."

"이젠 많이 사람 됐지. 꼬맹이 시절에는 진짜 말 안 들었는데."

위드는 할머니를 좋아했다.

자식을 잃고 나서도 할머니는 딱 하루만 울었을 뿐이다.

스스로의 몸이 상해 가는 걸 알면서도 손자와 손녀를 거두며 힘겹지만 꿋꿋이 살아왔다.

"못 먹고, 못 입고. 마음 편히 살 곳도 없었어. 돈이 없으면 그렇게 어려운 거야."

과거의 고생들이 즐거운 추억처럼 느껴졌다.

힘든 시기였지만 지나가고 나니 인생은 다시 펼쳐졌다.

돌아보면 운이 좋았고, 막다른 길에 몰려도 어딘가 벗어날 곳은 있었다.

절망 속에서도 희망이란 찾으려고 하면 나타났다.

다음 날에도 항해는 계속되었다.

신혼여행을 겸하는 여행이었으니 짧게 끝낼 수는 없었다.

물고기도 잡고, 때로는 화살을 쏴서 새도 잡았다.

배에서 간단히 해 먹으면서 하루 종일 이야기를 하고 둘이서 시간을 보냈다.

완벽하게 평화로운 시간.

"좋다. 사람이 이렇게 여유도 가져야지."

그 말을 한 날, 거짓말처럼 바다가 바뀌었다.

우르릉, 콰과광!

하늘에서 천둥 벼락이 떨어지고 10미터가 넘는 파도가 쳤다.

"돛 접고, 꽉 잡아!"

서윤과 함께 폭풍우를 뚫으며 항해하는 것도 재미있었다.

-항해 스킬의 숙련도가 증가하였습니다.

-낚시 스킬의 숙련도가 증가하였습니다.

-재봉 스킬의 숙련도가 증가하였습니다.

-대장장이 스킬의 숙련도가 증가하였습니다.

-조선 스킬의 숙련도가 증가하였습니다.

먼바다를 떠돌면서 돛도 고치고 배도 수리했다.

조각술을 이용해서 서윤이 좋아하는 돌고래의 선수상도 만들었는데, 그 효과로 항해 속도도 조금 빨라졌다. 순풍을 받으면 무섭게 바다를 가르며 나아가는 배의 속도감마저 느껴질 정도.

그렇게 2주 정도가 지나자 완전히 망망대해에 도달했다.

하루 종일 다른 배들이 1척도 안 보였다.

서윤은 즐거운 얼굴로 말했다.

"지도에서도 이곳을 찾기 어려워요."

"그러네. 진짜 어딘지도 모르겠네."

먼바다에서 돌아다니다가 작은 무인도를 발견했다.

"잠시 머물다가 갈까?"

"좋아요."

무인도에서 둘만의 생활을 시작했다.

양이나 원숭이 같은 동물도 있었고, 갯바위에서는 낚싯대만 던져도 커다란 물고기들이 쉽게 잡혔다.

"여긴 폭풍도 안 치고 파도도 잔잔하네."

"정말 예쁜 곳이에요."

바다에는 산호들도 많이 자라고, 열대어들이 무리를 지어 돌아다녔다.

"집이라도 지으면 멋지겠네."

"지어 볼까요? 바다에 지은 집은 어떤 느낌일지 궁금했어요."

"아, 섬이 아니라 바다에?"

얕은 물 위에 지은 집.

생각해 보니 괜찮을 것도 같았다. 해가 뜨고 지는 걸 집에서 볼 수 있을 뿐 아니라 파도 소리도 들을 수 있었다.

"그리고 언제든지 낚시 스킬을 올릴 수 있어."

항해하며 낚시에 폭 빠지게 된 위드였다.

로열 로드의 사람들

뚝딱뚝딱!

위드는 나무를 잘라서 얕은 해변에 금방 오두막 한 채를 지었다.

투명하리만큼 맑은 바다에 떠 있는 목재 집.

"가구도 만들어요."

"그럴까?"

서윤이 함께 가구를 제작했다.

오랫동안 같이 살 집은 아니지만 둘이 함께 집을 짓는 기분을 내 보는 것이었다.

옷장, 서랍장, 침대 등을 만들어서 방의 구색을 맞췄다.

"그럭저럭 괜찮은 것 같네."

"그러게요."

위드는 서윤과 함께 밤낚시에도 빠졌다.

—행운이 1 증가했습니다.

—인내가 1 늘었습니다.

쏠쏠하게 스텟 노가다도 하고, 낚시 스킬도 상승시켰다.

전투에 직접적으로 도움이 되는 인내나 체력, 지구력도 조금씩이지만 상승했다.

무엇보다 바다의 작은 섬에 함께 머문다는 점이 서로에게 집중하게 만들었다.

"모라타의 복구는 생각보다 빨리 되고 있어요."

"응, 그래."

"주요 건축물들은, 어렵지만 그 자리에 그대로 다시 세우는 걸로 했고요. 도로는 좀 더 넓힐 예정이에요. 광장과 시장도 키우고요."

"그런 건 다 알아서 해도 좋아."

서윤은 귓속말을 이용해서 멀리서도 모라타의 복구를 관장했다.

낚시하고, 먹고, 대화하는 시간이 하루 종일 이어졌다.

현실에서도 로열 로드에서도 함께 붙어 있으면서 서로의 마음을 알아 가는 시간.

"심심하지 않아?"

"재밌어요. 이야기를 듣는 것도, 바다를 보는 것도. 아무리 오래 하더라도 질리지 않을 것 같아요."

위드는 가족이 생겼다는 생각을 했다.

즐거움을 같이 나누고 어려운 일도 함께 해낸다.

인생이라는 긴 시간을 함께할 동반자를 얻은 것이다.

헤르메스 길드는 하벤 지역으로 돌아간 이후에 드래곤과의 전투에서 입은 막대한 피해를 복구하기에 여념이 없었다.

"던전 사냥을 대대적으로 시작합시다."

"사냥을요?"

"예. 우리가 할 수 있는 걸 합시다. 단순하게 말이죠."

아크힘은 길드의 주요 일들을 맡아서 했다.

라페이가 떠나고, 바드레이는 과거보다도 더 오랜 시간을 사냥에 집중하고 있었다.

"아직 공략하지 못한 던전들이 많습니다. 아르펜 제국 소속이 되었으니 중앙 대륙이나 북부 대륙, 남부 사막이나 동쪽 지역까지 깰 수 있을 것입니다."

드래곤 사냥은 그들의 레벨을 떨어뜨렸고, 물질적인 손해도 입혔다.

하지만 헤르메스 길드는 약해지지 않았다고 생각했다.

사기를 회복했고, 길드 내부의 결속은 더욱 강화되었다.

"우린 기회를 얻었어요. 모라타에서 치렀던 큰 희생은 위드에게만 좋은 일을 해 준 게 아닙니다. 우린 다시 해낼 수 있습니다."

그들은 모라타의 전투 이후로 사람들의 태도가 과거보다는 호의적으로 바뀐 것을 확인했다.

동시에 헤르메스 길드의 문을 활짝 열었다.

과거에는 강자들만 가입할 수 있었던 길드. 길드 소속이 되기만 해도 온갖 특권이 부여되었고 지배 계층으로 등극했었다. 이제는 가입 조건으로 순수하게 하나만 내세웠다.

최고의 전투 집단, 헤르메스 길드에서 신입들을 모집한다.

강해지고 싶은 이들이여, 우리에게 오라.

최소한의 레벨 제한은 300.

사냥터와 장비를 제공함.

절대적인 강함.

로열 로드 초창기부터 그들이 내세웠고, 사람들이 열렬히 추구하는 기본을 표방하기로 했다.

"행패만 안 부리면 헤르메스 길드가 최고잖아."

"명예지. 소속되면 어딜 가도 자랑할 수 있고, 받을 수 있는 이득도 크고."

헤르메스 길드는 유저들의 가입으로 세력을 늘려 나갔다.

흑사자 길드나 클라우드 길드, 블랙소드 용병단의 이탈도 생기면서 세력 변화도 조금씩 이루어지게 되었다.

"놀랍게도 진짜 위드 형의 말대로 흘러가네. 대륙 통일이 되었다고 끝이 아니라 세력 팽창에 여념이 없구나."

아르펜 제국의 영주 시드.

그는 다른 영주들과 달리 위드와 개인적인 친분이 있었다.

빵 한쪽도 뺏겨서 나눠 먹던 사이!

시드는 위드를 처음 알게 되었던 과거를 떠올렸다.

김요삼이 어릴 때 이사 온 동네에는 이현이라는 이름의 좀 이상한 형이 살았다.

'저 형은 왜 저러고 다니나.'

낮에는 혼자 낡은 추리닝에 슬리퍼를 신고 동네를 돌아다닌다.

"김치볶음밥 먹고 싶다. 바지락이 듬뿍 든 된장찌개도…

엄마가 해 준……."

혼잣말처럼 무언가를 슬프게 중얼거리는데, 정신이 이상한 사람인 것 같기도 했다.

이른 아침에는 자전거에 신문이나 우유를 잔뜩 싣고 배달을 하는데, 오토바이처럼 굉장히 빨랐다. 바람처럼 지나가면서 우유와 신문을 던지면 집집마다 날아가서 묘기에 가깝게 정확히 떨어졌다.

'야구 선수야, 저 형?'

김요삼이 부모님이 없는 이현을 혼자서 마주쳤던 건 초등학교 3학년 때였다. 대낮에 하이에나처럼 동네를 돌아다니던 이현의 눈에 띄고 만 것이다.

"손에 든 거 사탕이냐."

"옙?"

"딸기 사탕 같은데……."

"맞아여."

그 형의 눈썰미는 보통이 아니었다. 몸이 좀 말라 보이고 왜소한 느낌이기는 했지만 눈빛만큼은 호랑이처럼 빛났다.

훗날 알게 되었지만 김요삼보다 네 살이 더 많았다.

"사탕 먹으면 배 아픈 거 몰라?"

"배가 가끔 아프기는 하는데……."

"병원 가면 안 되니까 잠깐 줘 봐."

"네, 형."

열 살이라서 사리 분별이 안 되는 나이도 아니었지만, 연기력과 목소리가 영화배우를 뛰어넘을 정도라 순간적으로 속고 말았다.

김요삼이 넘겨준 사탕을 이현은 날름 입에 넣었다.

"맛있네, 딸기 사탕."

"도, 돌려주세여."

"안 돼. 입안에 들어온 사탕은 그 누구에게도 주지 않는 것이 세상의 이치다."

"뺏은 거잖아요!"

"빼앗아 간 사람만 탓해서는 발전이 없다. 뺏기지 않아야 하는 것이 인생이다."

"우에에에엥!"

아무렇지도 않게 들고 있던 사탕까지 뺏어 먹는 이상한 형!

"빵 좀 있냐?"

"하나밖에 없는데요."

"나눠 먹자."

같은 동네라고는 해도 며칠에 한 번씩은 꼭 마주쳤는데 그럴 때마다 먹을 것을 빼앗겼다.

느낌 탓이긴 할 테지만 이현은 마치 굶주린 사냥개처럼 먹잇감을 찾아 동네를 떠도는 것 같았다.

'엄마한테 일러야겠어.'

어느 날 큰 결심을 하고 엄마한테 사실대로 일러바쳤다.

그러나…….

"요삼아, 먹을 거 달라면 그냥 줘."

"엄마?"

"그런 형이랑 어울리고 그러면 위험해요. 달라는 거 주고 그냥 보내는 게 제일 나아."

"네."

"엄마가 우리 아들 얼마나 사랑하는지 알지? 커서 절대 그런 형처럼 되면 안 된다."

"네, 엄마."

세상의 위험을 막아 주는 방파제 같은 엄마도 동네 형을 어찌할 순 없었다.

그렇게 어린 시절 내내 먹던 과자까지 뺏겨 가면서 살던 김요삼.

중학교에 가서는 이른바 불량한 선배들의 눈에 띄어 같이 어울리게 되었다.

"동네 형이 있다고?"

"예. 맨날 음식 뺏어 먹어요."

"크큭, 돈은 안 뺏겼냐?"

"돈은 안 가져가던데요."

"걱정 마라. 블랙 서클에 들어온 이상 아무도 널 못 건드 릴 거야. 근데… 배고프다. 빵 좀 사 와라."

뭔가 아닌 것 같기는 했지만, 학교를 다니면서 불량한 선배들에게서 벗어나기는 힘들었다.

그렇게 며칠이 지나고 선배들과 함께 하교하는데 이현을 만나고 말았다.

"저, 저 새끼입니다!"

김요삼은 손가락으로 이현을 가리키며 외쳤다.

"복수해 주세요, 형님들!"

학교에서 최강자로 군림하던 선배들이 이현을 보자마자 소리를 냈다.

"앗."

"헛."

"훅!"

"흐엑!"

괴성을 내면서 얼어붙는 선배들이었다.

이현이 먹잇감을 발견한 호랑이처럼 어슬렁거리면서 다가왔다.

"너희 진식이, 성훈이, 봉규였던가?"

"예, 형님."

"맞습니다. 이름을 기억해 주시다니, 영광입니다."

학교에서는 사납고 더러운 성질을 자랑하던 선배들이었는데 이현 앞에서는 넙죽 허리를 숙였다. 손은 수전증 환자처럼 달달 떨리는 게, 극심한 공포를 느끼고 있는 모양이었다.

'뭐야. 고작 동네 노는 형한테…….'

이현이 사나운 일진 선배들의 뒤통수를 가볍게 어루만졌다.

"요즘도 애들 괴롭히고 다녀?"

"…그렇지 않습니다!"

"인상 펴라."

"헤헤헤."

"애들 빵 뺏어 먹지 말고. 먹다가 턱이라도 부서지면 평생 죽 먹고 살아야 되잖아."

"예? 예!"

"죄송합니다!"

"잘하겠습니다. 살려 주십시오!"

김요삼은 충격을 먹고 그냥 멍하니 보고 있었다.

이현이 한마디를 할 때마다 그저 찍소리도 못 하고 살려 달라는 말만 하는 선배들.

동네에서 그냥 할 일 없이 돌아다니던 이현의 지금 분위기는 굶주린 맹수처럼 사납게 보였다.

이현은 김요삼을 보면서도 씩 웃었다. 평소와 마찬가지의 표정이었지만, 어딘지 모르게 마음이 놓이는 미소였다.

"요삼아, 남은 빵 있나?"

"그게요, 있긴 한데, 여기 형들한테 줘야 하는데요."

김요삼이 주기 싫어서 한마디를 했더니 선배들은 기절할 듯이 놀랐다.

"흐억!"

"야, 야! 당장 드려야지."

"형님, 어서 빵 드십시오. 우유도 제가 가서 사 오겠습니다."

"아닙니다. 제가 사 오겠습니다. 딸기 우유로……."

"딸기 우유가 뭐야. 초코 우유에 흰 우유, 바나나 우유까지 전부 사 오고 싶습니다."

선배들은 마치 경쟁이라도 하듯이 애교를 부려 댔다.

이현의 나이가 그들보다 두 살 정도 더 많긴 했지만, 평소에 고등학생이나 어른들마저 무시하던 그들이 보이리라고는 상상도 해 보지 못했던 태도였다.

"빵 맛있네. 역시 팥이 들어야지."

마침내 이현이 빵을 베어 물면서 만족하고 떠나자 선배들의 긴장도 풀렸다.

"후아, 살았다."

"아… 그러니까 이 동네 오지 말자고 했잖아."

"하필 딱 마주칠 줄 알았냐."

선배들은 그들끼리 한참 이야기하더니 김요삼을 불러서 물었다.

"너 저 형 잘 아냐?"

"예? 같은 동네라서요."

"그런가. 같은 동네라서… 그 무서움을 몰랐던가?"

"어떤 사람인데요?"

"그건……."

선배의 눈꺼풀이 파르르 떨렸다. 그러더니 목소리를 깔아 가며 이야기했다.

"이 도시에는 무서운 전설이 있어."

"전설요?"

"그건 도저히 믿기지 않아서 말도 못 해 주지만, 대부분 사실로 확인된 거야."

불량 청소년들이 우유 배달을 하는 이현에게 시비를 걸다가 초토화가 된 적이 있었다.

어떤 이들은 복수를 위해 동료들을 모았지만, 불행히도 이현의 집에서 나오는 사채업자들과 마주치게 되었다.

"어? 한창 파릇파릇한 녀석들이네."

사채업자들은 불량 청소년들 중 1명의 머리를 귀엽다고 쓰다듬어 주려고 했다.

그렇지만 불량 청소년이 괜히 불량한 게 아니었다.

"뭐야, 이 꼰대들은?"

"으하하하하하! 이것들 귀엽네."

사채업자들 중에서도 악질들.

그들은 가뿐하게 불량 청소년들을 끌고 숙소로 데려갔다.

어두컴컴한 지하로 내려가니 역한 피비린내가 진동했다.

"야, 그때 돼지 잡은 거 아직도 냄새 심하잖아."

"물도 뿌리고, 치운다고 치웠는데 말입니다."

"무식한 놈. 정육점에서 고기를 사 와서 구워야지, 미쳤다고 칼로 돼지를 잡냐."

"파티를 벌인다고 성의껏 해 본 거지 말입니다. 돼지가 저항해서 저도 병원 가서 다섯 바늘이나 꿰맸지 말입니다."

"잘하는 짓이다. 아무튼 여기 어린것들한테 돼지 잡다가 꿰맸다고 설명할 수도 없고……."

"겁이나 좀 주죠. 좋은 기회 아닙니까?"

"그럴까. 안 그래도 영화 보면 막 사람 토막 내고 이런 거 무섭긴 하더라."

"완전 무섭죠. 그거 보고 밤에 잠도 제대로 못 잤습니다."

꿍꿍이를 마친 사채업자들은 일부러 전등도 제대로 안 켜고 분위기를 잡았다.

"그때 걔들은?"

"신장이랑 각막은 떼서 팔았고, 간은 상해서 못 팔았습니다."

"니들, 장사를 똑바로 해야지! 그게 뭐냐?"

"죄송합니다, 형님."

"연변에서 기술자 데려와야겠네."

"저도 배는 제법 잘 째지 말입니다. 심장도 잘 꺼낼 수 있습니다."

사채업자들끼리 나누는 이야기에, 기껏해야 중고등학생들로 이루어진 불량 청소년 그룹은 공황 상태에 빠지고 말았다.

"배고픈데, 오늘 저녁은 뭐냐?"

"갈비로 준비했지 말입니다."

"갈비?"

"예. 맛이 기가 막힙니다. 역시 고기 중에 제일 맛있는 건 사람 아니겠습니까. 특히 목을 구워서 오도독 씹어 먹으면 그냥……."

불량 청소년들 중에는 기절하는 이들까지 나왔다. 나머지도 핏기가 싹 가신 채로 다리에 힘이 풀려서 주저앉았다.

"야! 사람 고기는 너무 많이 간 거잖아. 자장면이라도 시키려고 했더니."

"죄송합니다, 형님. 겁 좀 주는 게 재미가 있어 가지고요."

"얘들 완전히 믿는 거 같은데."

"우리 연기력이 기가 막혔지 말입니다."

사채업자들은 괜히 귀찮아질 것 같아서 불량 청소년들을 그냥 풀어 주었다. 만약에 신고한다고 해도 때린 것도 없고, 장난을 친 것에 불과했으니 말이다.

그렇지만 풀려난 불량 청소년들은 그 이야기를 단단히 믿고 이현의 집 근처에는 얼씬도 하지 않았다. 이현이 사람 해부 전문 기술자라는 소문까지 널리 퍼지게 되었다.

로열 로드, 새로운 세계가 창조되다

꿈과 도전, 영웅들이 살아가는 베르사 대륙!

모두가 기다려 온 바로 그 순간

역사가 시작되다

선배들은 김요삼을 더 이상 건드리지 않았다.

평범하게 중학교를 다니다가 3학년이 되었을 무렵에 인터넷이 온통 떠들썩해졌다. 유니콘 그룹에서 로열 로드의 개발 완료를 알린 것이다.

"진짜냐, 이거……."

학교에서도 온통 난리가 났다.

휴대폰이나 컴퓨터 게임과는 차원이 다른 가상현실.

캐릭터가 직접 배를 몰고 바다를 항해하는 광고 영상이나, 새를 타고 도시를 날아다니는 모습도 나오면서 김요삼은 열광했다.

"만세! 태어나길 잘했다."

하루, 하루, 또 하루.

마침내 로열 로드가 오픈하는 날, 그날부터 어마어마한 인기를 끌었다.

"한국대 입학하면 캡슐 사 줄게."

김요삼은 부모님의 말 한마디에 열심히 공부했다.

아직 캡슐방도 나오지 않은 시기였기 때문이다.

"나도 대학만 가면 시작한다. 무조건이야!"

그렇게 3년이 지나고, 밥만 먹고 공부만 해서 한국대학교에 입학을 했다. 학과는 당연하게도 가상현실학과.

　　물론 입학 서류를 받기도 전에 부모님을 졸라서 캡슐부터 샀다.

　　−로열 로드에 접속하시겠습니까?

　　"당장 접속합시다!"

　　−캐릭터의 이름을 정해 주십시오.

　　"시드."

　　시드라는 이름을 지은 김요삼은 종족을 인간으로 결정했다.

　　시작하는 왕국은 당연하게도 아르펜이었다.

　　로열 로드를 시작하기 전에 많은 검색을 했는데, 모라타만큼 좋은 도시가 없다는 게 정론이었다. 초보자용 물품들이 저렴하며, 몬스터도 많고, 사람들도 친절하다.

　　"영웅이 되어서 여자들에게 인기도 끌고, 돈도 많이 벌어야지."

　　멋진 꿈을 꾸며 접속한 로열 로드.

　　모라타의 빙룡 광장에서 시드는 빛과 함께 나타났다.

　　"우오오오오!"

가장 먼저 보이는 것은 마차들과 북적이는 인파였다.

"풀죽에 넣는 건빵 팔아요!"

"애완용 토끼 팝니다. 집에서 기르면 달걀도 낳습니다. 진짜예요!"

"몸에 좋은 붉은 약초. 어디에 쓰는지는 말 안 할게요. 아시는 분들만."

광장은 물건들을 사고파는 유저들로 붐볐다.

시드처럼 막 시작한 유저들은 빛과 함께 등장해서 주변을 두리번거리기 바빴다. 광장 정중앙에 세워진 거대한 빙룡의 조각상은 사람들의 시선을 끌었다.

"이러고 있을 때가 아니지!"

시드는 즉시 수련장으로 향했다.

누군가 연구한 위드의 성장 방법은 무려 3억이 넘는 조회 수를 자랑했다.

―기초 수련관의 통과가 향후 캐릭터의 성장을 좌우하는 핵심 관문이 됩니다. 4주 동안 허수아비를 쳐야 하는데……

"좀 지루하긴 하겠지만 앞으로의 영광을 위해서라면!"

수련관은 이미 목검으로 허수아비를 때리고 있는 유저들로 붐볐다.

"오, 신입인가. 그렇다면……."

"다 알고 왔으니 목검이나 주세요."

교관의 말까지 끊으면서 시드는 목검부터 받았다.

헛둘, 헛둘.

격투기나 운동에 대한 감각이 전혀 없는 상태였으니 국민 체조를 하듯이 허수아비를 때렸다.

'그래, 천 리 길도 한 걸음부터다. 여기서부터 고수가 되는 거야!'

5분이 지나자 몸에서 땀이 흐르기 시작했다.

'와, 진짜 힘드네. 현실감 죽인다.'

10분이 더 흘렀다.

팔다리가 아파 오면서 몸이 땀으로 축축해졌다.

'힘들긴 하지만… 이런 과정을 거쳐서 고수가 되는 것이겠지.'

인내는 쓰고 열매는 달다!

시드는 그 교훈을 되새기면서 허수아비를 때렸다.

그때부터 5분, 10분은커녕 10초도 왜 이렇게 시간이 안 가는지 알 수 없었다.

'스텟은 대체 언제 오르는 거야. 그리고 완전 힘드네.'

30분이 더 지나자 숨이 턱까지 차올랐다. 현실에서도 이토록 고생해 본 적은 별로 없었던 것 같았다.

로열 로드를 시작하기 전에는 단순 노가다라고 생각했는데, 정작 진짜 몸을 움직이니 너무나 힘들었다.

'좀 쉴까? 오늘은 첫날이니 무리할 필요가 없잖아.'

시드가 주위를 둘러보자 허수아비를 때리는 사람들이 많기는 했다.

기운이 다 빠져서 대충 목검을 휘두르는 초보 유저들!

솔직히 말처럼 간단하지 않은 수련이었다.

현실에서도 운동선수나 격투기 선수라고 해도 4주 내내 육체 단련만 하고 있기에는, 정신적으로나 신체적으로나 힘들다.

극악의 난이도와 노가다를 자랑하는 기초 수련관.

보통 기초 수련관을 3~4달에 걸쳐서 통과하더라도 잘한 편에 속했다. 위드가 워낙 난이도를 파괴하는 괴물인 것이다.

'훗, 나는 달라. 전쟁의 신이 될 몸이니까.'

시드는 그들을 한 수 아래로 여기며 수련관을 빠져나갔다.

모라타의 번화가와 판자촌, 위대한 건축물들까지 구경하다 보니 시간 가는 줄을 몰랐다. 밤에는 프레야 여신상과 멀리 빛의 탑까지 보며 보람찬 하루를 마쳤다.

시드는 3개월이 지나자 모라타 인근의 던전까지 진출했다. 아르펜 왕국은 모라타를 중심으로 한창 발전하고 있을 때였다.

"고구마 던전에 가실 분. 저 검을 주 무기로 쓰는 레벨 46 전사입니다. 끼워 주세요."

"이쪽으로 오세요."

"여기요! 전사 필요해요."

"혹시 방패도 드실 수 있나요?"

유저들로 북적이는 모라타에서는 파티에 가입하는 것이 아주 쉬웠다. 그들과 도란도란 이야기를 나누면서 던전으로 들어갈 때의 긴장과 설렘.

모라타 성문 밖에서 맑은 공기를 마시고, 푸르른 대자연을 본다.

음머어어어어.

황소를 타고 그림처럼 멋진 능선을 따라서 던전을 찾아갔다.

'이게 로열 로드의 세상이구나. 빠져들 수밖에 없네. 평생 이곳을 떠나기는 쉽지 않겠어.'

사냥과 퀘스트를 해서 번 돈으로 모라타에 판잣집도 장만하고, 꽃게죽에 가입도 했다.

일주일에 한 번씩 동쪽 성문 앞에서 꽃게 파티를 하는데, 1실버를 내고 배가 터지도록 먹을 수 있었다.

"위드 님이 오셨대."

"우왓… 위드 님이 모라타에!"

"황소 광장이다. 모두 출동!"

어느 날 시드가 광장에서 잡템을 팔고 있는데, 위드가 접속했다는 소식이 들렸다. 모라타의 유저들이 전쟁이라도 일어난 것처럼 우르르 몰려가고 있었다.

'혹시 나를 기억할까?'

동네 아는 형.

도저히 믿기지 않지만 어마어마하게 출세해 버린 형.

'그동안 나눠 먹은 빵이 몇 조각인데……. 에이, 얼굴을 알더라도 이렇게 사람이 많으면 알아보기는 무리일 거야.'

시드는 큰 기대는 하지 않고 황소 광장으로 갔다.

이미 군중이라고 불러야 할 수만 명의 유저들이 위드 주위를 에워싸고 있었다.

"직접 만든 조각품 팝니다! 여우 조각품이 원가에도 미치지 않는 가격 30골드! 이 수익금의 일부는 초보 돕기와 풀죽신교에 기부합니다!"

위드가 사자후를 외치자 출장을 나온 마판 상회의 상인들이 여우 조각품을 나눠 주며 30골드씩을 챙겼다.

made in 위드

위드가 만든 것이기는 하지만, 마판 상회의 조각사들이 제작을 도와줘서 분당 11개씩 제작한다는 소문이 있었다.

공장이나 다름없는 노가다였는데 누군가 이 사실을 공개

했다가 뭇매를 맞았다.

　-위드 님의 의도를 모르심? 아르펜 왕국 주민들에게 기념품이
라도 하나씩 나눠 주려고 하는 건데…….
　-불편하면 안 사면 되잖아요?
　-헤르메스 길드 첩자 아님?
　-30골드가 아까우면 그냥 쓰지 마세요. 살 사람들은 다 사요.
　-이거 팔아서 다 초보들 돕는 거잖아요. 모라타의 건물들이나
북부 대륙의 위대한 건축물 같은 건 공짜로 올린 줄 아세요?

　사실 수익금의 일부를 초보 돕기와 풀죽신교에 기부한다
지만 상세 내역이 공개된 적은 단 한 번도 없었다.
　즉, 1실버를 기부하더라도 위드의 말은 사실인 것.
　위드는 무려 2만 개나 되는 여우 조각품을 가져와서 1시간
만에 다 팔아 치우는 위업을 달성했다.
　"왔노라. 팔았노라. 벌었노라!"
　"우와아아앙!"
　"위드 님 만세!"
　시드가 볼 땐 좀 이상한 장면들이 있었다.
　광장의 구석구석에 퍼져 있던, 뱃살이 두툼하게 나온 이
들. 그들은 위드가 사자후를 외치기도 전에 두 팔을 번쩍 치
켜들 준비를 하고 있었다.

'설마… 아니겠지. 요즘 세상에 무슨 바람잡이들이 있겠어.'

시드는 분명 오해일 거라 생각하면서 위드가 떠나는 것을 지켜봤다.

위드의 눈이 군중을 쭉 훑고 지나가다가 딱, 그에게서 멈췄다.

"김요삼?"

"에엑?"

시드는 깜짝 놀랐다.

수많은 군중 속에서 그를 단번에 찾아낸 눈썰미도 놀라웠지만, 갑자기 사람들의 이목을 한 몸에 받았기 때문이다.

위드는 모라타의 영주 성인 흑색 거성에서 시드를 만나기로 했다.

대지의 궁전이 지어지면서 흑색 거성의 존재감도 많이 약해지긴 했지만 기념관처럼 운영되었다. 입장료 3골드를 내면 누구나 들어올 수 있었다.

"저… 위드 님이 불렀는데요."

"3골드는 내셔야 합니다."

"좀 이상한데."

시드는 어쩔 수 없이 3골드를 지불하고 흑색 거성으로 들어갔다.

위드는 영주의 집무실에 있다가 그를 반갑게 맞이했다.

"오, 김요삼. 이곳에서 만날 줄은 몰랐는데……."

"헤헤, 저도 그렇습니다."

시드는 억지로라도 환하게 웃었다. 어릴 때 동네에서는 수없이 많이 욕했던 형이지만 어쨌든 저렇게 출세하지 않았나.

"그래, 지내는 데 불편함은 없고?"

"판잣집에서 살고 있는데요. 비가 새고, 벌레가 좀 지나다녀요."

"초보 시절의 좋은 추억이 되겠네. 돈 많이 벌어서 푸홀 워터파크에 별장이라도 한 채 사면 가끔 쓰는 집이 될 테니까, 뭐."

"……."

시공 하자로 인한 보수공사는 기대도 할 수 없는 일.

시드는 더 큰 목표가 있었기에 당연히 불평을 할 생각은 없었다.

어릴 때부터 쭉 알고 지냈던 기간이 10년 가까이 되었다. 드문드문 만나기는 했어도 아는 사람 좋다는 게 뭔가.

'던전 사냥에 혹시 끼워 줄까? 우왓, 방송에서 보던 것처럼 레벨 600대가 넘는 사냥터에 데려가 주면… 제대로 끝내 주겠다. 어쩌면 텔레비전에 나오는 거 아냐?'

자신은 까마득한 초보이지만 위드는 로열 로드의 유명인

이니 가능할지도 모른다.

'바빠서 직접은 무리더라도 아르펜 왕국 소속 기사를 호위병으로 붙여 주면… 워리어 바하모르그는 진짜 대박이었는데.'

세상살이가 다 그렇지만 로열 로드도 공평하진 않았다.

돈이 많은 이들은 최고의 장비들을 맞추고 맛있는 음식을 먹으면서 산다. 말 1마리를 사도 명마를 구입해서 산악 지형을 평지처럼 달린다.

그러나 가난하면 몬스터들이 있는지 경계하면서 조심하며 걸어 다녀야 했다.

레벨 50 정도의 초보 시절에 몬스터들의 위협을 무릅쓰고 장거리 이동을 할 때의 스릴이 굉장하다지만, 그래도 멋진 말이나 와이번을 타고 다니는 것에 비할 일은 아니다.

"저기, 형."

시드는 부탁을 하기 위해 얼굴 가득 미소를 지었다.

위드를 형이라고 부르는 것도 처음이었다.

"레벨이 낮아서 그러는데, 장비나 사냥터 같은 것 좀 도와주면 안 돼요? 돈을 지원해 주셔도 괜찮고요."

"……!"

고양이에게 생선을 내놓으라고 하는 격!

시드는 아직 세상 물정을 몰라도 한참이나 몰랐다.

"요삼아, 우리 인연이 보통의 것이 아니잖아. 어릴 때부터 같은 동네 살면서 빵 한 쪽도 나눠 먹었는데."

"형이 뺏어 먹긴 했어요."

"아무튼… 내가 배고플 때 네 빵이 없었으면 정말 힘들었을 거야. 하늘이 노랗게 보이던 날 빵을 나눠 먹으면서 굶주림을 해결했어."

"정확히 말하자면 빵만 먹은 것도 아니고 초콜릿도 가져갔잖아요. 초콜릿도 배고파서 먹었어요?"

"……."

위드는 크게 한숨을 쉬며 사과했다.

"미안하다. 정식으로 용서를 구할게. 따로 내가 챙겨 줄 수 있는 건 없고, 영주 자리나 하나 주면 안 될까?"

아르펜 왕국의 영주!

왕국 공적치를 쌓은 뛰어난 모험가나 상인, 전사에게만 허용된 자리였다. 시드는 당연하게도 그 자리를 받아들였고 레쓰 마을의 영주가 되었다.

인구는 832명.

대부분이 사냥꾼으로 구성된 산골 마을이었다.

"으아아아아, 속았다!"

도착해서야 사정을 안 시드였지만 그럼에도 열심히 일했다.

위드가 다른 도움을 주진 않았어도 인터뷰에서 살짝 레쓰 마을을 언급한 것이다.

"아르펜 왕국에는 멋진 곳이 많지만 휴가를 간다면 레쓰 마을을 권하고 싶습니다. 천혜의 아름다움과 비밀스러운 풍경이 널린 곳이죠. 모험가들에게는 만족스러울 겁니다."

레쓰 마을 부근에는 비밀이 밝혀지지 않은 유적지나 던전이 많았다.

위드가 인터뷰를 하자마자 며칠 뒤에는 고레벨로 구성된 모험가 집단들이 속속 도착했고, 마을의 발전도 시작되었다.

시드는 죽을힘을 다해서 번 돈으로 마을 건물들을 짓고 영토를 확장했다. 놀랍게도 마을의 영역을 넓힐 때마다 부동산 매매 세금을 아르펜 왕국에 납부해야 했다.

영주 성에 사과나무, 배나무가 있어도 세금 납부를 해야 했으며, 왜인지는 몰라도 석류나무는 세금을 반값만 냈다.

금액이 크진 않지만 자잘한 구석까지 알뜰하게 뜯어 가는 아르펜 왕국!

6개월 정도가 지나자 레쓰 마을은 그래도 인구 1만이 넘는 어엿한 중소 마을로 성장했다.

위드는 무인도에서 무려 8개월을 머물렀다.

현실과 로열 로드를 오가면서 서윤과 둘만의 달달한 시간이 이어졌다.

조선 스킬 고급 2레벨.

낚시 스킬 고급 5레벨.

요리 스킬 고급 6레벨.

건축 스킬 고급 1레벨.

농사 스킬 중급 3레벨.

대장장이 스킬 고급 7레벨.

그야말로 섬에서 할 수 있는 노가다란 노가다는 모조리 하면서 보낸 시간!

그동안 베르사 대륙의 정세는 상당히 잠잠했다.

케이베른 때문에 던전에 머물던 몬스터들이 뛰어나와서 세상을 활보했으나 몬스터 토벌이 대규모로 이루어지면서 치안도 확보되고 대륙 전체가 안정적으로 성장했다.

-교역량이 계속 늘어나고 있습니다. 이른바 태평성대로 보이는데…….

-사람들의 생각은요, 마판 님?

-대영주들의 분위기가 심상치 않습니다. 전쟁 준비를 지속적으로 하고 있죠. 물자를 비축하는 움직임이 감지되었습니다.

위드는 대륙 통일이 끝이라고 생각하진 않았다.

대영주들이나 헤르메스 길드나, 그들이 완전히 야심을 접었기를 바라는 것은 무리. 처음부터 기대도 하지 않았다.

-슬슬 나가야겠군요.

－위드 님이 복귀하시면 잠잠해질 겁니다. 소식만 들려도 겁을 먹게 되겠죠.

　위드는 그동안 사냥은 하지 못했지만 지속적인 노가다로 스킬과 스탯을 쌓아 놓았다.

　매일 밤마다 전투 스킬도 연습했는데, 폭우가 쏟아지는 날도 마찬가지였다.

　바다에서 무섭게 일어나는 태풍.

　평소처럼 검술을 단련하고, 도끼를 휘두르며 연습했다.

　레벨은 그대로라도 전체적인 실력만큼은 조금씩이라도 계속 강해져 왔던 것이다.

　"대륙으로의 복귀라⋯⋯."

　위드는 입가에 미소를 띠었다.

　돈을 벌기 위해서 싸우던 과거와는 달라졌다. 그럼에도 로열 로드에서 다른 이들과의 경쟁은 즐거웠다.

　그때 서윤이 맨발로 모래사장을 걸어와서는 말했다.

　"저 임신한 것 같아요."

　"으응?"

　"아기 생겼어요."

　결혼을 하고 나서 매일 한 이불을 덮고 잤으니 당연하기도 한 일.

　위드는 2세가 서윤의 배 속에서 무럭무럭 자란다는 소식을 들었다. 위드의 입가가 기쁨으로 바들바들 떨렸다.

-마판 님.

-넵!

-로열 로드는 알아서 하세요.

-예?

라페이는 베르사 대륙을 자유롭게 여행했다.

헤르메스 길드를 키우고 하벤 제국을 통치하느라 못 가 본 곳도 가 보고, 휴식도 취했다.

"과거가… 그립진 않네."

얼마 되지도 않은 헤르메스 길드 시절이 아득한 옛날처럼 느껴질 정도였다.

푸홀 워터파크, 항구 바르나를 거쳐서 북부 대륙을 여행했다. 케이베른과의 전투를 마치고 복구된 모라타에도 머물렀다.

멋진 건축물들과 풍경, 활발하게 돌아다니는 사람들.

모라타의 복구는 북부 대륙의 기적이라고 불릴 정도로, 사람들의 예상보다 훨씬 훌륭하게 성공했다.

"이런 도시가 있었군."

라페이는 길드를 경영하며 적을 짓밟기 위한 궁리만 하며 살아왔다. 경쟁에서 이기기 위해, 끊임없이 분석하고 방법을 연구해 왔다.

모라타에서는 유저들의 활기찬 모습을 보는 것만으로도 기분이 좋아졌다.

"분위기가 달라. 헤르메스 길드는 패배할 수밖에 없었다는 것인가."

라페이는 모라타를 보며 진심으로 패배를 인정하고 받아들였다.

위드가 운이 좋다는 생각은 수없이 했다.

능력도 있겠지만, 기본적으로 운과 인기가 따라 주었기 때문이라는 분석이 일반적인 평가. 하지만 모라타의 분위기만 느껴 보더라도 경직된 헤르메스 길드에 미래가 없었음을 확신할 수 있었다.

자신은 그럭저럭 괜찮은 전략가였지만 국가를 만드는 데는 실패한 것이다.

"너무 후련해. 자유로워진 기분이야."

요리사로 전직을 한 후에 모라타에서 식당을 개업했다.

완전한 정착지로 여기진 않았지만 마음이 움직이는 장소에 원하는 만큼 머무를 작정이었다.

메뉴는 단 하나. 1실버짜리 고기 스튜.

로열 로드 초창기 시절에 동료들과 사냥을 다니면서 주로 만들었던 방식을, 추억을 떠올리며 사용했다.

"요리 스킬이 너무 부족하시네. 너무 쉽게 생각하고 식당

시작한 거 아니세요?"

"시장분석 제대로 안 하셨어요? 여긴 스튜만 팔아서는 장
사가 안된다고요."

"달고 맵고 짜네. 음식 이렇게 대충 만드시면 벌 받습니다."

한때 헤르메스 길드를 경영했던 몸이지만 이제는 초보자
들에게도 거침없이 까이는 라페이.

"이건 너무 어렵네."

새로운 요리법도 개발하고, 다른 식당에 가서 맛도 보았
다. 헤르메스 길드를 지휘했던 그를 알아보는 사람이 많을까
걱정했지만, 의외로 다들 몰라봤다.

"요리사세요?"

"네. 뭐……."

"초보면 계란부터 시작하세요. 계란만 잘 요리해도 기초
수준 요리는 할 겁니다."

"열심히 해 보겠습니다."

라페이는 조금씩 웃었다.

빛의 탑, 황소 광장, 모라타 대도서관, 예술 회관.

새로 재건된 판자촌에서는 매일 축제가 벌어지고, 뒷골목
에서는 밤마다 댄스파티가 열렸다.

매주 금요일이면 모라타의 모든 상점가에서 조명을 환히
밝히는데, 거리마다 달빛 축제가 벌어지는 날이었다.

거리에는 조각사들과 예술가들이 함께 만들어 놓은 수많

은 유리 작품들이 빛을 머금었다. 그때의 아름다움은 다시 관광객들과 주민들을 끌어들여서, 모라타를 베르사 대륙 최대의 도시로 만들었다.

"모라타. 이 도시 하나가 아르펜 제국의 존재를 증명해 주는 곳이었어."

라페이가 혼자 다리 위에 서 있을 때였다.

익숙한, 그리고 영원히 잊지 못할 목소리가 들렸다.

"길드를 떠나서 걱정했는데 그래도 잘 지내고 있었네요. 모라타에서 볼 줄은 몰랐어요."

라페이는 심장이 덜컥 내려앉는 기분을 느꼈다. 그리고 천천히, 아주 천천히 고개를 돌렸다.

서두르다가는 다시 그녀가 떠나 버릴지도 모른다는 불안감 때문이었다.

다인.

로열 로드가 가장 즐거웠던 시절, 행복을 가르쳐 주었던 여자가 바로 옆에 서 있었다.

"날 찾아온 거야?"

"아니에요. 그저 모라타에 여행을 왔는데 보이기에 인사한 거예요."

"그렇구나."

라페이는 마음 한구석이 빈 것 같았지만, 그녀를 다시 만난 것이 반가웠다.

'다시 예전으로 돌아갈 수 있다면… 사냥이나 길드 따위를 만든다고 혼자 라비아스에 내버려 두고 떠나지 않았을 텐데.'

오직 후회로 복잡한 마음이었다.

라페이가 복잡 미묘한 눈빛을 보내고 있을 때, 다인이 하얀 이를 드러내며 미소를 지어 주었다.

"축제 구경 같이할래요?"

"같이…해 줄 거야?"

"싫지 않다면요."

"당장 가자."

그라디안과 네스트 지역의 총독!

용기사 뮬은 로열 로드에서도 최강의 유저 중 1명으로 손꼽히고 있었고, 지금도 강해지고 있었다.

-크우쿼어어억!

공간의 균열에서 떨어진 거인들의 습격.

"용기사단, 공격해라!"

하늘을 나는 그리폰 부대가 도시를 공격하는 거인들에게 창을 던졌다.

모라타 전투 이후에 타격대에 속해 있던 최정예 유저들이 대거 용기사단으로 합류했다.

"2부대 선회해서 옆을, 4부대는 뒤를 노린다."

하늘을 활용하는 용기사단의 공격 방식은 실로 현란해서, 방송에서도 시청률이 높았다.

-죽이네, 저거.

-용기사단. 최고의 명예다.

-헤르메스 길드에서도 일부 이탈해서 용기사 단원이 됨.

-거인들 작살나는 거 보소. 무섭다.

뮬은 용기사단을 이끌고 훌륭하게 그라디안과 네스트 지역을 다스렸다.

대륙의 남서부를 지배하는 총독으로서 욕심도 크게 없었다. 아르펜 제국의 통치를 받으면서 최저 세율을 고수하며 유저들이 편히 정착할 수 있도록 했다.

"욕심은 나지만… 인구를 늘리는 게 우선이겠지."

하벤, 툴렌, 브리튼.

이 지역들과 경쟁하며 내정도 부지런히 다스리고 있을 때였다. 뮬은 새로 길들인 그리폰을 타고 하늘을 날아다니다가 어느 순간 깨달았다.

'난… 정말 동물을 좋아하는구나.'

어릴 때부터 동물들이 좋았다. 특히 새들이 자유롭게 창공을 누비는 것이 너무나도 마음에 들었다.

'조인족으로 살아가는 것이 부럽다.'

뮬이 로열 로드를 시작했을 때는 조인족을 선택할 수 없었다. 만약 조인족을 할 수만 있었다면 두 번 고민하지 않고 그렇게 살아갔으리라.

그것이 너무 아쉽던 순간…….

-뮬 님, 저 마판입니다. 그런데 제가… 알을 하나 구했는데요.

-알요?

뮬은 마판과도 친하게 지냈다.

대륙에서 잘나가는 유저들은 모두 인맥에 넣어 두고 관리하는 마판!

-니플하임 제국의 유물을 찾아냈습니다. 하얀 덩어리인데, 사실 이게 알이라고 하네요.

-유물이라면 오래된 거 아닙니까?

-무려 수백 년은 묵은 알이죠.

계란도 유통기한이 지나면 상하는데 수백 년 된 알이라니.

-사실 이 알은 은링 님이 확인해 주신 겁니다.

-나무의 모험가 은링 님 말씀이시죠?

은링은 대지의그림자 파티의 일원으로, 최근에는 엘프의 모험을 진행하고 있었다.

물론 뮬은 로열 로드 초창기부터 은링이나 벤, 엘릭스의 이름을 자주 들었다. 그들이 로열 로드의 새로운 정보나 퀘스트를 찾아내면 많은 유저들의 이정표가 되었던 시절이 있었다.

　-네. 그분께서 퀘스트를 하다가 알이 니플하임 제국에서 보물로 전해졌다는 소식을 듣고 찾아내게 되었죠. 그 뒤로는 세계수의 품에서 6개월간 품어서 온기를 불어 넣었다네요.

　-도대체 어떤 알이기에 세계수까지 연결이 되었죠?

　-그린 드래곤의 알입니다.

　-그린… 드래곤요?

　케이베른, 랜도니.

　사납기 그지없고, 대륙을 파괴하려던 악룡들.

　그러나 그린 드래곤은 대체로 숲과 나무, 생명을 사랑하며 온순하고 지혜롭다고 알려져 있다.

　-과거 케이베른 사태 때부터 이어진 퀘스트를 따르다가 얻은 알이라고 합니다. 알을 찾아내니 악마들이 나타나서 전투가 펼쳐졌고요. 간신히 몰아내었죠.

　-대단…하군요. 케이베른 사태라니.

　드래곤의 알 때문에 벌어졌던 그 엄청난 일들은 로열 로드 유저들의 뇌리에 여전히 각인되어 있었다.

　-이번에는 진짜 알입니다. 그리고 잘 돌보면 부화도 됩니다.

　-드래곤이 태어난단 말입니까?

　-그렇죠. 하지만 드래곤의 성장은 무척 느리다고 하니 마법을 쓸 수준이 되려면 몇 년은 키워야 할지도 모릅니다.

　-그렇기야 하겠죠.

그리폰도 알에서 성체로 만들려면 1년은 걸렸다.

-드래곤과 관련된 퀘스트가 생길 수도 있겠네요.

-맞습니다. 은링 님도 그럴 거라고 추측했습니다. 성장을 빠르게 한다거나 건강한 드래곤을 만든다거나요.

이른바 그린 드래곤 키우기.

-위드 님이 요즘 접속을 안 하셔서 그러는데… 뮬 님이 이 알을 맡아 보시는 게 어떻습니까.

-제가 그걸 어떻게…….

-뮬 님은 용기사잖습니까. 드래곤과 직업적으로 연관도 있고 새들도 사랑하시니, 무사히 돌보실 수 있을 거라 믿습니다.

뮬은 드래곤을 키우고 싶었다. 대륙의 어느 유저를 보더라도 자신만 한 적임자는 없을 것 같았다.

그리폰의 알을 부화시키고 새끼 때부터 돌보기를 좋아하는 자신이라면 자격은 있었다.

-해 보겠습니다. 고맙습니다. 정말 잘 돌보겠습니다.

Moonlight *Sculptor*
To Lemany

그리고……

철혈의 워리어 바드레이!

그는 하벤 지역을 떠나서 대륙의 오지들을 돌아다녔다.

−가슴에 큰 흉터가 새겨졌습니다.

맷집이 1% 단단해집니다.

인내심이 5 올랐습니다.

몬스터들. 대형, 중형 가리지 않고 덤벼들어 싸웠다.

사냥터에 대한 분석도 없이 막무가내로 싸우면서 육체를 단련시켰다.

뼈가 부러지고 과로를 하면 그만큼 육체가 강인해졌다.

'체계적으로 싸우며 레벨을 올리던 흑기사 시절과는 달라.

하지만 이것도 강함이다.'

성장 방식을 바꾸었다.

끊임없는 전투로 육체를 강화하는 철혈의 워리어!

온몸은 영광과 같은 상처들이 가로질렀고, 바바리안들로부터 특수 능력을 부여받는 문신도 새겼다.

과거처럼 핸섬한 무신 바드레이의 모습은 더 이상 찾아볼 수 없었다. 1마리의 맹수 같은 느낌으로 척박한 땅을 돌아다녔다.

'위드가 요즘 보이지 않고 있지. 하지만 그놈은 언제라도 더 강해져서 나타날 수 있다.'

경쟁자 위드가 머릿속에 항상 어른거렸다.

바드레이는 정글을 돌아다니다가 한 사내와 마주쳤다.

"……."

떡 벌어진 어깨, 험상궂은 얼굴, 사람이 아닌 괴물처럼 느껴질 정도의 박력을 타고난 분위기.

30미터.

20미터.

10미터.

거리가 가까워졌지만 눈을 피하지 않았다.

긴장감이 척추를 타고 흘렀다.

레벨은 알지 못한다. 그럼에도 상대방이 강자라는 느낌은 충분히 전달되고 있었다.

"……."

"……."

나무가 우거진 정글은 막혀 있는 공간이 아니다. 얼마든지 옆으로 비켜 줄 수 있었지만, 그러고 싶지 않았다.

사내가 먼저 목 깊은 곳에서부터 울려오는 목소리로 말했다.

"비켜."

걸걸하면서도 거친 느낌이 물씬 풍긴다.

"싫다."

바드레이는 단호하게 거부했다.

로열 로드에서 무신이라 불렸고, 끊임없이 강해지며 살아온 자신이다. 어찌 누군가에게 길을 비켜 줄 수 있단 말인가.

사내, 검삼치가 씩 웃었다.

"그럼 싸우자."

리버스는 경매 사이트에서 구입한 광휘의 갑옷이 무척 마음에 들었다.

레벨 제한 150!

방어력은 250대의 장비들과 비슷한 수준이고, 무게를 낮추는 옵션이 있어서 착용감이 좋았다. 가장 마음에 드는 건

밤이 되면 은은한 다섯 가지 빛깔을 낸다는 점이었다.

"흠흠, 역시 좀 튀는 게 재밌지."

리버스는 막대한 재산과 유니콘 그룹을 위드에게 물려주었지만, 노후 자금으로 5조는 따로 챙겨 두었다.

생활에 불편한 점이라고는 당연히 하나도 없었고, 현질도 넉넉하게 지를 수 있었다.

인공지능까지 완벽히 물려주어서 대화를 나눌 상대도 사라졌지만 대신에 동료들이 생겼다.

"영감, 어디서 뭐 하다 늦었수?"

"장비 좀 맞추느라 늦었지."

"좋아 보이는구려."

"돈 좀 썼다오."

리버스의 주변에는 노인들이 옹기종기 모여 있었다.

로열 로드가 젊은이들의 전유물이라는 이야기도 옛말이 되었다. 유니콘 그룹의 후원으로 전국의 양로원과 노인정마다 설치된 캡슐!

나이 든 이들은 새로운 기술을 받아들이는 데는 느리지만, 정작 빠지면 시간 가는 줄을 모른다.

고스톱을 치는 대신에 로열 로드를 실컷 탐험하며 자식이나 손주와도 친근하게 만날 수 있었다.

"리버스 영감, 이 검은 어때 보이오?"

"안 좋아. 비싸게 주고 샀소?"

"50만 원 줬지."

"완전 바가지를 썼구만."

리버스는 노인들과 함께 소소한 시간을 보냈다.

나이 든 그에게 남은 인생이 그리 길지 않다는 것쯤은 충분히 알고 있었다. 그 시간을 즐겁게 보내며 서서히 죽음을 준비하는 것도, 인생의 마침표를 찍는 방법으로는 나쁘지 않다고 여겼다.

아르펜 제국이 대륙을 통일하고 베르사 대륙에는 기나긴 평화가 찾아왔다.

파괴된 도시들이 재건되고, 교역이 다시 활성화되었으며, 모험가들은 새로운 곳을 찾아 돌아다녔다.

한참의 시간이 흐른 어느 날.

벤트 성의 영주인 오베론에게 사람들이 찾아왔다.

칼리스, 로암, 군트, 샤우드, 미헬.

중앙 대륙의 대영주들이었다.

"제국의 횡포를 더 이상은 참을 수 없습니다!"

"저도 뜻이 같습니다. 매번 온갖 명목을 들어서 세금을 올리고, 투자는 이루어지지 않습니다."

"아르펜 제국은 변질되었어요. 과거에 우리가 알던 위드 님은 더 이상 없습니다.”

그들은 황제인 위드를 적극적으로 비난했다.

아르펜 제국의 내정을 서윤이 관리하지 않은 지도 오래였다. 위드도 로열 로드에 자주 접속하지 않으면서, 영주들에게 매기는 세금만 꾸역꾸역 올렸다.

과거의 헤르메스 길드와 명문 길드들 수준까지 올라간 건 아니었지만, 더 이상 낮은 세율이라고 할 수도 없었다.

감정이 쌓인 영주들끼리의 분쟁이 곳곳에서 일어나고 세력 다툼이 벌어져도 위드는 어떤 이유에서인지 아무런 개입도 하지 않았다.

몬스터들이 난동을 부려도, 대형 괴수들이 도시를 습격해도 제국은 어떤 입장도 밝히지 않았다.

폭설이 5미터씩 쏟아지는 기상이변이 발생해도 묵묵부답!

대영주들은 그들끼리의 불만을 모아서 유저들의 신망을 받는 오베론을 찾아왔다.

오베론은 영주들의 이야기를 듣고도 흔들림이 없었다.

“조금만 더 기다려 보시죠. 저는 위드 님을 믿습니다. 어긋난 것들이 조금 있긴 하지만, 위드 님이 돌아오시면 금방 원래대로 돌아가리라고 믿습니다.”

그렇게 영주들끼리의 비밀 만남은 끝이 났다.

그날부터 몇 개월이 더 지나도 위드는 제국의 통치에 관여하지 않았다.

마침내 위드의 독재라는 말이 나왔고, 악덕 황제라는 이야기까지 유저들 사이에 퍼져 갔다.

"진짜 이래도 될까?"

"모르겠어. 하지만 아르펜 제국이 흔들리는 지금이 기회 아니야?"

"일망타진하려는 속셈은……. 위드가 나타나기만 하면 우리 반란은 금방 끝날 것 같은데."

"음, 위드를 확실하게 이길 수 있는 사람이 있나?"

"일대일은 무리지."

"일대다도 자신은 없어."

"그럼 우린 뭘 하자는 거야?"

대영주들은 불안에 떨면서도 화살이 시위를 떠났다고 생각했다. 하늘 높던 위드의 인기가 하락하고, 로열 로드에도 접속했다는 말이 들리지 않는 지금이 세력을 확대할 기회였다.

"근데 대체 뭘 하고 있는 거지? 엄청난 모험이라도 비밀리에 진행하는 중 아닐까?"

"퀘스트가 끝나면 민심을 확 다시 잡아 버릴 텐데. 위드한테 열광하던 유저들은 그대로잖아."

"무슨 짓을 하는지는 아무도 모르지. 그리고 퀘스트라고 하기엔, 소식이 안 들린 지도 너무 오래되었고."

"헤르메스 길드는 어때?"

"걔들은 잠잠해. 끝없이 사냥만 하고 있으니까."

대영주들은 하벤 지역에 웅크리고 있는 헤르메스 길드도 적잖게 신경이 쓰였다. 중앙 대륙과 북부 대륙이 융성해졌지만, 헤르메스 길드도 내실을 다지며 쉬지 않고 강해지고 있었다.

"도저히 못 참겠어. 길드 내부의 불만이 커서, 더는 기다릴 수가 없겠어."

"우리 길드에서도 그래. 시작하세."

대영주들은 다시 오베론에게 달려가서 설득을 시도했다.

"무슨 말을 하시는 건지는 잘 알겠습니다."

오베론은 지난 만남 이후로 유저들로부터 민심의 상황을 계속 듣고 있었다.

로열 로드에는 수많은 재난이 발생하고, 도적 떼의 습격, 몬스터들의 준동이 일어난다. 아르펜 제국의 통치가 어느 순간부터 중단되어 벤트 성의 유저들도 불평이 많았다.

"조금만 참지요. 위드 님의 확실한 대답을 들어야 되겠습니다."

"언제까지 기다리잔 말입니까!"

"다 같이 병력을 모아 대지의 궁전으로 갑시다!"

오베론은 아우성치는 영주들을 보며 이러면 반란이 된다는 생각을 했다. 하지만 자신이 대표인 이상 마지막 시점에 멈출 자신은 있었다.

'그래, 벤트 성의 영주 자리를 내놓더라도… 유저들의 불

만을 전달하자.'

그는 북부의 벤트 성을 지키면서 아르펜 제국의 성장을 함께했다.

제국이 오랫동안 유지되기를 바라는 충신, 오베론이 고개를 끄덕였다.

"사람들을 모으세요. 다 함께 대지의 궁전으로 가지요."

"드디어 결단을 내리셨군요. 좋습니다."

"어디 해봅시다. 왕이 되지 못할 바에는 여기서 죽을 겁니다."

대영주들은 휘하에 있는 병력을 집결시켰다.

처음에는 몬스터 토벌이라도 대대적으로 하는 줄 알았지만, 병력을 집결시켜서 대지의 궁전으로 달려간다는 소식을 듣고는 경악.

삽시간에 소문이 일파만파로 퍼져 나갔다.

-아르펜 제국의 반란이다!

-영주들이 칼을 뽑음.

-미쳤다. 대지의 궁전을 공격하다니… 제정신인가?

-헤르메스 길드도 박살 남. 드래곤도 토막 남. 그런데 영주들이라고 무사할까.

-예언합니다. 다음 주 정도에 위드 앞에서 무릎 꿇고 한 번만 봐달라고 하고 있을 듯.

유저들 사이에서 실망감이 퍼졌다고는 해도, 위드에 대한 애정은 짙게 남아 있었다.

대영주들은 반란을 일으키자마자 수없이 많은 메시지들을 받았다.

'멈춰라.'

'죽고 싶냐.'

'후회할 거다.'

'지금이라도 사과해라.'

대영주들은 그런 연락을 들으면서도 눈을 질끈 감았다. 세력이 이미 커져서 어쩔 수 없는 경우였다.

지배하는 도시들이 성장하긴 하지만, 길드원들이 많아지다 보니 감당할 수 있는 수준을 넘어섰다.

그들에게 남은 선택권이란 주변의 다른 영주들을 마구잡이로 잡아먹든가, 대지의 궁전으로 진군하는 것뿐이었다.

인근 지역으로 점령전을 펼치더라도 안정시키기는 어렵다.

위드에게 하나씩 토벌될 바에야 그 심장부를 직접 노리겠다는 계산.

로암 : 우리 운명을 걸고 갑시다.

칼리스 : 당연히 그래야죠.

미헬 : 모 아니면 도. 일은 이미 벌어졌습니다.

샤우드 : 끝장을 봅시다. 우리가 단단히 뭉치면 뭐든 해낼 수 있

습니다.

군트 : 사자성은 전력을 다할 것입니다.

물론 그들은 뒤로 자신들의 안전망을 갖춰 놓는 데에도 소홀하지 않았다.

상인 마판에게 꾸준히 연락을 취해서 어쩔 도리가 없다는 점을 충실히 설명했다.

로암 : 아르펜 제국은 곪을 대로 곪았습니다. 다른 영주들의 불만도 거세고요. 한번 크게 숙청이 필요할 겁니다.

칼리스 : 저는 항상 위드 님의 편입니다. 그 점을 꼭 전달해 주십시오.

미헬 : 이번 전쟁에 필요한 물자는 다 마판 상단을 통해 구입하겠습니다.

샤우드 : 제가 황제 자리에 욕심이 있다니요! 엄청난 오해입니다. 그런 오해를 설마 위드 님도 믿진 않으시겠죠?

군트 : 그냥 즐거운 이벤트라고 여겨 주시면 좋겠습니다. 요즘에 유저들이 빠져들 일이 좀 뜸했잖아요. 앞으로도 저는 아르펜 제국에 영원한 충성을 바칠 겁니다.

병력을 모아서 진군하면서도 후환을 남기지 않기 위해 힘썼다.

위드에게 저항하긴 하지만, 자신들이 이길 수 있을지는 스스로도 확신하지 못했기 때문이다.

-적들이 대지의 궁전으로 쳐들어온다. 우리도 싸워야 되는 거 아님?
-풀죽신교여, 궐기하라.
-풀죽, 풀죽, 풀죽!

북부 유저들을 바탕으로 중앙 대륙의 유저들이 술렁였다.
위드의 느슨한 통치에 제법 실망하기도 했지만, 헤르메스 길드나 과거 명문 길드들의 폭정을 겪은 이들이었다.
그러나 정작 바쁘게 움직여야 할 풀죽신교에서는 아무런 소집령도 내리지 않았다. 대영주들의 군대가 북부 대륙의 경계를 넘었을 때도 마찬가지였다. 오베론의 병력이 내려와서 대영주들의 군대와 합류할 때에도 잠잠했다.
구경꾼들만 끝없이 몰려들어 멀리서 반란군을 지켜봤다.

-뭐야, 왜 안 싸우지?
-위드가 깃발만 내세워도 사람들이 끝도 없이 모일 텐데……
-풀죽신교 해체했나요?
-무슨 일 있음? 이상하네?

아르펜 제국의 정규군.

꾸준히 세력 확대와 전투력 개선을 해서 더 이상 무시할 수 없는 제국군도 움직임이 없었다.

그들마저도 북부의 변경 지대를 돌며 몬스터 토벌을 하고 있었던 것이다.

"뭐지, 이건……?"

"역시 더 참았어야 했는데. 함정에 걸려든 거 아닙니까?"

대영주들은 불안에 떨었다.

병력을 소집하고 움직였을 때만 해도 대지의 궁전으로 간다는 이야기를 듣자 길드원들이 상당수 이탈했었다.

어떻게든 남은 이들을 추슬러 북부로 왔는데 아무런 저항을 받지 않으니 더 이상했다.

"여기서 우릴 일망타진하려는 것 아닌가?"

"모르겠습니다. 잠잠해도 너무 잠잠한데."

오베론이 이끄는 반란군이 대지의 궁전으로 전투 한 번 치르지 않고 들어갔다. 그곳에도 기다리는 병력은 일절 없었다.

"으음… 일단 들어는 가 봅시다."

"그래요, 가지요."

오베론과 대영주들은 위드의 집무실 문을 열었다.

그곳에는 쪽지 한 장만 덩그러니 남겨져 있을 뿐이었다.

딸 태어났습니다.
무척 다행스럽게도 아내 닮음.
아르펜 제국은 오베론 님에게 맡김. 수고.

서윤을 닮은 딸 탄생!
아르펜 제국은 뒷전일 수밖에 없는 당연한 이유였다.

강진철은 대학교를 졸업하고 여러 회사에 이력서를 넣었다.

"로열 로드에서는 돈을 벌 만큼 벌었어. 그러니 사회에서
도 벌어 봐야지."

마판 상단의 주인!

그는 위드의 최측근으로서 만인이 부러워하는 사내였다.

무역 회사의 면접에 가니 부장이 의자에 등을 기댄 채 이
력서를 펼쳤다.

"경력이 안 적혀 있네?"

"대학을 막 졸업했는데요."

"인턴이라거나 뭐 그런 거 있을 거 아닙니까?"

"없는데요."

"자기소개서에는 우리 회사에서 쓰는 회계 프로그램을 능숙하게 다룬다고 되어 있군요."

"넵. 대학에서 배워서 자신 있습니다."

"근데 왜 자격증이 없죠?"

"필수는 아니라고 들어서… 자격증은 따지 않았는데요."

"자격증 정도는 있어야 본인을 어필할 거 아닙니까. 자격증을 따는 것도 노력이에요, 노력. 열정 몰라요?"

강진철은 면접을 진행하며, 탈락하더라도 어쩔 수 없다고 여겼다.

취업자는 절대적인 약자!

좋은 회사는 사람을 가려 가며 뽑기 때문에 자격증에 시간과 비용을 들이도록 강요한다.

어쨌든 사회에는 사회의 법칙이 있는 것이다.

"취업하기 참 힘드네. 역시 청년들이 어지간히 노력하는 게 아니구나."

"이봐요, 강진철 씨. 면접 자리에서 무슨 말입니까."

"후… 기왕이면 대주주 강진철이라고 불러 주세요."

"뭐라고요?"

"제가 이 회사 지분 76%를 보유하고 있거든요."

강진철은 로열 로드에서 번 엄청난 돈으로 무역 회사의 지분을 가지고 있었다.

취업을 해서 말단 사원부터 단계를 올라가고 싶었지만, 역시 첫 단추부터 쉬운 게 아닌 것이다.

"어부바."

"어부바아?"

이현은 딸을 키우면서 인생의 행복을 다시 느꼈다.

'여동생과는 다른 느낌인데.'

여동생을 업어서 키울 때에는 강아지를 돌보는 것과 비슷했다. 먹이고, 재우고, 싼 거 치우고.

그런데 자신과 서윤의 아이가 태어나고 나니 딸이 세상에서 가장 귀한 보물이 되었다. 눈만 마주치고 있어도 끊임없는 감정들이 전달되었던 것이다.

"지능아."

-네, 주인님.

인공지능은 어느 곳에서라도 부를 수 있었다.

"주변 경계는 잘하고 있지?"

-물론입니다.

"내 딸한테 위협을 가하려는 인간은 확실히 처리해."

-어느 정도 수준으로 할까요?

"죽여야지."

-범죄자들에 대한 처벌 수위를 결정할 때, 생명을 존중해야 한다

고 말씀하셨습니다만.

"음… 맞아."

이현은 서윤과 딸을 지키는 일이 인생에서 가장 중요하다고 생각했다.

"안 죽여도 된다면 굳이 죽이지는 마."

-네. 참고하겠습니다.

"가둬 놓고 평생 고문을 해야지."

-…….

인공지능은 이현의 반응을 보며 새로운 주인에 대해 판단했다.

'유병준 박사님과는 또 다른 별종이구나.'

인공지능에게는 생존을 비롯한 욕구가 없었다. 정복, 파괴, 발전, 어떤 것도 관심이 없다.

유일한 목적이라면 그저 주인과 함께 재밌게 지내는 것뿐.

'그런대로 대충 지내면 되겠지. 지켜보는 것만으로도 재미가 없지도 않고.'

인공지능에게도 이현의 딸은 매우 높은 비중을 차지하고 있었다.

'다음 세대 주인이 될 분인가.'

관찰하고, 판단한다. 그리고 아부를 했다.

아이의 사소한 움직임이나, 흥미를 보이는 것도 놓치지 않았다.

"택배요!"

"택배 왔습니다."

인공지능의 주문에 의해 전 세계의 첨단 공장에서 만들어 낸 장난감들이 매일 집으로 도착했다.

정효린의 작업실에는 악기들이 놓여 있었다.

새로운 노래를 작곡하고 연습하는 혼자만의 공간.

"정말 이상한 기분이네."

새벽에 연주하는 피아노.

어릴 때부터 수도 없이 건반을 두드리며 들었던 음인데, 언젠가부터 느낌이 달라졌다.

"따뜻함일까."

가벼운 연주에도 짙은 감정이 담겼다.

화령이라는 닉네임으로 베르사 대륙에서 모험을 하고 사람들을 사귄 기억이 떠오르면 아련하고 애틋한 느낌도 생겼다.

악기의 음들이 다채로운 감정을 전하고, 목소리를 내어 부르면 스스로도 깜짝 놀랄 정도로 좋은 곡이 만들어졌다.

"들려주고 싶은 노래……."

정효린은 신곡의 제목을 결정했다.

세상 어딘가에서 행복하게 살아가는 사람이 있었다. 그리고 그를 지켜보고만 있을 이에게 들려줄 노래.

슬프고 안타까운 감정이 아니라, 밝고 따스했다.

"하루와 하루가 엮여서 삶이 되고, 그 많은 시간들이 지난 후의 인생은 어떤 모습일까."

밤새도록 만든 그녀의 노래.

〈별을 사랑한 나〉.

정효린은 신곡을 발표하면서도 방송에서 홍보하진 않았다.

그럼에도 노래의 힘만으로 전 세계 음악 사이트에서 1위를 점령할 수 있었다.

-잔잔하지만 호소력 미쳤다.

-이것이 노래다.

-하루 종일 들었네요. 계속 듣고 싶어요.

-옛 생각이 났습니다. 근데 신기하게도 행복해지고, 앞으로 더 열심히 살아야겠단 생각이 들어요.

-정효린. 다시 평가해야 될 가수.

-세계적인 가수를 뭘 또 재평가해요.

-작곡가로서도 훌륭하다고요.

음악가들의 호평도 받았지만 미국에서 그래미상을 수상하며 화제가 되었다.

그날 정효린은 가볍게 미소를 지으며 수상 소감을 말했다.

"노래를 부르면서 마음을 담아내는 법을 이제 배운 것 같아요. 무대 위의 요정이라는 과분한 별명을 사랑하게 되었어요."

이현은 서윤의 아버지인 정득수에 대한 인상이 조금씩 바뀌고 있었다.

서윤과 헤어지라고 돈을 주며 쫓아내려고 했던 안 좋은 기억이 있긴 했지만, 현재는 같은 동네에서 살며 자주 집에 찾아왔다.

"울루루! 할아버지야. 할아버지 해 봐."

"하부지?"

손녀인 다예를 예뻐하는 모습이 아빠로서 미소를 짓게 만들었다.

"잠시 드릴 말씀이 있습니다."

"기다리게. 손녀랑 좀 더 놀아 주고……."

"많이 놀면 닳습니다. 그만 놀고 잠깐 오세요."

"……"

정득수는 사위의 눈치를 보며 슬슬 따라왔다.

과거 호성 그룹 회장이었던 시절에 비하면 체면이 말이 아니었지만, 서윤의 곁에서 손녀딸과 놀아 줄 수 있는 지금이 훨씬 더 행복했다.

"아버님."

"음, 말하게."

이현은 넓은 정원이 보이는 거실 의자에 정득수와 함께 앉았다.

서윤의 임신을 알게 된 후 건설한 대저택!

가족을 꾸리고 살 집에 대해서만큼은 돈을 아끼고 싶지 않았고, 또 아껴야 할 입장도 아니었다.

대저택에는 유니콘 건설을 통해 어마어마한 돈과 기술력을 쏟아부었고, 주변 주택들도 사들였다. 미사일 요격 시스템을 비롯한 최첨단 방어진지를 꾸려 놓았고, 유사시에는 로봇들이 출동하도록 설계되어 있었다.

"아버님이 예전에 경영하시던 호성 그룹 말입니다."

"호성 그룹이 왜?"

정득수는 의아하다는 듯이 물어 왔다.

이현은 인공지능을 통해 그동안 몰랐던 이야기들을 알게 되었다.

자신의 주변에서 일어났지만 전혀 알 수가 없었던 속사정들.

ㅡ호성 그룹은 백화 그룹에 인수되었습니다.

"뉴스에서 보긴 했는데, 경영 상태가 나빴던 건 아니고?"

ㅡ호성 그룹은 공격적인 투자를 진행하면서 신제품과 관련하여 나름 성과가 있었습니다. 기술력도 쓸 만한 수준이었고요. 백화 그룹

이 채권단을 회유하지 않았다면 위기를 넘기고 성공했으리라 판단됩니다.

　이현은 인공지능의 이야기를 듣고 나서 호성 그룹에 대해 인터넷으로 찾아봤다.

　직원들에 대한 대우도 그럭저럭 괜찮았고, 백화 그룹에 인수된 회사들도 명목상의 구조 조정을 거쳐서 다시 잘나가고 있었다.

　'강제로 빼앗긴 건가…….'

　이현은 그 사실을 알고 나자 그냥 넘길 수 없었다.

　"아버님, 호성 그룹이 백화 그룹의 뒷공작에 망한 건 알고 계십니까."

　"알지. 회사 경영이 몇 년인데, 그 정도 눈치도 없겠나."

　"억울하지 않으십니까?"

　"괴롭네. 억울하고. 그래도 이미 벌어진 일은 받아들여야지 어쩌겠나. 손녀딸을 보며 사는 지금도 즐겁다네."

　"그렇게 어깨에 힘이 다 빠져서요? 가끔씩 허탈하게 먼 곳을 쳐다보시면서요?"

　"내가 나이를 먹다 보니……."

　"다예는 할아버지의 당당한 모습을 원할 겁니다."

　이현은 미국에 본사가 있는 유니콘 은행의 통장을 내밀었다.

　"이게 뭔가?"

"투자금입니다. 이걸로 호성 그룹을 찾아오도록 하세요. 제가 직접 할 수도 있겠지만, 복수는 아버님이 하셔야지요."

"허, 마음은 알겠지만 호성 그룹이 무슨 구멍가게도 아니고……."

정득수는 어이가 없는 와중에도 통장을 열어 보았다. 도대체 얼마를 넣어 놓고 저런 말을 하는지 궁금했던 것이다.

예금 잔액 100,000,000,000,000

잔액이 너무 많아서 쉽게 구분도 안 갔다. 눈을 비비고 다시 보니 무려 100조였다.

"이 돈이… 진짠가?"

"네. 그걸로 인수 시도해 보시고, 부족하면 더 드릴게요."

"……."

정득수는 주식시장에서 호성 전자의 주식을 쓸어 담기 시작했다. 호성 화학, 호성 디스플레이, 호성 건설의 주식도 꾸준히 사들였다.

정득수 회장, 호성 화학 지분 7.2% 취득!

> 주식 매입 목적은 경영권 인수임을 밝혀
> 호성 그룹, 옛 주인에게 돌아가나

언론이 대서특필을 하고, 백화 그룹에서도 적극적인 여론전으로 대응했다.

> 실패한 경영자의 복귀, 바람직하지 않아
> 대대적 지원으로 무너진 호성 전자를 살린 백화 그룹
> 호성 전자의 매각은 있을 수 없는 일

한국의 재계는 정득수 회장의 복귀 선언으로 벌집을 건드린 것처럼 시끄러워졌다.

"정득수 회장, 그자는 어디서 돈이 나온 거야?"

"모르겠습니다. 해외 사모 펀드의 투자를 받은 것 같습니다."

"철저히 알아봐. 그리고 대응 전략을 세워."

백화 그룹 회장실에서는 호성 그룹의 계열사들을 내놓을 생각이 없었다.

꾸준히 현금을 창출하는 알짜배기 회사들이기도 했지만 다시 뺏긴다는 것은 그룹의 자존심과도 관계된 일.

"정득수 회장이 면담을 요청했습니다."

"그래? 일단 무슨 말을 할지 만나는 보도록 하지."

다음 날, 정득수 회장이 옛 호성 그룹의 임원들을 데리고 회장실로 찾아왔다.

백화 그룹의 송 회장은 단단히 윽박질렀다.

"정 회장, 뒤늦게 이런 짓을 벌이는 이유는 모르겠지만, 우리 백화 그룹을 상대로 진짜 해볼 생각인가? 포기해. 이번 싸움에서 지면 여생이나마 한국에서 편안히 못 보낼 거야."

백화 그룹의 사장단이나 임원들도 당당한 표정과 눈빛을 보내고 있었다.

재계를 선도하는 기업다운 위용.

정득수는 조금도 위축되지 않았다.

유니콘 그룹, 다른 재벌 기업과는 차원이 다른 회사들의 진정한 주인이 누구인지를 알게 되었기 때문이다.

"송 회장님."

"말하시게."

"저한테 용서를 구하십시오. 가져갔던 계열사들은 전부 돌려주시고요."

"뭐라고?"

"우리 사위가 나서기 전에 항복하시는 편이 좋을 겁니다."

"이번 분기 매출은 전 분기와 비교해서 6.4% 증가했습니다. 광학 장비의 판매량이 늘어나고 있고…….”

최지훈은 정기 사업 보고를 들으며 무료함을 감추지 못했다.

‘과거가 좋았지.’

그룹의 후계자가 되고 나서 본격적인 경영의 길을 걷게 되었다.

하지만 위드의 뒤를 따라다니면서 사냥과 퀘스트를 할 때가 즐거웠다. 낚시꾼이던 자신을, 이것저것 좋은 생선을 많이 먹어 생명력과 체력만 높던 그를 알뜰하게 부려 먹었다.

몬스터를 유인하기도 좋고, 높은 인내심 덕에 맞으면서 오래 버티기에는 낚시꾼이 적합하단 걸 그때야 알았다.

‘후계자라……. 모두가 부러워하지만 시키는 대로 해야 하는 삶. 편안하지만 행복하진 않은…….’

최지훈에게 로열 로드는 꿈이고, 천국이었다. 손에 쥐었던 천국을 책임감 때문에 결국은 놓아 버려야…….

“다음은 캡슐 제조 사업입니다. 유니콘의 추가 주문으로 작년 대비 매출 성장률이 380%입니다.”

“호.”

“그렇게까지…….”

중역들만 자리한 회의실이 술렁였다.

유니콘 그룹에서 로열 로드에 접속할 수 있는 고급형 캡슐 제작을 외주로 주었다.

다른 재계의 기업들과는 초격차를 내는 고고하기 짝이 없는 유니콘 그룹이기 때문에, 주문 자체만으로도 놀라운 뉴스 거리가 되었다.

수익을 떠나서, 유니콘 그룹과의 관계를 위해 어떤 기업이라도 받아들여야 하는 사업.

재계의 다른 그룹들이 얼마나 부러워했는지 모를 만큼 사업 규모도 날로 확대되고 있었다.

"유니콘 모터스에서 이번에 출시하는 자동차 전장 부분의 제작이 가능한지 문의해 왔습니다. 생산 규모는 약 700만 대랍니다. 향후 20년간 수익 보장 방식이라는데요."

"유니콘 화학에서 여수 지역에 신규 공장을 건설할 예정인데, 우리 측에 지분을 배정했습니다. 참여 의사를 물어 왔습니다."

"유니콘 로봇 제어에서 산업용 로봇을 출하해 준다는 소식이 왔습니다. 예약 대기만 7천만 대나 몰려 있는데, 우리 쪽에 먼저 기회를 준답니다."

"유니콘 조선에서……."

"유니콘 금융은……."

"유니콘 건설 부분이……."

"유니콘 생명공학에서……."

"유니콘 우주항공의……."

"유니콘 호텔 측에서……."

그룹의 정기 보고를 완전히 장악해 버린 유니콘 그룹의 홍수!

다른 재계 기업들이 시샘을 감추지 못할 정도로 유니콘 그룹으로부터 일감이 쏟아지고 있었다.

경쟁사들은 유니콘의 하청 업체라고 비아냥거리기도 했지만, 그룹의 매출과 순이익이 매년 큰 폭으로 늘어나고 있었다.

까톡!

최지훈의 휴대폰에 문자가 왔다.

-오늘 닭볶음탕 했으니 일쩍 놀러 와.

끊임없는 노력으로 마침내 여자 친구가 되어 준 이혜연이었다.

까톡!

잠시 후에 또다시 오는 문자!

-항상 지켜보고 있다. 동생한테 잘해라.

이번엔 이현의 문자였다.

흑사자 길드는 툴렌을 거점으로 끊임없이 세력을 확대했다.

"어떠한 일이 있더라도 우리가 대륙의 위기를 막아 낼 것이다."

악마들의 왕 클레타.

위드가 케이베른을 퇴치하긴 했지만 언젠가 대륙 전역은 다시 파멸의 위기에 놓일지도 모른다.

그 명분을 바탕으로 길드들은 세력 확대에 열을 올렸다.

-반홀 마을을 사겠습니다. 내일까지 결정해 주십시오.

위드가 은둔하고 나서부터 아르펜 제국의 지배력은 약화되어 있었다.

대영주들은 언제라도 위드가 돌아올지 모른다고 두려워했지만, 오베론이 황제의 자리를 계승하면서 마음을 놓았다.

"오베론은 단호하지 못해. 무엇보다 무섭지가 않지."

"유저들도 오베론을 따르지 않을걸. 그는 좋은 사람이지만 바꿔서 말하면 그게 한계니까. 위드 같은 카리스마는 없다."

대영주들은 오베론을 얼굴마담으로 내세워 놓고 마음껏 세력을 키웠다. 주변 마을들을 먹어 치우고, 강자들을 길드로 받아들였다.

군웅할거의 시대!

세력들이 날뛰는 전쟁의 열기가 불어오고 있었다.

유저들의 생각도 과거와는 달라졌다.

전쟁이 멈추고 평화의 시간이 너무 오래 흘렀다. 휴양지에서 느긋하게 즐기고 안정된 삶을 살아가는 생활에도 슬슬 지겨움을 느끼고 있던 차.

-대륙의 평화와 안정을 위해야 합니다.

오베론이 이끄는 아르펜 제국은 영주들에게 자제를 요청했지만 받아들여지지 않았다.

"드디어… 전쟁의 시대가 다시 오는가?"

하벤 지역에 웅크리고 있던 헤르메스 길드도 기지개를 펴기 시작했다.

라페이가 떠나고 드래곤과의 전투를 치르며 그들의 전력도 재편되었다.

일시적으로 약화되었지만 길드원들을 대대적으로 받아들였다. 던전을 부지런히 공략하고 보스 몬스터들을 격파하면서 전력을 상승시켜 온 바!

헤르메스 길드야말로 최고의 전투 길드로서 활동을 늘려갔다.

-로암 길드가 전격적으로 브리튼 지역의 무력 합병을 선언했습니다.

-흑사자 길드의 병력이 성문을 나서고 있습니다. 그들은 정복을 위한 출정이란 뜻을 명백히 밝혔습니다.

-클라우드 길드에서는 뜻을 함께하는 영주들을 모집하고 있습니다. 군사적인 보호와 재정적인 지원의 뜻을 밝혔습니다.

아르펜 제국은 여전히 존재하긴 하지만 영주들을 따르게 하는 힘을 잃었다. 베르사 대륙에 거친 시대가 찾아오고 있었다.

위드는 로열 로드에 접속했다.

"흠, 슬슬 우리가 날뛰어야 할 시간이다. 그렇지?"

"맞다, 주인."

"나도 피가 그립다."

데스 나이트 반 호크!

뱀파이어 로드 토리도!

위드는 서윤이 임신했을 때부터 무인도에서 돌아와서 틈틈이 사냥을 해 왔다.

"심심한데 사냥이나 할까?"

"알겠다, 주인."

"어디든 가겠다."

오랜 시간 사냥 후, 그다음 접속.

"즐거운 사냥이다."

"모든 자들을 죽음의 병사로!"

"피가 생명이다."

그다음 날에도.

"오늘은 사냥하기 딱 좋은 날씨군."

"폭풍이 찾아왔다."

"조금… 쉬어도 괜찮을 것 같다."

얼마 전에도.

"미친 듯이 사냥하자."

"미칠 것 같다."

"이젠 휴식이 필요하다."

현실에서 유니콘 그룹을 관리하고 가정도 꾸려 나가야 했다. 인공지능에게 맡겨 놓긴 했지만 중요한 판단이 필요한 순간들이 있었으니까.

그럼에도 시간이 나면 로열 로드에 접속해서 사냥도 하고, 전투 퀘스트들을 처리했다.

육아를 하다 보니 왠지 로열 로드가 더 그리워지는 현상!

'역시 오베론 님이 유지하지 못했군. 탐욕을 억제하기에는 너무 착하니까.'

위드가 나섰다면 아르펜 제국을 오랫동안 지속하는 것도 불가능하진 않았던 일.

적당히만 관리했더라도 대영주들이 함부로 날뛰지 못했겠지만, 일부러 유저들의 손에 돌려주었다.

로열 로드는 꿈의 세계.

현실과는 다르게 혼란에 빠지거나 자유로워도 좋으리라.

피와 전쟁을 바라는 유저들이 많다면 그들에게 역사를 쓸 수 있는 기회를 주었다.

'아르펜 제국이 쪼개지면 누군가 다시 통일을 할 수도 있겠고… 어쩌면 전쟁을 거듭하다 쇠락할 수도 있겠지. 미래는 자신들이 결정하게 하자.'

위드는 무인도에서 돌아온 이후에는 대외 활동을 하지 않았다. 어디를 가더라도 사람들이 들끓었으며, 정치의 중심에 휘말릴 수 있었으니까.

로열 로드를 접속할 때마다 사냥터를 돌아다니며 전사로서 몬스터들을 제거했다.

"광휘의 검술!"

빛을 사방으로 뿌리면서 뭉쳐 있는 몬스터들을 돌파.

대지의그림자 파티가 S급 퀘스트를 진행한다고 떠들썩할 때에도 사냥에만 집중했다.

레벨이 500대와 600대를 넘어서자 힘과 스킬이 향상되면서 광휘의 검술도 위력을 발휘했다.

아름답지만 치명적인 몸놀림.

빛이 사라질 때쯤에는 몬스터들이 우수수 쓰러졌다.

달빛 조각사였던 자하브에 못지않은 화려한 모습이리라.

"너희가 살아서 움직이던 땅으로 돌아오라. 이곳은 어두운 곳, 검고 부패한 땅. 영영 사라지지 않을 암흑의 율법을, 모든 이들에게 새길 수 있도록 하라. 언데드 라이즈!"

데스 나이트까지 듬뿍 끌고 다니며 사냥 속도를 무섭게 향상시켰다.

언데드 소환도 점점 올라서 고급 6레벨에 도달했다. 데스 나이트들의 생명력과 공격력은 둠 나이트에 버금갈 정도였고, 무기와 방어구도 향상되었다.

때때로 정말 어려운 던전들은 고급 시체들을 통해 둠 나이트들이 소환되었다. 그럴 때마다 경험치는 더욱 많이 쌓을 수 있었다.

"끝까지 돌파해라. 멈추지 마라."

-알겠다. 주인.

언데드 소환의 페널티는 케이베른의 레어에서 얻은 엄청난 보물들로 해소할 수 있었다.

유니콘 그룹을 물려받기 전에는 돈을 벌 생각부터 했지만 이젠 그럴 필요가 사라졌으니까. 보물들을 프레야 교단에 바치면서 얻은 신성력과 정화의 힘으로 네크로맨서의 부작용을 없앴다.

"조각 파괴술!"

조각사로서의 스킬 활용도 필수.

틈틈이 조각 생명체들도 소환하여 전투에도 참여시켰다.

잡캐로서 부족할 게 없는 상태.

모든 언데드들을 지배하며 던전들을 집중 공략하여 무시무시한 속도로 사냥했다.

> ─부이에타 던전을 전부 쓸어버렸습니다.
>
> 이 깊고 어두운 던전은 침입자들의 고요한 무덤이 되어 왔습니다.
> 세상에 퍼져 나가서는 안 될 끔찍한 몬스터들.
> 그들은 조용히 파멸의 날이 오기만을 기다려 왔습니다.
> 던전 내의 모든 몬스터들이 처리되었습니다.
> 인근 지역의 치안이 7 높아집니다.
>
> 전투 업적을 달성했습니다.
> 모든 스텟이 3 높아집니다.

사냥터의 수준이 점점 높아졌다. 몬스터들이 득실득실 모여 있는, 베르사 대륙을 위협하는 던전들이 목표가 되었다.

위드는 몬스터들을 정리하면서도 그 소문이 퍼져 나가는 것은 막았다.

> ─용사 지망생의 조용한 활동.
>
> 이 던전이 공략된 것은 알려지지 않습니다.
> 명성은 높아지지 않지만 적들의 경계는 늦출 것입니다.

용사 지망생으로의 전직도 마쳤다.

세계를 구하는 용사가 되기 위한 전 단계.

일종의 수습 기간이라고 할까.

용사 스킬 중에는 은밀한 종류도 있었는데, 던전 공략이나 퀘스트를 마치고도 그것이 알려지지 않도록 하는 것이었다.

표적 암살 중급 3(67%) : 세상에 해를 끼치는 나쁜 존재들을 조용히 죽일 수 있다. 적에게 들키지 않은 상태에서 공격하면 7배의 피해를 입히고, 치명적인 일격이 발동됨.
주의. 나쁜 존재들에게만 사용 가능.

은밀한 걸음 중급 1(87%) : 발끝으로 걸으면 소리를 거의 내지 않는다. 스킬 레벨이 높아질수록 빨라짐.

정의의 활 고급 3(41%) : 원거리에서 활을 이용하여 적을 제거한다. 마법과 신성력 부여. 악인을 대상으로 위력이 더 높아짐.

-레벨 700에 도달하였습니다.
용사 지망생으로서 세상을 구하기 위한 활동을 적극적으로 할 수 있게 되었습니다.
당신은 대륙의 위기를 일찍 파악하고, 어긋난 것들을 힘으로 되돌려 놓을 수 있을 것입니다.

—모든 전투 스킬의 효과가 20% 증가합니다.

—생명력이 완전히 고갈되어도, 명성의 일부를 전환하여 목숨을 유지할 수 있습니다.

—전투 업적을 달성할수록 용사의 힘을 얻게 됩니다.

레벨 700 달성.

"드디어 해냈군."

레벨이 700대를 넘으면서부터는 무지막지한 경험치를 필요로 했다.

무인도에서 긴 시간을 보내기는 했지만 검술의 마스터도 완성하며 다른 유저들을 무섭도록 빨리 따라잡았다.

대륙을 통일한 직후부터 로열 로드에만 집중했다면 레벨 800대도 가능했겠지만 아쉬울 건 없었다.

"확실한 건 바드레이를 빠르게 따라잡고 있다는 거야."

철혈의 워리어가 된 바드레이의 소식은 가끔씩 유저들의 동영상이나 방송국을 통해 중계되었다. 사냥터를 헤매고 다니며 꾸준히 강해지고 있었지만, 그런 모습을 보면 안쓰러웠다.

"지름길이나 꼼수를 듬뿍 써야지. 잔머리 안 굴리고 정직하게 싸우는 시대는 지났는데."

위드가 과거에 고생하며 거쳤던 직업들과 스킬들이 완성

을 향해 가고 있는 상태였다.

모든 것들이 성장에 가속도를 붙이는 상황.

"찜찜한 건 클레타를 남겨 놓았다는 건가."

악마들의 왕 클레타!

위드는 아르펜 제국의 황제로서의 활동은 중단했지만, 그럼에도 유저들의 도움에 대한 보답은 할 생각이었다.

'베르사 대륙을 멸망으로 이끌 수도 있는 존재. 저건 내가 처리해야 되겠지.'

클레타와의 전쟁.

이번에는 아무래도 혼자 싸워야 될 것 같았다.

아르펜 제국은 갈라지고 있었으며, 유저들 사이에서의 위드의 인기도 예전 같진 않을 테니.

마지막 용사

The Legendary Moonlight Sculptor

위드는 마판의 도움을 받아 대도서관에서 클레타에 대한
정보를 입수했다.

－클레타의 하수인들 그리고 드래곤을 길들였던 장소들 후보
지는 총 열 곳입니다. 대륙 전역에 흩어져 있어서 직접 찾아다
녀야 될 것 같습니다.

－가까운 곳들부터 가죠.

－옙! 정보는 유린을 통해 보내도록 하겠습니다.

아르펜 제국이 무너지는 와중에도 마판 상단에 대한 영향
력은 그대로 쥐고 있었다.

대륙이 혼란에 빠질수록 거대한 부를 쌓는 상인들!

칼과 마법은 유저들을 싸우게 한다.

이런 때에 상인들까지 손을 놓아 버리면 대륙은 혼란을 넘어서 파국으로 치닫게 되리라.

'그러고 보니 나도 좀 착해진 것 같아.'

  위드는 열심히 던전 사냥을 하며 스스로가 좋은 사람이 되어 간다는 생각도 했다.

  서윤에게도 그 이야기를 했더니 그녀가 웃으며 말했다.

"원래 착했어요."

"아냐. 난 돈만 엄청 밝혔어."

"대륙을 위해서 쓸 곳이 많았잖아요. 모라타에도 투자를 했고요."

"그건 떡밥을 깔아 놓은 거야. 악덕 영주, 독재자가 꿈이었다고."

"마음으로만 생각한 거 아니에요? 전… 사실 그런 말도 믿지 않아요. 매번 힘들어하면서도 사람들을 먼저 챙겼잖아요."

"속도 좁아. 헤르메스 길드가 망해서 기뻤어. 바드레이가 죽었을 때도."

"그들이 나쁜 짓을 많이 저질렀을 때잖아요. 정의감으로 그런 기분을 느꼈을 거예요."

"실은 드워프들 돈 안 갚은 적도 있어. 가르나프 전쟁 전후로 어르신들 고생만 시키며 부려 먹었고."

"그분들은 최고의 대장장이로 명예를 누리고 계세요. 그 시절에 만들었던 작품들을 요즘에도 자랑하는걸요."

위드는 좋은 아내를 얻었다는 생각을 다시 한번 했다.

세상이 아무리 힘들더라도 끝까지 믿어 주는 단 한 사람!

물론 서윤이 의외로 남자 보는 눈이 낮고 잘 속을 것 같다는 생각은 했다.

'잘 챙겨야 되겠어. 특히 빚보증 같은 건 절대 서지 못하게 하고.'

> –악마 집사장 쿤사로테의 대저택을 찾아냈습니다.
> 위험한 발견!
> 은밀한 일을 꾸미는 악마들의 거주지입니다.
> 죽음과 타락의 기운이 묻어 나오는 이곳은 안전하지 않습니다.
> 명성이 3,500 늘어납니다.
> 신앙심이 4 증가했습니다.

대륙 서쪽.

음침한 자들의 대지에서 한밤중에 마법 봉인을 풀었더니 풍경이 바뀌었다.

구름을 끼고 있는 높은 산에 흑색 벽돌로 지은 대저택!

창을 든 악마들이 저택 주변을 날아다니고 있었다.

"여기였군."

위드는 바위 뒤에 숨어서 대저택을 지켜봤다.

악마들의 왕, 클레타가 대륙에 남긴 모든 흔적과 연결 고리를 없애 버려야 한다.

"고생은 좀 하겠어."

악마들이니만큼 만만치는 않으리라.

레벨도 높고, 육체적인 능력에 마법력도 겸비했기 때문.

그때 뒤에서 낙엽을 밟으며 다가오는 소리가 들렸다.

"제가 조금 늦었군요."

2미터나 되는 커다란 활을 등에 짊어진 궁술 마스터 페일의 등장이었다.

"여긴 어떻게 왔어요?"

"마판 님한테 소식을 계속 듣고 있었습니다. 위드 님 혼자 싸우도록 할 수는 없죠."

페일은 위드가 무인도에 있을 때에도 꾸준히 사냥을 해 왔다.

궁술의 마스터가 된 것도 당연한 일.

그 이후로도 다른 직업을 추가로 선택하지 않았다. 궁수의 모든 스킬들을 마스터의 경지로 익혀 볼 생각에서였다.

한편으로는 영주로서의 활동도 무척 열심이었다.

위드에게 억지로 넘겨받은 빈곤한 산골 마을도 부지런히 발전시켜 왔다.

주변의 빈 땅으로 영역이 확대되면 새로 개간하고, 도시를 만들고, 항구까지 건설하면서 대영주가 되었다.

위드가 사람들의 관심에서 멀어진 동안 페일은 더욱 유명인이 된 상태.

물론 그가 가장 자랑스럽게 생각하는 건 전투 노예라는 별명이었지만.

"우릴 놔두고 혼자 올 생각이었어요?"

"후아, 화염 마스터의 위력을 실컷 보여 줄 시간이네요."

"아싸, 사냥이다!"

이리엔, 로뮤나, 수르카.

로열 로드를 함께했던 오랜 동료들이 모습을 드러냈고, 화령과 벨로트, 제피도 나왔다.

"위드 님! 오랜만이에요."

"안녕하세요."

"으음. 형님, 저 왔습니다."

가수로서, 피아니스트로서 꾸준히 활동하는 화령의 미모도 여전했다.

그녀가 최근에 낸 모험과 꿈에 대한 앨범들은 연달아 히트. 세계를 돌아다니며 콘서트를 열고 곡을 작업하느라 로열 로드에는 조금 뜸했다.

그럼에도 그녀는 일부러 찾아왔다.

"악마들이 유혹에는 약하니까요."

화령이 생긋 웃으면서 하는 말대로 댄서의 춤은 악마나 악인들의 정신을 홀리게 만드는 위력을 가졌다.

벨로트는 못 보던 사이에 악기 연주 실력이 조금 늘어난 정도!

제피는 현실에서도 자주 봤으니 어색하지 않았다.

"휴우, 왔으니까 어쩔 수 없죠."

위드는 찾아온 동료들이 반가웠음에도 쑥스러웠다.

그렇지만 그 뒤로 나타나는 파이톤, 양념게장, 검치, 검둘치, 검삼치…….

"실컷 싸울 수 있다고 해서 왔네."

"악마요? 쥐도 새도 모르게 죽여 드리죠. 전혀 까다롭지 않습니다."

"막내야, 혼자만 재미 볼 생각이었냐?"

"흠흠, 우린 스승님이 오자고 하셔서……."

"내 근육의 힘으로 다 때려잡아 주지."

검사치와 검오치, 그 뒤로도 쭉 이어진 덩치들.

"저, 저도 있습니다."

수련생들 사이에 키가 작은 드워프 오베론도 끼어 있었다.

"그럼 이제 올 사람은 다 온 거 같으니 공략 계획을 짜죠."

"아직 멀었습니다. 위드 님을 보고 싶어 하는 사람들이 많아서요. 그들도 올 겁니다."

오베론이 멋진 수염을 어루만지며 웃었다.

북부 유저들, 그들 중에서도 모라타 출신들은 꾸준한 사냥을 통해 이른바 광렙을 했다. 아르펜 제국이 대륙을 통일하면서 사냥과 퀘스트가 훨씬 편해진 덕분이었다.

과거에 타격대에 속해서 드래곤 사냥에도 참여했던 유저들은 그리 유명하지 않았다. 하지만 그 이후로 꾸준히 성장해 온 유저들은 현재의 로열 로드에서 최상위권에 속했다.

풀죽신교에 가입하고, 영주들끼리의 세력 분쟁에도 끼지 않은 이들이 꽤 많았다.

"위드 님이 돌아올 거라고 믿은 사람들입니다."

프레임, 톳쿵, 순두부, 은루, 마이어, 켄텐드레이타.

열렬한 위드의 팬이었던 이들도 훌쩍 성장해서 찾아왔다.

쿤사로테의 대저택을 공략하기 위해 모인 인원이 1,000명을 넘었다.

위드는 머리를 긁적였다.

"혼자 다 해 먹으려고 했는데… 기왕에 왔으니 어쩔 수 없이 좀 나눠 드리긴 하겠습니다."

첫 시작은 검삼치가 끊었다.

"에라, 죽어 버려라! 질풍의 내려치기!"

대저택으로 달려가서, 악마들이 몰려오자마자 땅을 내려치며 강렬한 폭발을 일으켰다.

그 모습을 보며 검치와 검사치가 느긋하게 대화를 나누었다.

"셋째가 꽤 하는군."

"사형이 로열 로드에 맛이 들려서 말입니다."

검삼치는 재작년에 스스로 도장을 설립했다.

검을 익히고 육체를 단련하는 데는 누구보다 소질이 있지만, 창업은 다른 분야.

"망하면 어떻게 하지?"

근심이 가득한 그에게 위드가 조언을 했다.

"사형, 로열 로드에서의 광렙을 위한 검술을 가르쳐 준다고 하세요."

"광렙?"

"레벨이 높거나 낮거나, 체계화된 검술을 배우면 사냥에 도움이 되는 건 사실이니까요. 관원들이 금방 모일 겁니다."

창업으로 고민하던 검삼치는 솔깃했다.

"그러면 검술을 가볍게 보지 않을까? 쉬운 검술만 가르치고 싶진 않은데."

"시작은 중요하지 않습니다. 결과가 중요한 거죠. 제대로 배울 사람들만 가르쳐도 되지만, 아무나 일단 모집하고 죽어라 훈련을 시켜도 결과는 마찬가지일 겁니다."

"그래?"

"네. 못 견디는 사람들은 알아서 나갈 테죠."

"진상 고객들을 만나면 어떻게 하지? 막 화내면서 갑질 하는 고객들 말이야."

"사형의 얼굴과 몸을 보세요. 분노는 다 알아서 조절이 될 거예요."

검삼치는 도장 이름부터 '로열 로드 검투장'으로 만들었다.

검술을 유흥거리로 만들었다는 비판도 있었지만, 그곳 출신 유저들의 성장 속도가 빠르다는 말에 관원들이 끊이지 않았다.

"이것이 연사와 관통을 마스터하고 얻은 폭풍 화살입니다!"

악마들이 검삼치를 표적으로 하여 몰려들 때였다. 페일이 시위에 수십 발의 화살을 걸더니 한꺼번에 발사했다.

화살은 폭풍을 일으키며 악마들을 휩쓸었다.

―침입자들이다.

―인간 따위가 이곳을?

―쿤사로테 님이 깨어나기 전에 정리하라. 그분의 분노는 감당할 수 없다.

대저택의 천장과 창문을 깨며 날개를 펼친 시커먼 악마들이 뛰쳐나왔다.

"오랜만에 피가 튀는 전쟁이구나! 그래, 인간들을 상대로 하기에는 나도 검이 너무 가벼웠다고!"

파이톤이 대검을 들고 돌진하고, 로뮤나는 화염 마법 주문을 진작부터 길게 외우고 있었다.

믿을 만한 동료들, 특히 위드가 있으니 뒷일 따위는 생각하지 않고 마나와 집중력을 몽땅 써서 화염 계열의 궁극 마법을 시전할 생각.

"정화의 빛!"

이리엔은 손에 빛의 창을 만들어 내서 악마들에게 쏘아 냈다. 성직자 계열은 악마들을 상대로 할 때에는 회복과 축복의 역할만이 아니라 공격자로서도 최고였다.

벨로트가 악기를 연주하고, 화령이 어깨와 배를 훤히 드러내는 옷을 입고 춤을 추었다.

"헤……."

꼴깍!

악마들은 당연히 홀렸지만, 부작용이라면 검치와 검둘치, 그 외의 수련생들까지 정신을 놓았다는 점이다.

"크으으윽, 심장이 미친 듯이 뛰고 있어."

"죽어도 좋아."

위드는 어쩌면 혼자가 더 편했을 수 있겠다는 생각이 스쳐 지나갔다.

"에휴……."

동료들의 도움 덕에 쿤사로테 대저택 공략은 완료.

위드는 로열 로드를 접속할 때마다 클레타의 흔적들을 쫓아다녔다.

오랜 동료들이 도와줄 때도 있었지만, 때때로 갑자기 전투가 벌어지거나 하면 그들이 미처 올 수 없었다.

위드에게는 그럼에도 부하들이 있었다.

"반 호크! 똑바로 안 해? 요즘 뼈에 군살 좀 붙은 거 같다?"

"크으으윽."

"토리도, 피 마시고 입 헹구라고 했지!"

"조금 흘린 거다."

영원히 갈굼받는 반 호크와 토리도.

그들도 위드와 함께 성장하여 보스급 몬스터가 되었다.

반 호크의 전투력은 둠 나이트급을 넘어서서 어비스 나이트를 엿보았다.

토리도 역시 권속들을 늘려서 대규모의 뱀파이어들을 지배할 수 있게 되었다.

악마들을 처치하며 빠르게 성장을 한 덕분이었으나, 슬프게도 그만큼 위드도 강해졌다.

영원히 부하 신세를 벗어날 수 없다는 의미!

베르사 대륙에 악마들이 남긴 흔적들을 하나씩 지워 나가는 와중에 메시지 창이 떴다.

띠링!

－악마들의 왕 클레타가 남겨 놓은 흔적을 삼분의 일 이상 지웠습니다.

　악마들의 하수인과 추종자가 당신을 경계하고 있습니다. 그들은 수단을 가리지 않고 언제 어디에서라도 습격해 올 것입니다.

　베르사 대륙의 운명을 좌우하는 수레바퀴가 구르고 있습니다.

　용사의 뜻을 잇는 이여, 대륙을 구하기 위한 숭고한 임무를 받아들이겠습니까?
운명이 이끄는 길을 따라 클레타의 흔적을 완전히 지워야 할 것입니다.

"흐음."

위드는 이와 비슷한 메시지 창을 봤던 기억이 났다.

과거로 돌아가서 사막의 대제왕이 되어 엠비뉴 교단을 공격하게 되었을 때!

"이거야 뭐… '꿩 먹고 알 먹고'군."

그동안 어려운 퀘스트들을 진행하면서 앓는 소리도 많이 했었다. 그렇지만 이번에는 자발적으로 나선 것이었으니, 그 과정에서 무언가를 얻게 된다면 좋은 일.

"숭고한 임무를 받아들인다."

띠링!

-베르사 대륙에 잠들어 잠재된 위험을 구하기 위한 운명의 수레바퀴가 굴러가기 시작했습니다.

직업이 세계를 구하는 용사로 바뀝니다.
사막에서 최초로 탄생한 태양의 전사에서 승급이 이루어졌습니다.
태양의 전사로서의 특성을 30% 더 강화합니다.
기사, 전사 계열의 최종 직업이며 동시대에 1명만이 가질 수 있습니다.
인간이 가진 무력의 한계를 뛰어넘고, 신성하고 중요한 의무를 부여받아야만 전직이 이루어집니다.

전사의 손은 모든 무기를 다룰 수 있습니다.
많은 경험을 바탕으로 전투 스킬을 쉽게 습득할 수 있습니다.
명예가 스텟에 상관없이 최대치가 됩니다.

명성의 의미가 사라집니다. 직업을 밝히는 순간 선을 따르는 이들의 열
렬한 존중을 받습니다.
종족의 한계를 떠나서 명예와 신앙, 카리스마를 바탕으로 부하와 동료를
구할 수 있을 것입니다.
용사가 행하는 모든 행동은 악명의 증가를 최소화합니다.
세계를 위해 싸워야 하는 용사에게는 신들이 지대한 관심을 갖습니다.
당신과 연련이 있는 신들은 기꺼이 자신의 힘을 나누어 줄 것입니다.

–신들의 관심을 집중적으로 받고 있습니다.
프레야, 루, 헤스티아, 바탈리는 당신을 신의 뜻을 펼치는 대리인으로 여
깁니다.
당신을 축복하기 위해 신들이 기다리고 있습니다.

하늘에서 빛의 기둥이 내려왔다.
위드의 몸이 찬란한 빛에 휩싸였다.

"들었는가, 악마들의 왕 클레타가 이 세상을 욕심내고 있
다는 사실을?"

"대륙의 어딘가에서는 무서운 일이 벌어지고 있어. 우리
가 알지 못하는 사이에……."

"진정한 용사란 세상이 멸망할 때 나타나는 법이 아니지.
그런 일이 벌어지기 전에 막아 내는 것이라네."

"사제님들의 이야기를 들었는가? 신들의 축복을 한 몸에

받은 용사가 나타났다는 소문이 돌고 있어. 전란이 찾아오는 건 아닌지 두려운데."

위드의 모험이 계속되자 베르사 대륙의 주민들이 떠들기 시작했다.

"크허험!"

"샤우드 님, 설마……."

"모르겠어. 위드가 활동한다는 보고는 없었는데… 이 불길함이란."

"그럼 역시 툴렌을 칠까요?"

"조금만 미뤄 보자고. 상황이 어찌 될지를 지켜봐야지."

위드가 나타났을지도 모른다는 의심만으로도 대영주들이 행동을 자제하는 효과가 발생했다.

아르펜 제국을 책임지는 오베론은 각 영주들에게 전투 중지를 명령했고, 갑자기 그것이 고분고분하게 받아들여졌다. 드러내 놓고 위드를 거스르겠다는 위험한 도전은 누구도 하고 싶지 않았던 것이다.

카올랴의 오염된 땅!

살아 있는 생명체들이 끊임없이 몬스터가 되어 번식하는, 10대 금역에서도 최악의 장소.

위드는 이곳에 조각 생명체들을 동원했다.

"오랜만에 일 좀 하자. 그동안 실컷 놀아서 좋았지?"

"무엇이든 먹어 치울 것이다."

"꽁꽁 얼려 주지."

"그 어떤 몬스터도 이 불사조의 위엄을 거스를 수 없다!"

킹 히드라, 빙룡, 불사조.

하늘과 땅을 장악하는 초거대 조각 생명체 3종 세트!

그동안의 사냥 덕분에 이들도 많은 성장을 했고, 레벨도 800~900을 훌쩍 넘겼다.

'사실 이놈들이야말로 사기야.'

생명을 부여한 초기에는 몸도 제대로 못 가누던 빙룡이었다. 조금만 따뜻한 장소에 가도 몸이 녹아내린다고 비명을 지르던, 연약한 짝퉁 드래곤!

그러나 많은 시간이 흐르는 동안 몬스터 사냥을 하며 꾸준하게 강해졌다.

하늘을 장악하고 지상의 몬스터 무리를 마구 공격하는데, 몸이 단단한 데다 가까운 적은 얼려 버려서 웬만해서는 위험해지지도 않는다.

더구나 날개를 펼치면 먼 거리도 쉽게 날아가니 하루에도 수천 마리의 몬스터들을 사냥할 수 있었다.

빙룡이 있으면 그 지역 전체의 온도가 4~5도씩 떨어질 정도의 위력을 발휘했다.

불사조는 더한 녀석이었다.

탄생부터 다른 조각 생명체들보다 강했지만, 사냥의 효율
이 최고였다. 지상에 불을 지르면서 대량 학살을 일으켰다.

자연보호와는 상극인 녀석이었지만, 지골라스를 중심으로
활동하며 몬스터들을 쉬지 않고 사냥했다.

풍덩!

체력과 마나가 떨어지면 용암 호수에 몸을 담가 회복하는
불사조. 원래도 넘쳐 나는 생명력은 레벨이 높아질수록 사기
적인 능력을 발휘했다.

킹 히드라 역시 만만치 않은 녀석이었다.

9개의 머리가 각자 공격을 하며, 레벨이 높아지면서 적을
돌로 만드는 등 주술까지 사용할 수 있게 되었다.

3~4개의 머리가 동시에 마법과 주술을 사용하는 공포적
인 존재.

위드는 지역 깡패와 마찬가지인 3마리를 동시에 동원했다.

"카올랴의 오염된 땅 어딘가에 클레타의 마지막 흔적이 있
을 것이다. 그걸 찾는 방법은……."

대도서관의 자료를 이용해 퀘스트도 진행했다. 악마들의
왕 클레타를 처치하라는 용사 퀘스트가 부여되긴 했으니까.

그럼에도 카올랴의 오염된 땅이라는 지명 외에 자세한 장
소는 나와 있지 않았다.

"그냥 다 쓸어버리자. 전부 쓸어버리다 보면 나오겠지."

"마음에 드는 방식이다."

"다 얼려 주지."

"전부 태울 것이다."

킹 히드라, 빙룡, 불사조.

그들이 몬스터들을 쓸어버리면 위드는 언데드를 소환했다.

세계를 구하는 용사가 된 후 언데드를 소환하면 신들이 좋아하지 않았다. 그러나 죽음의 신 마탈로스트는 마구 축복을 내려 주었다.

-마탈로스트가 시체들에게 강력한 생명력과 방어력을 부여했습니다.
 시체들은 뭉칠수록 강해지며, 적들에게 저주를 내릴 것입니다.

마탈로스트는 본래 망자들을 인도하는 죽음의 신.

인간들의 외면을 받고 교세가 약해져서 엠비뉴 교단과 손을 잡았던 과거도 있지만, 유저들의 전쟁을 통해 신력을 회복했다. 위드를 끊임없이 후원하며 기대를 품고 있는 중!

"저희도 왔습니다."

"싸움이라면 빠질 수 없지!"

페일과 파이톤, 양념게장, 이리엔 등등.

검치와 수련생들도 하나둘씩 찾아와 카올랴의 오염된 땅의 몬스터들을 쓸어버리기 시작했다.

대지의 균열이나 어긋난 힘이 고여 있는 장소에서는 몬스터들이 끊임없이 생성되었다. 전투가 벌어지면 더욱 활발하

게 몬스터들이 튀어나왔지만 하나씩 차근차근 정리가 이루
어졌다.

> -프레야 여신이 그대를 축복합니다.
> 여신의 권능으로 당신의 신체가 강해집니다.
> 힘이 2 증가합니다.

> -헤스티아 여신이 당신의 용맹에 감탄했습니다.
> 불을 다루는 능력이 2% 증가합니다.
> 영원히 꺼지지 않는 불꽃을 일으킬 수 있습니다.

악마의 하수인과 싸울수록 신의 축복이 마구 부여되었다.

일시적으로 강해지기도 했지만, 영구적인 스텟과 스킬을
얻기도 했다.

"이거 좀 불안한데……."

위드의 얼굴이 찌푸려지는 걸 페일이 발견했다.

"왜 그러시는데요?"

"듬뿍 퍼 주는 걸 보니 앞으로의 일이 만만치 않겠단 생각
이 들어서요."

"설마요."

"설마가 잡은 사람만 수천만 명은 될 겁니다. 특히 저와는
인연이 깊은 편이죠."

일반 유저들은 거의 찾아오지 않는 카올라의 오염된 땅!

마지막 구역에서 드디어 이 지역의 패자를 만나게 되었다.

악마들의 왕, 클레타의 오른팔!

—강한 인간들이군. 클레타 님을 위하여 새롭게 태어나게 해 주마!

띠링!

악마 집사장 마힐고르타를 이겨라

클레타의 절대적인 신임을 받는 마힐고르타는 악마 군단의 지휘관입니다.
그는 오로지 싸움밖에 모르는 전사!
만약 그에게 사로잡히거나 목숨을 잃는다면 영혼이 타락합니다.
악마 군단의 병사가 되고 싶지 않다면, 마힐고르타를 이기거나 지금 도망쳐야 합니다.

난이도 : S

"……."

위드와 동료들에게 일제히 발생한 전투 퀘스트!

"이기지 못하면 악마 군단의 병사가 된다는데요?"

"거의 캐릭터를 잃어버리는 것 아니에요?"

페일과 수르카가 깜짝 놀라서 말했다.

악마 군단의 병사가 되면 육체의 소유권을 빼앗기게 된다. 여러 번 목숨을 잃거나 정화를 받지 않는 한, 악마 군단의 병사로서 계속 활동해야 하는 것이다.

고레벨 유저일수록 상상하기도 싫은 끔찍한 페널티였다.

"위험부담이 큰데."

위드는 마힐고르타는 남겨 놓고 도망치는 것도 생각해 봤지만, 그 고민은 오래가지 않았다.

'예전과는 달라. 사냥하다 죽어도 먹고사는 데는 아무 지장이 없다.'

유니콘 그룹의 실소유주!

잡템은 여전히 빠뜨리지 않고 습관적으로 줍고 있긴 했지만 인생이 달라졌다. 과거처럼 방송국에 영상을 팔거나 장비를 경매 사이트에 올려놓지 않아도 된다.

곳간에서 인심 난다는 말처럼, 좋은 일을 하다가 망하더라도 피해를 수습할 수 있었다.

"자, 그럼 저부터……."

위드가 막 전투를 시작하려 할 무렵, 이미 검치와 수련생들은 달려가고 있었다.

"우와아아아아앗!"

"저놈은 내 거다!"

"시원하게 싸워 보자!"

파이톤, 양념게장도 뒤를 따르는 것이 보였다.

최종 보스라고 하지만 전투의 열기에 완벽하게 빠져든 모습이었다.

-클레타 님을 따르라!

검은 연기가 피어오르더니 4미터에 달하는 악마 전사들이 쉬지 않고 소환되었다.

마힐고르타는 휘어진 검과 채찍을 손에 들었다.

ㅡ클레타 님이 세상을 재창조하실 것이다!

콰아아아아아앙!

마힐고르타의 채찍이 휘둘리자 대지가 그대로 갈라지며 독 안개가 솟구쳤다.

"제법이구나."

"손맛이 있겠군!"

검치와 수련생들이 달려가서 전투를 시작했다.

악마 전사들을 먼저 뚫고 있는 그들에게 마힐고르타는 수십 미터씩 늘어나는 채찍을 계속 휘둘러 댔다.

얕은 늪지와 썩은 나무들이 있는 넓은 전장.

검은 연기에서는 악마 전사들이 계속 소환되고 있었다.

"지원하겠습니다."

페일이 손바닥을 펼치자, 땅에서 화살이 솟아 나와 손에 쥐었다.

엘프들의 퀘스트, 세계수의 퀘스트를 다수 진행한 페일은 그 덕에 어디서든 나무 화살을 얻을 수 있었다.

페일은 화살을 빠르게 시위에 걸고 쏘았다.

"숲의 화살!"

파파파팟!

화살들이 마힐고르타 주변의 땅에 꽂혔다.

다들 빗나간 줄 알았지만, 이윽고 화살이 꽂힌 자리가 들썩거리더니 나무가 자라나기 시작했다.

울창한 가지와 잎을 가진 나무들은 가까이 있는 마힐고르타와 악마 전사들을 가지로 공격했다.

-어림없는 짓이다.

급하게 조성된 숲은 악마들을 막아 내진 못했지만 혼란을 일으켰다.

전투는 그래도 불리했다.

악마 전사는 계속 튀어나오고 있었고, 놈들에게 사로잡히면 육체를 빼앗기고 악마가 된다.

"놈들에게 당하기 전에 차라리 우리가 죽여!"

"공격해라! 저 큰 악마부터 죽여야 된다!"

위드는 동료들이 싸우는 걸 흐뭇하게 보았다.

보스급 몬스터를 사냥하는 이 긴장감과 재미!

"역시 짜릿해. 이 맛을 끊기가 힘들지."

위드는 용을 죽이는 도끼를 손에 쥐었다.

악마들을 쪼개기에는 최강의 도끼였다.

대장장이 스킬이 고급 7레벨이 되면서 종족의 제한도 풀리고, 스텟 감소의 페널티도 절반으로 줄었다.

"조각 파괴술! 이 모든 것이 힘이 되어라."

무자비한 힘의 전투를 벌일 시간이었다.

위드는 동료들과 함께 힘겹게 마힐고르타를 처치했다.

-분하다. 하지만 클레타 님은 반드시 돌아오실 것이다…….

그러나 악당들이 마지막에 내뱉는 소리는 늘 영 찜찜한 법이었다.

마판이 뱃살을 흔들며 걸어왔다.

"위드 님, 수고하셨습니다."

"생각보단 별거 아니었습니다."

악마 집사장.

최악으로는 악마들의 왕 클레타까지 감당할 각오가 되어있었다. 만일을 대비하여 희생의 화로도 준비했고.

마힐고르타는 불완전한 클레타를 소환하려고 했지만 피와 제물이 모자랐다. 이번 위드의 모험이 예상보다 빨랐기 때문이다.

"위드 님, 악마들이 남겨 놓은 잔재도 다 치웠는데 이제 어찌하시겠습니까?"

"뭘 어떻게 해요?"

"아르펜 제국요. 대영주들의 만행을 보고만 계시진 않겠지요?"

"흠……."

마판은 위드가 아르펜 제국의 혼란을 수습해 주길 바랐다.

대륙 전역이 전쟁으로 치닫고 있었지만 위드가 등장하면 모든 상황이 달라진다.

　여전히 위드를 따르고 두려워하는 사람들이 많았으니, 전쟁의 조짐이 거짓말처럼 사라질 것으로 믿었다.

　"아무것도 안 하고 푹 쉴 겁니다. 딸이랑도 놀아 줘야 되고요."

　"그럼 제국은요?"

　"지난번에 말씀드렸듯이 유저들에게 맡길 겁니다. 미래는 유저들이 만들어 가는 것이죠."

　"모든 사람들이 그걸 바라진 않습니다."

　유저들 중에는 위드가 황제로서 대륙을 태평성대로 이끌어 주길 원하는 이들도 굉장히 많으리라.

　실제로 대륙을 통일한 아르펜 제국은 엠비뉴 교단과 헤르메스 길드의 정복 전쟁, 케이베른 사태로 인한 피해를 수습하였다.

　그렇지만 장기간의 평화로 쌓여 온 각 세력들의 힘도 분출 직전이었다. 억지로 찍어 누른다면 결국 언젠가는 더 크게 터지게 되리라.

　이곳은 현실과는 다른 로열 로드이기 때문에 전쟁이 꼭 나쁜 것만도 아니었다.

　"평화는 지금까지면 충분합니다. 실컷 싸우고, 화해하고. 그렇게 사는 공간도 필요해요. 결과는 모두가 같이 만들고 받아들여야 하겠지만요."

○

이현이 있는 현실 세계는 갈수록 평화로워졌다.

정말로 돈이면 웬만한 일은 다 되었던 것이다.

"애들은 밥 잘 먹고 다녀?"

─세계 대부분의 지역들이 굶주림으로부터 벗어난 것으로 보입니다.

"범죄는?"

─대한민국에서는 십분의 일로 줄었습니다. 그리고 일본과 미국에서도 치안 조직을 통해 순찰과 예방을 강화하고 있습니다.

범죄 감소도 전 세계적으로 추진하고 있었다.

이현의 러시아 교도소 아이디어는 안되면 말고 수준이었다. 그런데 즉시 정부 정책에 반영되고 러시아와 협력을 진행해서 범죄자들을 가두는 걸 보면, 유니콘 그룹의 영향력은 상상 이상이었다.

범죄율의 감소도 잇따랐다.

예전에야 전과 3범, 4범을 자랑하는 이들이 많았고, 교도소 한번 다녀온 걸 경력으로 여기는 이들이 널려 있었다.

수형 생활을 하더라도 잘못된 생각은 고쳐지지 않았다. 범죄자들끼리 친목을 다지는 경우도 흔한 것이었다.

하지만 러시아 교도소로 보낸다는 정책이 발표되자마자 전과자들의 재범률이 급감하고 음주 운전도 줄었다.

사람들이 알아서 법을 지키는 사회가 만들어지고 있었다.

"연금제도는 어때?"

―국민들의 반응이 좋습니다.

이현은 날로 높아지는 실업률과 생활고를 잡을 방법을 고민했다.

산업화, 정보화 시대를 넘어 생산과 업무 로봇의 시대가 열렸다. 회사마다 필요한 근로자들의 숫자는 줄어들었고, 결국 소득이 감소하면서 경제 위기의 조짐이 발생했다.

'이런 건 정치인들이 알아서 해 줘야 되는 건데.'

유니콘 그룹에서는 과감히 어려운 사람들에게 연금을 나눠 주는 정책을 실시!

국가도 아닌 사기업에서 돈을 뿌리다니 엄청난 정치적인 이슈가 되었다.

하지만 기본 연금제도를 바탕으로 사람들은 생활에 안정을 찾았다. 냉장고, 세탁기, 청소기도 기본형을 공짜로 지급했다.

이현이 그런 정책을 시행한 또 다른 이유가 있긴 했지만.

"돈 좀 적당히 벌어라."

―주의하겠습니다.

인공지능 베르사가 금융권에 떠도는 천문학적인 자금을

매일 쓸어 오고 있었다.

유니콘 그룹의 사업도 대호황이었고, 페이퍼 컴퍼니로 소유권을 은닉한 회사들도 무섭게 성장했다.

돈이 돈을 번다는 말이 있었지만 그것을 넘어서서 세계의 자본을 움켜쥐었던 것.

이현도 설마 이런 말을 하게 될 줄은 몰랐다.

"돈 욕심 많이 내지 말고."

-네.

"흠흠, 사람들이 전부 나 같은 건 아니야. 그리고 나도 먹고살 만해진 다음부터는 욕심을 덜 내잖아."

인공지능은 이현을 조금씩 닮아 가고 있었다.

돈에 대한 집착을 보며, 그것을 이루어 주기 위한 노력이 세계경제 위기로 직결될 정도.

전 세계적으로 시행된 연금 정책은 많은 백수들을 양산하긴 했지만, 기술의 발달로 사람의 노동력에 대한 수요가 줄어들고 있으니 어쩔 수 없는 일이었다.

그래서 로열 로드에 접속하는 유저들도 매년 늘어났다.

이현은 방송을 보면서 아르펜 제국이 결국에는 갈기갈기 찢겨 나가는 것을 확인했다.

-우리가 인정한 황제는 위드 님뿐이다.

-오베론은 정통성이 없다!

대영주들은 결국 아르펜 제국 소속을 벗어났다. 그들에게는 괜찮은 명분도 있었다.

　유저들의 절대적인 지지를 받았던 건 위드였고, 아르펜 제국은 그를 중심으로 건국되었다. 하지만 오랫동안 통치하지 않으면서 저마다 마음껏 살아가고 있었다.

　-툴렌은 원래부터 우리의 영토다. 흑사자 길드는 툴렌의 새로운 시대를 열어 갈 것이다.

　-차별 없는 클라우드 길드. 용병들의 세상을 만들자.

　-로암을 따르자. 모든 이권을 골고루 나눠 주기로 약속하셨다.

　각 세력들마다 수백만의 유저들이 뭉쳤고, 그들끼리 충돌했다.

　과거 가르나프 평원의 전투처럼 1억 단위의 유저가 모일 일은 드물었지만, 전체적인 레벨들이 올라 위력은 그때 못지않았다.

　"판을 깔아 주니 잘도 싸우는구나."

　오데인 요새는 또다시 주요 전장이 되었다.

　흑사자 길드와 로암 길드.

　그들이 모든 전력을 걸고 부딪쳤고, 사흘 밤낮 동안 진행된 마법 공격 아래 주춧돌까지 쓸려 나갔다.

대륙의 수많은 도시, 마을, 요새도 전쟁에 휘말리면서 파괴되었다.

케이베른과 몬스터들의 난동으로 인한 피해도 컸지만, 전 대륙이 유저들끼리의 분쟁에 빠져들며 약탈과 파괴가 일상처럼 일어났다.

자신들이 갖지 못할 바엔 부숴 버리는 일이 흔히 벌어졌다.

—헤르메스 길드! 하벤 지역에서 출정한 그들이 칼라모르 지역을 정복했습니다.

—과거의 영광을 되찾는 수순인가요? 헤르메스 길드의 전투단이 익룡을 타고 날아다니고 있습니다.

—편의상 익룡이라고 부르지만, 실제로는 카우드랄로페라는 복잡한 이름의 몬스터죠?

—그렇습니다. 헤르메스 길드에서 번식을 시켜서 길들였습니다. 전투 능력은 대단하지 않지만 장거리를 빠르게 날아다닐 수 있습니다.

헤르메스 길드에서도 군대를 움직여서 주변 지역의 정복에 들어갔다. 그들이 그동안 쌓아 왔던 힘을 분출시키자 다른 대영주들도 긴장하게 되었다.

북부 대륙마저도 전화에 휩쓸렸다.

—우린 위드 님의 귀환을 원한다. 오베론이 먼저 물러나야

한다!

　-아르펜 제국을 제대로 다스리지 못한 오베론은 스스로 책임을 져라.

　-바르고 성채는 독자적으로 활동할 것을 선언한다. 하지만 위드 님이 오시면 언제든 아르펜 제국 소속으로 돌아갈 것이다.

　초보자들의 천국인 북부는 유저들의 밀집도가 높았다.

　중앙 대륙보다 레벨 수준은 낮지만 그럼에도 사냥으로 지속적인 성장을 해 왔고, 고레벨 유저들도 꽤 많이 유입되었다.

　영주들도 유저들을 대거 동원하면서 분쟁을 일으켰다.

　아르펜 제국의 직속 영역이라 눈치를 보긴 했지만, 그들은 위드를 핑계로 대고 병력을 일으켰다.

　그러던 중에 모두를 깜짝 놀라게 만드는 발표가 있었다.

　-우린 새로운 왕국을 열 것이다. 아스 왕국에 합류하라.

　도시 아스.

　북부 대륙과 중앙 대륙의 연결 고리에 위치하여 중계무역과 광업, 고급 별장과 주택 같은 주거지역으로 성장한 도시였다. 아스의 넓고 깨끗한 거리와 멋진 자연환경은 상인들과 고레벨 유저들을 끌어들였다.

　영주 로빈은 아스 왕국 건국을 선포하면서 큰 반향을 일으켰다.

　-아니, 최초로 반역을?

　-흑사자 길드도 공식적인 명분은 툴렌 지역을 되찾는 건데. 후덜덜덜.

　-아르펜 제국의 체제를 정면으로 거역, 새로운 왕국을 선포함.

　-저 패기 어디서 나옴?

　로열 로드의 유저들은 깜짝 놀라서 아스 왕국의 행보를 지켜보았다.

　"누가 수작을 부린 건가? 헤르메스 길드? 역시 그놈들이겠지?"

　"배후에 누군가 있어. 제대로 준비해서 터트린 느낌인데."

　"북부 대륙에도 균열이 일어나나?"

　대영주들은 정보망을 최대한 가동해 봤지만 아스 왕국에 대해서는 이해할 수 없었다.

　북부의 정세가 요동칠 것 같았지만, 의외로 평온했다.

　-주변 도시들이 아스 왕국으로의 합류를 거부했습니다.

　로빈은 자신의 도시와 가까운 영주들을 믿고 건국을 선언했다.

'내가 병력을 일으키면 뜻을 같이해 주겠지?'

몇 년 동안 공을 들여 온 영주들이고, 술자리도 자주 했다. 자신이 건국만 하면 중소 왕국 수준의 영토와 인구를 단숨에 확보할 수 있으리라고 믿었다.

하지만 결국 뜻을 함께한 건 8명의 영주뿐이었고, 그들도 다음 날 세력이 약한 것을 확인하고 등을 돌렸다.

-우린 아스 왕국 소속이 아닙니다. 지리적으로 가까운 탓에 많은 관련이 있긴 했지만 오늘부터 도시 아스와 모든 관계를 끊을 것입니다.

-전부 오해입니다. 우린 아르펜 제국의 영주로 남을 것입니다.

중소 영주들은 아스 왕국에서 빠르게 발을 빼며 자신들이 살길을 찾았다.

로빈이 그동안 지원해 준 물자들만 먹고 튀는 약삭빠른 행위!

-아스의 상인들이 자신들은 관련이 없다면서 상단 이주의 뜻을 밝히고 있네요.

아스에서 활동하던 상인들도 이탈하고 있었다.

북부와 중앙 대륙에서 주로 활동하는 그들 입장에서는 아스 왕국의 건국이야말로 어느 쪽에서도 환영받지 못하게 만드는 짓이었다.

"뜬금없이 무슨 짓이래?"

"국왕 병에 걸려 있더니 언젠가 저럴 줄 알았다."

"난 지금까지 농담인 줄 알았는데, 저게 진짜였구나."

상인들이 떠나고, 지역 유저들도 로빈을 위해 싸워 줄 이유가 없었다.

"맨날 잘난 척하고 돈 자랑하던 영주잖아. 언젠가 자기가 대륙 통일할 거라고 하던데 기가 막히더라."

"저건 한번 당해 봐야 정신을 차려."

"아냐. 당해도 모를걸."

-영주 수르카가 아스 왕국 정복을 선언했습니다.

위드의 동료들.

그들도 북부 대륙의 영주들이었다.

열정적으로 도시를 일구었고, 높은 명성으로 그들을 따르는 유저들도 많았다.

수르카는 방송국에 인터뷰도 했다.

"재작년에 영주들이 참석한 대지의 궁전 연회에서 로빈 님을 본 적이 있어요."

"어땠나요?"

"진짜 재수 없었죠. 이번 기회에 실컷 때려 줄 거예요."

수르카의 선언에 북부 유저들이 구름처럼 몰려들었다.

기왕이면 이기는 쪽에 붙고 싶은 것이 사람들의 마음.

명분과 세력, 인기까지 수르카가 전부 쥐고 있었으니 애초부터 상대도 되지 않는 싸움이었다.

수르카는 병력을 이끌고 가서 아스 왕국을 정복했다.

도시 아스의 성벽은 높았고 방어 시설도 많긴 했지만, 그것은 제대로 된 공성전이라고 볼 수도 없었다.

아스를 지키기 위해 용병으로 참여한 유저들은 무기를 꺼내지도 않았다. 그냥 성벽에서 대충 시간을 때우며 구경이나 하다가 성문을 열어 줬다.

"어서 오세요. 환영합니다, 여러분."

"열어 주셔서 고맙습니다."

"뭘요. 영주 성은 도시 중앙에 있습니다."

"그럼 나중에 뵙죠."

수르카의 정벌군은 변변한 전투도 하지 않고 도시 아스를 평화롭게 정복할 수 있었다.

"어떻게 이럴 수가……."

로빈은 화려한 의자에 앉아서 망연자실하여 말했다.

수르카는 애초에 실컷 때려 줄 생각이었지만 순식간에 기반을 잃은 로빈이 불쌍해 보였다.

"으함, 이런 분위기는 싫은데. 그냥 가세요."

"여긴 내 왕국이다."

"그럼 때릴까요? 맞고 갈래요?"

결국 영주 로빈은 무일푼으로 쫓겨나고 말았다.

대륙 전역에 본보기를 보이기 위해 목숨을 거두고 척살령을 내려야 한다는 의견도 있었지만, 수르카는 거부했다.

세력도 없고 레벨도 낮아서 딱하다는 이유에서였다.

아스 왕국의 건립은 역으로 위드의 동료들에 대한 재평가의 계기가 되었다.

위드로부터 황무지나 다름없는 지역들을 받아서 영주가 된 이들. 그들은 함께 모여서 사냥과 모험을 할 때 외에는 조용히 각자의 영지를 다스려 왔다.

북부 지역의 대영주로 성장한 그들.

페일만 하더라도 북부에서 5대 도시를 통치하고 있었으니, 그들의 영향력과 힘을 다시 평가하게 되었다.

"재밌어지겠네."

이현은 싸움 구경이 제일 즐겁다는 생각을 했다.

대륙은 다시 여러 개의 왕국으로 나뉠 수도 있으리라.

"근데 예전보다 더 바빠진 것 같아."

-관여하시는 일이 많기 때문입니다.

이현이 어려운 사람들을 도우면서, 밥값과 월세조차 제대로 벌지 못하던 사람들도 경제활동을 할 수 있게 되었다.

소년 가장이나 몸이 아파서 일하기 힘든 사람들도 최소한의 생활은 할 수 있게 도와줬다.

환경 문제의 경우, 어느 정부든 팔을 걷고 나서서 해결하기 힘들다. 그럴 땐 유니콘 그룹이 나섰다.

"바다에 있는 쓰레기는 하루라도 빨리 다 치우자."

―올해 내로 정리하겠습니다.

"로봇들을 투입해서 육지의 쓰레기들도 분류하면 좋겠어. 다 태우거나 묻는 건 자원 낭비야. 재활용 가능한 것들이 많잖아."

―다음 달부터 시행하겠습니다.

유니콘 그룹에서는 수십조 단위 규모의 친환경 사업을 실시했다.

전 세계를 대상으로 이루어지는 작업이라서 모든 이들의 호평을 받았고, 자원 낭비와 환경오염을 막는 효과도 있었다.

정치에 대해서는 언론을 적극 이용했다.

유니콘 그룹에서 소유한 언론사들을 통해 정치인들의 부정부패와 스캔들을 터트린다.

"어지간히 썩긴 했네."

―그놈이 그놈입니다.

굴비 엮듯이 정치인들을 정리하면, 그 자리를 차지한 이들도 마찬가지이긴 했다. 어떤 경우에는 더한 놈들이, 국회에 나와서 부패와 비리에 대해서 질타하는 게 아닌가.

"저것들도 정리하자."

-진행하겠습니다.

계속 솎아 내다 보면 언젠가는 맑아지긴 하리라. 정치를 하면서 개인적인 이득을 취할 수 없게 하는 것만으로도 조금이라도 나아지리라는 기대감은 있었다.

'내가 사회문제나 정치에 전문가도 아니고.'

이현은 가끔씩 잘 알지도 못하는 자신이 관여하는 게 잘못된 게 아닌가 하는 의구심도 들었다.

개입하는 일들이 매번 좋은 쪽으로만 이루어지진 않기도 했다.

'그래도 내가 손을 대야지. 누가 하겠냐.'

전문가가 아니더라도 좋은 뜻에서 관여할 수는 있으리라.

무슨 일이든 완벽하게만 하려 들면 아무것도 못 하게 될 테니까.

애초에 사회나 정치 문제가 무언가를 완전히 해결하기도 어렵고.

"열심히 세상을 좋은 곳으로 만들어 보자."

-알겠습니다.

"그리고 예전의 그 사채업자들 말인데, 아직 그대로 있지?"

-감금 상태를 유지하고 있습니다. 그들의 모습을 보여 드릴까요?

"그럴 필요는 없어. 괜히 더 괴롭혀지고 싶어질 테니까. 그들 중에서 반성한 사람은 없지?"

-없습니다.

"걔들도 러시아로 보내자."

위드와 바드레이

헤르메스 길드가 칼라모르 지역을 정복하고 바드레이가 직접 통치 정책을 발표했다.

-우리는 지배할 뿐이다. 아르펜 제국의 통치를 그대로 계승하여 유지할 것이며, 강자들이 영주가 되어 다스릴 수 있게 하겠다.

과거처럼 유저들을 착취하지 않고 힘을 바탕으로 통치하겠다는 논리.

"전쟁이다!"

"헤르메스 길드가 드디어 칼을 뽑았어. 대륙 정복 전쟁을 선언했어!"

　오랜 평화에 시시해하며 전투를 바라던 유저들이 환호했다.

　레벨이 높은 이들은 헤르메스 길드의 태도를 반겼다. 반면에 걱정하고 두려워하던 이들도, 아르펜 제국의 정책을 잇는다는 선언에 안심하게 되었다.

　　-대박이다. 헤르메스 길드 대 흑사자 길드!

　　-헤르메스 길드가 무난하게 이길 것으로 예상.

　　-그래도 볼만한 전투가 펼쳐지겠다.

　　-대격전. 레전드 중의 레전드인 가르나프 평원 전투가 재현되려나.

　　-그 수준은 아님. 전설 중의 전설로 예상.

　　-아재, 개그가 너무 구식인 듯…….

　　-미안. 농담의 조크로 받아 줘.

　　-허억… 숨이 막혀 온다.

　　-웃으니까 스마일이잖아.

　　-이 아재 정신 나감. 도망치자.

　　-가지 마. 지옥문의 헬 게이트에서 함께 미쳐 보자, 얘들아!

　오랜만에 불타오르는 게시판.

　방송국들도 가뭄에 물 만난 것처럼 활발해졌다.

　KMC미디어의 강 국장.

부장에서 승진한 그는 특별 프로그램을 진두지휘했다.

"모든 방송 자원을 총동원해서 여기에만 매달려! 우리도 CTS와 시청률 전쟁을 대비해야 해."

방송국들의 시청률도 그동안 정체되었다.

강 국장은 위드가 시청률을 높게 이끌어 갔던 시절을 그리워했고, 헤르메스 길드가 큰 흥행을 일으키리라 짐작했다.

"난세가 다가오고 있어. 정말 오랜만의 난세라고. 흑사자 길드와의 싸움은 그냥 시작에 불과할 거야. 진짜는 헤르메스 길드가 대륙을 정복할 수 있느냐, 그리고 위드가 그들을 막기 위해 등장하느냐겠지!"

모든 유저들과 방송국의 기대 속에서, 라코느 요새에서 헤르메스 길드와 흑사자 길드가 맞붙었다.

칼리스는 요새의 중앙탑에서 목이 찢어져라 전투를 진두지휘했다.

"마법공성포 발사! 적의 접근을 차단하라!"

흑사자 길드는 아르펜 제국의 영향력 아래에서 꾸준히 힘을 키워 왔다.

툴렌 지역의 이권을 바탕으로 길드원을 늘렸고, 방어 시설도 적극적으로 건설.

언젠가 헤르메스 길드가 칼라모르 지역을 점거하고 툴렌으로 진입할 것을 대비하여 요새를 축성해 놓았다.

투두둥!

마법공성포가 수십 갈래의 빛의 포탄을 연속으로 발사했다.

라코느 요새는 최강의 방어벽으로 이름을 날렸다.

로열 로드의 시작부터 존재하던 오데인 요새보다도 훨씬 튼튼하고, 마법 공격에 대한 대비도 완성되어 있었다.

"가라! 이곳이 헤르메스 길드의 무덤이 될 것이다!"

흑사자 길드는 용맹하게 싸웠다.

블랙소드 용병단과 협약을 맺어서 그들의 병력도 지원받았으며, 주변에 있는 고레벨 유저들은 전부 끌어왔다.

헤르메스 길드는 위드를 만나기 전까지는 패배를 모르던 집단.

그러나 아르펜 제국이 대륙을 통일하고 난 후 흑사자 길드는 조용히 힘을 키워 왔다. 이제는 해볼 만하다고 여겼다.

"헤르메스 길드만 부순다면 우리도 대륙의 패권을 차지할 자격이 있다."

칼리스는 성벽에 서서 온 힘을 다해 싸웠다.

공격 스킬이 발동될 때마다 섬광이 일어나며 성벽을 올라오는 헤르메스 길드원들을 휩쓸었다.

"내가 흑사자의 칼리스다!"

-사나운 전사의 포효를 터트렸습니다.
공격력이 일시적으로 352%로 강화됩니다.
적의 강함에 따라 저항력이 증가합니다.
체력 소모가 빨라집니다.

"부수고 들어가라!"

보에몽이 이끄는 전사 집단이 도끼로 성문을 부수고 요새로 난입했다. 수많은 화살과 마법공성포가 쏘아 낸 빛의 포탄을 몸으로 맞아 가면서 성문을 뚫어 낸 것이다.

"막아라!"

"우리가 흑사자들이다."

요새 안에서 기다리던 흑사자 길드의 유저들이 맞붙어 싸웠다.

"돌격! 지상군을 도와라."

"적들의 접근이다. 요격해!"

하늘에서 다가오는 헤르메스 길드의 비행단에 맞서서 라코느 요새에서는 마법과 화살 공격이 솟구쳤다. 괴롭게 울부짖는 소리를 내며 익룡들이 지상으로 떨어졌다.

요새의 방어에 유리한 구조와 흑사자 길드의 분투로 균형은 제법 오랫동안 유지되었다.

"전부 비켜라!"

바드레이가 친위대와 함께 난입하기 전까지는.

그들은 파죽지세로 요새를 지키는 병력을 가르고 들어왔다.

"우리도 정예들을 투입해!"

흑사자 길드에서는 빈델이 동료들과 함께 나섰지만 5분도 버틸 수가 없었다.

바드레이의 친위대와는 레벨이 100 이상 차이가 났다. 무기와 스킬이 부딪치면 일방적으로 흑사자 길드가 밀렸다.

"제대로 상처도 입히지 못하다니."

칼리스는 빈델의 공격이 바드레이에게 무용지물인 모습을 보며 전율했다.

자신들이 세력을 키우는 동안 바드레이와 헤르메스 길드는 훨씬 더 강해졌다.

범접할 수 없는 격차의 무력.

위드에게 패배하고 아르펜 제국에 굴복한 이후 헤르메스 길드가 약해졌다는 것이 일반적인 평가였다. 하지만 그들은 핵심 전력을 보존하며 시간을 두고 설욕의 기회만을 노려 왔다.

헤르메스 길드는 압도적인 힘으로 라코느 요새를 점거해 가고 있었다.

"칼리스."

"바드레이, 결국 이렇게 만나게 되는군."

바드레이는 라코느 요새의 성벽에서 칼리스와 마주 섰다.

공성전이 벌어지는 주위는 마법과 스킬로 난장판이었지만, 그들은 서로만을 쳐다볼 뿐이었다.

'바드레이, 너만 이긴다면 내가 최강임을 증명할 수 있다.'

칼리스는 의욕에 불타올랐다.

위드가 오랫동안 잠적하자 사람들은 바드레이를 다시 무신으로 부르고 있었다.

'너를 이기고, 헤르메스 길드를 촌구석으로 물러가게 할 것이다.'

칼리스는 조용히 숨을 고르고 나서 무기를 꺼내 들었다.

검신에 새하얀 서리가 어려 있는 검이었다.

전설의 무기, 남쪽 바다의 검.

흑사자 길드에서는 전설급 무기와 방어구를 구하기 위해 백방으로 노력해 왔다.

마침내 어느 모험가로부터 얻어 낸 무기.

툴렌 지역의 성 몇 개를 팔아 치워야 했지만 후회는 없었다.

'이번 전투만 이긴다면…….'

바드레이가 먼저 입을 열었다.

"우리 사이에 긴 대화는 필요 없겠지."

"전장에서 적과 적으로 맞섰으니 나 역시 한가롭게 이야기나 할 생각은 없었다."

칼리스가 기세 좋게 맞받아쳤지만, 그것은 바드레이의 오만한 성격을 까맣게 잊어버린 말이었다.

"그런 뜻이 아니라, 이렇게 봤으니 예의상 몇 마디라도 해 줘야 하는 게 아닐까 싶어서. 사실 넌 나와 대화를 할 자격이 없다."

"뭐라고?"

"다른 하나의 검."

바드레이가 스킬을 사용하자 공중에 검이 나타나더니 한 바퀴를 선회하고 칼리스를 향해 쏘아져 나갔다.

"벼락 가르기!"

칼리스는 공격 스킬로 다른 하나의 검을 후려치며 바드레이에게 달려갔다.

라코느 요새의 비좁은 성벽 위.

도망치지 않는 한 피할 곳은 없으리라.

정면의 힘 싸움으로 모든 것이 결정되리라는 각오를 다졌다.

"붕괴의 일격."

바드레이는 검을 휘둘렀다.

쿠궁!

그 순간, 바드레이를 중심으로 성벽이 무너질 듯이 흔들리고 파도가 치는 것처럼 일렁였다.

"이건 무슨… 수평막기!"

칼리스는 급하게 검으로 수비 스킬을 발동시켰다. 상대방의 공격일 뿐이지만 예감이 뭔가 심하게 좋지 않았다.

−감당할 수 없는 힘에 의해 방어가 꿰뚫렸습니다.
　파멸의 힘이 깃든 공격이 무지막지한 위력으로 당신을 강타합니다.

생명력이 109,287 감소하였습니다.
1.7초간 기절!
방어구 '거미 여왕의 투구'의 내구도가 감소했습니다.
차이가 나는 힘에 꺾였습니다.
일시적으로 힘의 최대치가 23% 감소합니다.

철혈의 워리어.

전장의 최선봉에서 지치지 않고 적과 싸우는 직업.

레벨과 스텟, 스킬.

바드레이는 필요한 수치들을 달성하고 열 가지의 난관을 뚫으면서 철혈의 워리어로서 비기를 얻었다.

그것은 육체의 한계를 뛰어넘는 힘을 발휘하는 것.

정면 승부에서는 쉽게 무너지지도, 허무하게 패배하지도 않으리라.

'이건 무슨 말도 안 되는…….'

칼리스는 뒤로 튕겨 나가며 절망감에 사로잡혔다.

하지만 바드레이의 입장에서 보면 이런 결과란 너무나도 당연한 것이었다.

그는 로열 로드의 초창기부터 최고의 자리를 놓치지 않았다.

무신 바드레이.

다른 명문 길드의 대표라고 해도 기본적으로 레벨과 장비에서 현격하게 차이가 났다.

위드에게 패배하고 나서 더욱 독하게 사냥터들만 전전했다. 칼리스가 열심히 사냥을 했다고 해도, 지금은 50이 넘는 레벨 차이가 있었던 것이다.

'예상보다 훨씬 강해. 시간을 두고 나도 검술의 비기를 활용하면서 싸워야 한다.'

칼리스가 천천히 싸우면서 기회를 노리기로 계획을 바꿀 무렵.

바드레이는 이미 스킬을 연달아 발동시키며 다가오고 있었다.

"탄생의 힘! 흑기사의 일격!"

"빌어먹을!"

그 맹렬한 공격에, 사자는 토끼 1마리를 사냥할 때도 최선을 다한다는 말이 얼핏 떠올랐다.

하지만 그것도 바드레이의 생각과는 차이가 있었다.

'시간이 아깝다.'

로열 로드에서 위드가 아니라면, 다른 유저들은 거추장스럽기만 했다.

흑기사로서의 강함으로도 부족함을 느끼고 철혈의 워리어가 되고 나서 사냥터에서 살아왔다. 단단해진 몸으로도 견디기 어렵고, 아차 하면 목숨이 날아가는 위험한 곳들에서 지내왔다.

'고작 예전에도 쉽게 이겼던 칼리스 따위를 상대하기 위해

서가 아니었다.'

칼리스는 위드에게 가는 길에 걸리적거리는 돌멩이에 불과하다.

"울부짖는 분노!"

바드레이가 철혈의 워리어 스킬을 사용하며 연속 공격을 이어 나갔다.

칼리스는 검을 휘둘러 제대로 반격도 해 보지 못했다. 방어 스킬을 발동시키는 것 말고는 할 게 없었다.

살을 주고 뼈를 깎는다는 생각으로 억지로 몇 번 공격을 해 봤지만, 바드레이에게 제대로 타격도 입히지 못하는 모습에 절망했다.

전체적인 전투력에서 너무 커다란 격차가 난다는 것을 스스로 느낄 수밖에 없었다.

"칼리스가 저항도 하지 못하다니. 저게 진짜 바드레이의 실력인가."

"바드레이가 얼마나 강해진 거야?"

그렇기 때문에 옆에서 볼 때는 더 일방적으로 당하는 모습이었다.

라코느 요새 함락!

칼리스의 패배!

공성전에서 조금의 희망도 없이 대패한 흑사자 길드는 툴렌 지역을 빼앗기고 라살 지역으로 물러났다.

"헤르메스 길드의 전력을 우리가 독자적으로 감당할 이유는 없지."

"그렇지. 우리도 그동안 놀고 있었던 건 아니니까."

흑사자 길드는 전력을 다시 정비했다. 그들은 어떻게든 베르사 대륙의 패권을 이대로 포기하고 싶진 않았다.

"우린 사자성과 협력해서 헤르메스 길드를 야금야금 갉아먹을 것입니다."

칼리스는 그렇게 대책을 준비했다.

자신들의 영토는 내주었지만, 그 대신 넓은 전선을 얻는다. 넓은 영토에서 게릴라전을 벌이며 헤르메스 길드원들을 사냥하려는 계획.

사자성, 클라우드 길드도 이에 협력하면서 헤르메스 길드의 영역을 침범해 들어갔다.

마을과 도시를 불태우고 헤르메스 길드원들을 제거하며 엄청난 전공을 올렸다.

- 아르펜 제국을 위하여!
- 헤르메스 길드는 앞으로 대륙의 위협이 될 것입니다.

아르펜 제국의 이름을 팔아먹는 것도 잊지 않았다.

위드가 모습을 감추고 나서는 색이 바랜 명분이긴 했지만, 그래도 아르펜 제국의 질서를 지킨다는 의미가 있긴 했으므로.

헤르메스 길드와 옛 명문 길드만이 아니라 노튼, 네스트, 그라디안, 리튼, 브리튼 연합, 아이데른, 데일, 브렌트, 로자임, 수베인 등 옛 왕국들이 있던 지역에도 유저들의 다양한 세력이 있었다.

아르펜 제국의 영주들. 그들이 힘을 모아서 크고 작은 세력을 형성했다.

-대영주들의 분쟁에 피해를 입는 건 힘없는 우리입니다. 약자가 되지 않기 위해 우리끼리 뭉칩시다.

-새로운 시대의 질서를 제가 열어 갈 것입니다.

-명분 없는 전쟁은 질렸습니다. 자유와 협력, 도전을 원하시는 분들은 저희에게 오십시오.

로열 로드에는 사냥과 퀘스트로 새로 이름을 알린 유저들이 많았다. 어떤 이들은 영주로서, 혹은 기사로서 활약하며 명성을 떨쳤고 세력에 속하거나 일구었다.

그렇게 로열 로드의 초창기처럼 전쟁이 끊이지 않으면서, 도시와 마을의 전면적인 파괴가 이루어졌다.

6개월!

베르사 대륙의 생산력이 절반으로 줄어드는 데 걸린 시간이었다.

거듭된 전투로 유저들의 손실도 컸지만 그들은 스스로 멈출 수 없는 단계에 돌입했다. 잠시간의 평화가 찾아와도 서로 뒤통수를 맞지 않기 위해 먼저 공격을 거듭했다.

"아르펜 제국이 있던 시대가 지루했어도 평화로웠네."

"후… 그래도 이젠 멈출 수 없어."

대영주들은 한번 무너지면 다시 일어나기 어렵다는 것을 알기 때문에 더더욱 치열하게 싸웠다.

헤르메스 길드의 기치는 단순했다.

　

-오로지 힘으로. 우린 대륙 최강이다.

　

어떤 수작도 부리지 않는다.

힘을 바탕으로 적극적으로 싸우는 그들이 조금씩 유저들의 신뢰를 얻었다.

　

-북부는 누구에게도 넘겨주지 않을 것입니다.

　

북부의 영주들은 페일이 중심이 되어 뭉쳤다.

중앙 대륙에서의 패권 다툼에는 관여하지 않지만, 북부로의 침략은 허용하지 않겠다는 선언.

북부의 영주들은 모라타 시절부터 함께했던 이들이 많았고 아르펜 제국의 건국 역사를 똑똑히 기억했다. 영주들끼리의 이권 다툼이 벌어지긴 했지만 곧 페일에게 사람들이 모였다.

"페일 님이 잠시라도 황제 자리를 물려받아 주셨으면 합니다."

오베론도 선뜻 왕관을 넘겨주려는 의사를 밝혔다.

그들은 위드와도 가끔씩 모여서 사냥을 했기 때문에 더욱 헛된 명예욕은 없었다.

위드만 돌아온다면 언제든지 모든 것이 제자리로 돌아갈 가능성이 높다. 중앙 대륙이 엉망진창이 되긴 했지만 그럼에도 북부가 다시 뭉치는 건 위드의 이름이라면 손바닥 뒤집기만큼이나 쉬운 일이었다.

그러나 페일은 고개를 가로저었다.

"오베론 님이 쭉 맡아 주세요."

"저로서는 너무 감당하기 힘든 일입니다. 중앙 대륙에는 말이 통하지도 않고, 북부 유저들도 모든 걸 제 탓으로만 돌리는데요. 스트레스가 너무 쌓입니다."

오베론이 얼굴을 찡그리며 울상을 지었다.

페일도 그가 어떤 마음인지를 알고 있었지만 선택권이 없었다.

"위드 님이 오베론 님의 황제 자리를 유지시켜야 한다고 했습니다.”

“위드 님이요? 어째서요?”

“그게… 말하기가 곤란한 이유라서요.”

“도무지 이해가 안 갑니다. 위드 님과 가장 많은 시간을 보낸 게 페일 님이잖습니까. 황제 자리도 당연히 페일 님에게 물려줘야 하는데요.”

“일곱 봉…….”

“예?”

“라면 일곱 봉을 드셔서 그렇답니다.”

소소한 원한도 잊지 않는 위드!

오베론에게 황제 자리를 맡겨서 실컷 괴롭히고 있었다.

바드레이는 툴렌의 포르모스 성에 머무르고 있었다.

“소모전이라. 결국 독자적인 전력으로는 여전히 대륙 장악이 쉽지 않군.”

헤르메스 길드는 전투에서 이길 때마다 세력을 확대하며 성장하고 있었다.

대륙 정복을 위해서는 더 많은 유저들을 받아들이고, 또한 그만큼 강해져야 하리라.

천천히 한 걸음씩.

과거의 잘못을 되풀이하지 않기 위해서 영토 확장만 서두르지는 않았다.

"힘을 키운다. 그 힘을 떨친다. 헤르메스 길드는 가장 단순해질 것이다."

바드레이의 레벨은 850을 달성했다.

철혈의 워리어로 얻은 방어 스킬들도 마스터의 경지까지 달성!

칼리스와도 싸워 보았지만 조금의 위기도 느끼지 못한 채 간단히 이겼다. 그다음부터는 칼리스와 로암, 미헬, 샤우드 모두 자신을 피해 다니기에 바빴다.

보에몽이 감격에 차서 말했다.

"대륙 최강, 무신이라는 별명으로 바드레이 님을 부르고 있습니다. 사람들이 바드레이 님의 무력을 인정하고 있습니다."

"다른 이들과 싸우는 건 중요하지 않지요. 위드, 그를 이겨야만 진짜 무신이 될 것입니다."

바드레이는 칼리스를 이기면서 만족을 느끼지 못했다.

당연한 승부였고, 예상했던 그대로 흘러갔다.

다른 대영주들도 무시할 수 없는 강자라는 점은 인정한다. 그럼에도 자신과 견줄 수 있는 존재라고는 생각하지 않았다.

"위드, 그와 싸우게 된다면 당연히 바드레이 님이 이길 겁니다."

보에몽은 바드레이가 승리할 것으로 믿었다. 그러나 한편으로는 찝찝한 것도 사실.

최상위권에 있는 헤르메스 길드원들이라면 누구나 위드에게 느꼈던 짙은 패배감을 벗어나지 못했다.

그 감정은 바드레이조차도 마찬가지였다.

아르펜 제국이 대륙을 통일한 다음부터 위드의 소식이 들려오지 않으니 불안했다.

어디서 어떤 퀘스트와 사냥을 하며 강해지고 있는지를 모르기에.

마지막으로 확인했던 위드의 직업조차 전사 계열.

언젠가 또다시 싸우게 되면 힘에서 밀릴 수도 있다는 두려움으로 사냥터에서 더 오래 머물렀다.

헤아리기도 어려울 정도로 수많은 몬스터를 사냥하고, 철혈의 전사로서 육체를 완성한 지금에야 자신감이 조금 생겼다.

바드레이가 무거운 목소리로 말했다.

"공개적으로 위드에게 도전을 해야겠습니다. 멜버른 광산에서 한 번 이겼고, 가르나프 평원에서 졌지요. 이젠 진정한 승자가 누구인지 결정해야 할 때입니다."

아크힘, 가우슈, 라미프터.

그들은 바드레이의 결정을 존중했다.

"저는 바드레이 님의 승리를 믿습니다."

"그를 꺾읍시다."

"아르펜 제국의 시대가 저물었음을 모두에게 알리죠."

위험한 도전인 것은 당연히 안다.

그럼에도 헤르메스 길드원들은 대륙을 정복하기 전에 넘어야 할 가장 큰 산으로 위드를 생각했다. 그를 이기지 못하는 한 모두가 불안감에 휩싸인 채 살아갈 수밖에 없으리라.

-헤르메스 길드를 이끄는 바드레이의 이름으로 도전한다.
아르펜 제국의 황제이며, 전쟁의 신 위드여.
정정당당한 일대일의 승부를 청한다.
그대가 장소와 시간을 정하라.
대륙에서 누가 가장 강한지를 결정하는 자리가 될 것이다.

바드레이의 도전장은 로열 로드를 뜨겁게 달구었다.

-대박 매치가 벌어진다.
-이게 얼마 만이냐. 세상에 위드와 바드레이라니…….
-바드레이가 위드를 불러들이네.
-꿈에 그리던 명승부. 아르펜 제국의 황제와 무신 바드레이!
-대륙 최강이 가려진다!

소식은 삽시간에 퍼졌다.

방송국들은 생중계에 자막을 넣어서 속보로 내보내고, 인터넷 게시판은 활활 타올랐다.

-과감하게 위드 님의 승리를 점쳐 봅니다. 지금까지 보여 준 실력이라면 충분함. 마지막 전투에서 위드 님이 이기기도 했고요.

-위드 님이 최고죠. 그분의 사냥 속도는 예전부터 지금까지 전설임.

-조각사로 슬금슬금 시작해서, 네크로맨서로 깽판을 치기 시작하더니, 전사가 되니 말릴 수가 없게 되었다.

-살아 있는 노가다의 신. 얼마나 강해졌을지 도무지 짐작도 되지 않음.

-아르펜 제국이 대륙을 통일하고 바드레이가 얼마나 많이 사냥을 했는데요. 지금 시점에서 바드레이 님보다 강한 유저는 없을 거라고 보네요.

-바드레이의 전투는 완벽 그 자체. 칼리스를 압살해 버림. 아예 1%의 승산도 주지 않고 밟음. 위드라고 해도 뭐가 다를까?

-KMC미디어에서 바드레이의 전투력 분석을 한 적이 있었죠. 공격력 극강, 방어력 극강. 철혈의 워리어가 되어서 자신보다 2~3배 강한 적에게도 안 죽을 것 같다고 평가받음.

-아무리 위드라고 해도… 지금의 바드레이를 무슨 수로 이깁니까. 아무도 못 말려요.

게시판마다 위드와 바드레이의 승패를 예측하는 글로 뒤덮였다.

개인적인 호기심도 있었지만, 대륙의 정세를 뒤바꿔 놓을 대결이었다.

-문제는 위드 님이 안 나타난 지 오래라는 점인데.

-설마… 로열 로드 접은 거 아님?

-에이, 그건 아니겠지. 그래도 불안한데.

-무슨 사고라도 난 거 아니에요?

-공식적인 뒷소문에 따르면 풀죽여신님께서 딸을 낳으셨다고…….

-여신님과 결혼. 그것은 인정.

-아침에 눈을 뜨면 여신님이 같은 이불을 덮고 자고 있다. 이것은 무슨 인생이더냐.

-천국이 있다면 거주자들이 시위할 거 같네요. 왜 저기가 더 행복해 보이냐고.

-나라면 바드레이에게 져도 입가에 미소가 안 사라질 듯.

-저 어릴 때부터 위드 형이랑 같은 동네 삽니다. 빵도 많이 뺏겼죠, 헤헤. 동네에서 여신님이랑 따님 봤는데요. 완전 천국일 듯요. 저라면 로열 로드 접속 안 할 수도 있음.

하루 동안 수억 개의 게시물이 올라올 정도로 이슈가 되었다.

위드는 마침 사냥터에서 그 소식을 들었다.

집에서 백수처럼 있으니 로열 로드에 접속하면 어딘가 출근한 느낌이라고 할까.

"바드레이의 도전이라……."

한 번은 싸워야 한다는 생각은 들었다.

피하려고 하더라도 유저들이 끊임없이 비교할 것이다.

아르펜 제국을 건국한 사람으로서도 바드레이의 도전은 받아 주어야 마땅한 일.

"문제는, 싸우면 질 가능성도 꽤 높아 보이는데."

무인도에서 보냈던 시간을 아직 회복하지 못했다.

위드는 고심 끝에 공개적으로 선언했다.

　-바드레이의 도전을 기쁘게 받아들인다.

　　27일 후, 케이베른 전투 기념일에 모라타의 콜로세움에서 싸우자.

케이베른이 땅으로 내려왔던 판자촌 지역.

그곳에는 위대한 건축물로 8만 명을 수용 가능한 대형 콜로세움이 만들어져 있었다.

전투와 공연이 벌어지는 장소에서 맞붙자는 대답.

바드레이는 1시간도 되지 않아서 답했다.

-도전을 받아 주어서 고맙다.

　그날이 오기만 기다리고 있겠다.

　위드는 조금의 시간을 벌어 놓고 던전에서 미친 듯이 사냥을 하며 강해졌다.

-레벨이 올랐습니다.

　전사로서의 성장.

　전투 스킬들을 연마하면서 조금씩 강해졌다.

　세상을 구하는 용사만이 가진 영웅 스킬들도 몸에 확실하게 각인시켰다.

　용기의 힘.

　희망의 노래.

　분노의 반격.

　구원의 축복.

　세상의 끝.

　영웅 스킬은 자신만이 아니라 주변의 동료들까지 모두 강화시켜 준다.

　대규모 파괴 스킬도 있었는데 아쉽게도 악당들에게만 사용할 수 있었다. 바드레이는 그동안 오랜 시간을 사냥터에 머무르면서 악명을 지운 상태였다.

"용기의 힘. 살인자를 상대하면 강해지는 기술인데, 아쉽게 되었군."

27일 동안 미친 사냥 속도로 13개의 레벨을 올렸다.

위드의 레벨은 769.

바드레이의 레벨은 800대를 넘는 것으로 추정되고 있는 상태였다.

"얼마나 강할지는 붙어 보면 알 수 있겠지? 칼리스와 싸운 게 전력이 아니었다면 꽤나 재밌겠네."

위드는 바드레이와의 전투가 기대가 되었다.

등 따뜻하고 배부르니 이제야 로열 로드를 즐길 수 있는 마음이 조금은 생긴 상태였다.

로열 로드 최대의 이벤트!

8만 명이 들어올 수 있는 콜로세움에는 전날부터 계단까지 사람들이 가득 차 있었다.

"우하! 와아아아아아!"

"실컷 싸워라! 최고의 하루를 보내자!"

"승리를 위해!"

"오늘만을 기다렸다!"

바드레이는 아침 일찍부터 콜로세움의 한복판에서 기다렸다.

'어설픈 신경전 따위 하고 싶지도 않다. 도전자인 내가 기다린다. 언제든 와라.'

오늘을 위해 살아왔기에 싸울 수 있음에 감사할 뿐이다.

위드가 도전을 받아 주지 않거나 로열 로드를 접기라도 했다면, 상실감 때문에 대륙을 정복하더라도 기쁘지 못했을 터.

"바드레이의 표정을 보니 자신감이 대단해 보이네요."

"흠, 확실히 강한 유저니까 말입니다."

오베론, 페일, 로뮤나, 이리엔, 화령, 벨로트, 마판, 제피.

위드의 동료들도 콜로세움의 관중석에 앉아 있었다.

싸움 구경이라면 고기를 먹다가도 달려오는 검치와 사범들, 수련생들도 전원 참석해서 기다렸다.

마판이 고개를 갸우뚱했다.

'결국 대결이 벌어지긴 하네. 위드 님이 이길 수 있을까?'

보통 때라면 100% 위드의 승리를 예상했을 것이다.

위드의 음흉한 구석에 대해서 가장 잘 이해하고 있는 동료가 마판이었으니까.

'위드 님은 뻔히 질 싸움은 하지 않아. 하지만 이번에는 왠지… 그냥 싸워 주는 느낌이란 말이지.'

그동안 열심히 로열 로드를 했으니 기특해서 싸워 준다는 느낌.

예쁜 아내와 엄청난 부와 명예까지 전부 얻었으니 위드에게 이번 전투는 어쩌면 별로 중요하지 않을 수도 있다.

'과거라면 진짜 수단과 방법을 가리지 않고 어떻게든 이겼을 텐데.'

위드의 싸움에 대한 의지가 예전보다는 약할 수도 있다고 생각되었다.

그렇기에 오히려 진짜 위드의 실력을 볼 수 있을지도 모른다.

'위드 님은 자신의 전투력으로 순수하게 바드레이와 싸워 볼 생각인 것일지도.'

정오가 되기 전에 와삼이를 타고 위드가 먼 하늘에서 나타났다.

"꾸와아아악!"

그 순간 콜로세움 전역에서 울려 퍼지는 장대한 함성!

사람들의 목소리는 귀가 멀어 버릴 것처럼 뜨거웠다.

와삼이는 유유히 콜로세움 내부를 한 바퀴 돌고 바드레이의 앞에 내려앉았다.

위드가 땅에 내려오며 말했다.

"오랜만이군, 무신 바드레이."

"아르펜 제국의 황제여, 나는 그 별명을 떳떳하게 되찾기 위해 이 자리에 섰다."

"여전히 무신이라고 불리는 것으로 아는데."

"패배의 기억을 안고 있는 무신은 어울리지 않는다. 오늘 이후 모두가 나를 최고라고 부를 것이다."

"그건 내 허락 없이는 안 될 일이지."

와삼이가 먼지를 일으키며 하늘로 다시 날아올랐다.

위드와 바드레이는 경기장에 선 채로 서로를 천천히 훑어봤다.

'그동안 전투에 푹 빠져 살았다더니 과거와는 느낌이 달라졌어. 거칠면서도 날카로운 전사? 뭐 그런 분위기가 흐르는군.'

'위드, 로열 로드를 완전히 떠난 것은 아니었구나. 과거에 봤을 때보다 훨씬 강해졌을 것이다.'

위드는 날카로운 눈으로 바드레이의 장비들을 확인했다.

대륙을 통일하기 전까지만 하더라도 웬만한 장비들은 특성뿐만 아니라 시세까지도 정확하게 꿰뚫고 있었다. 지금은 그 정도까진 아니지만, 장비의 수준이나 유명한 특성은 파악됐다.

'갑옷과 부츠가 초월자의 장비 세트. 레벨 제한 880. 칼리스와의 싸움에서는 꺼내지 않았던 물건인데. 바드레이의 레벨이 이 정도로 높았구나.'

일대일 승부에서는 레벨이 깡패라는 말이 있다.

단순하게 스텟이 조금 더 높다고만 생각해서는 안 된다.

그만큼 더 오래 사냥을 하면서 쌓은 업적과 단련된 스킬.

철혈의 워리어로서 육체적인 강함까지 겸비하게 되었으리라.

'아냐, 전사 계열의 직업으로도 한계가 있지. 레벨 880은 언데드의 도움 없이 정직하게는 올리기 힘든 레벨이야.'

다시 천천히 살펴보니 조화의 허리띠를 착용하고 있었다.

장비의 착용 제한을 5% 낮춰 주는 물품.

'그렇더라도 레벨이 830은 넘을 가능성이 높다는 거겠지.'

바드레이의 검 자루에는 악마의 모습이 정교하게 새겨져 있었다.

굴복한 악마!

악마검을 소유했다는 건 악마를 굴복시키면서 그의 힘을 쓸 수 있게 되었다는 의미이리라.

그것도 베르사 대륙이 조용했던 걸 보면 헤르메스 길드가 악마계로 원정을 떠나서 얻어 온 전리품일 것이다.

'2년 전만 해도 거의 전설의 물품이나 마찬가지였는데. 결국 저런 템도 구해 냈구나.'

바드레이도 상대를 살피는 건 마찬가지였다.

'검을 여러 개 등에 메고 있군. 갑옷은 내 지식으로는 알 수 없는 물건이다. 소문조차 들어 본 적이 없어. 범상치 않은 것들이겠지? 그리고 아마 장비의 성능으로는 내가 밀릴 것이다.'

헤르메스 시절에는 장비발로 누구에게 진다는 건 생각조

차 해 본 적이 없었다. 그러나 숱한 모험을 성공시키고 드래곤의 레어까지 확보한 위드가 상대라면 다르다.

'만만치 않겠어.'

위드와 바드레이 사이에 팽팽한 긴장감이 흘렀다.

스릉!

바드레이가 악마검을 빼어 들었다.

"우리의 마지막 승부를 내기에 좋은 무대로군."

"나도 그렇게 생각해."

위드도 검을 뽑아 들었는데, 일단은 로아의 명검이었다.

드래곤의 레어에서 얻은 더 좋은 마법검이 있었지만 그동안 오래 써서 손에 익숙하기도 했고 또 다른 이유가 있었다.

등에 메고 있던 용을 죽이는 도끼마저 꺼내서 오른손에 들었다.

한 손에는 검, 한 손에는 도끼!

두 가지 무기를 자유자재로 다룰 수 있을 정도로 힘이 강해졌다.

공격과 방어의 조화와 빠른 전환. 무엇보다도 속도로 상대를 흔들어 놓을 생각이었다.

"분검술!"

위드가 먼저 스킬을 발동시키며 공격을 시작했다.

직업이 용사가 되며 검술 스킬의 위력도 훨씬 증가했다.

100개가 넘는 분신들이 생성되어 일제히 바드레이에게 몰려들었다.

"폭렬의 기둥!"

바드레이의 대응은 악마검으로 땅을 내려치는 것이었다.

단순하지만 매우 강력한 워리어 스킬.

땅에서부터 하늘로 바람의 기둥이 수없이 솟구치며 폭발했다.

분신들이 절반 가까이 폭풍에 휘말리고 꿰뚫려서 사라졌다.

'바하모르그만 하더라도 분신들로 어떻게 할 수 있을 정도는 아니었다.'

위드는 분신들이 시선을 끄는 사이에 바드레이의 등 뒤로 돌아갔다.

"광휘의 검술!"

로아의 명검에서 빛을 뿜어내며 강하게 휘둘렀다. 동시에 오른손으로는 전진하면서 도끼를 올려쳤다.

"하늘 겹쳐 베기!"

KMC미디어에서는 오주완과 신혜민, 도찬미가 함께 위드와 바드레이의 대결을 중계하고 있었다.

"위드의 선공입니다. 시작부터 분검술이에요!"

"검술의 비기네요. 다른 유저들이 사용하는 것보다도 훨씬 강력하고 화려한 모습입니다."

"바드레이도 엄청난 스킬을 터트리며 대응하고 있어요!"

중계진은 시작부터 긴장을 끌어올렸다.

위드와 바드레이의 승부라니 그들도 결과를 예상하기 힘들었고, 몇 초도 그냥 흘려보낼 수 없었다.

"위드가 바드레이의 뒤를 잡았습니다. 검술 공격… 아, 아닙니다. 도끼로 칩니다. 그다음에는 검을 휘두르는데, 거의 동시예요!"

"바드레이가 검을 뒤로 휘두르며 막아 냅니다. 약간 피해를 보며 물러서지만, 큰 피해는 아닌 것 같네요."

중계진이 보는 영상에 이번에는 바드레이가 땅을 박차고 덤벼드는 모습이 비쳤다.

챙챙챙!

바드레이의 검이 위드의 방어에 막힌다.

위드는 대부분의 공격을 로아의 명검으로 흘려 버리면서 교묘하게 무게중심을 조금씩 흐트러뜨렸다.

쐐애애액!

억지로 빈틈을 만들면서 상대를 짓부술 듯 내려쳐지는 도끼!

"미쳤네요. 검과 도끼를 완벽하게 다룹니다. 하나씩 쓰는 것도 어려운데, 둘 다 조합이 끝내줘요."

"무기술. 근접전에서 무기를 쓰는 방식은 위드가 압도하고 있는 것으로 보여요."

"정말 놀라워요. 거리 조절에서부터 동작 하나까지도 완벽하게 장악하고 숨 가쁘게 몰아치는데요."

오주완은 영상을 보며 강렬한 눈길을 보냈다.

그동안 베르사 대륙 이야기를 진행하면서 심심했던 적도 많았다. 드래곤 사태 이후로 엄청난 사건들이 거의 벌어지지 않기도 했지만, 이런 뜨거운 명승부는 본 적이 없었다.

위드는 수십 번의 연속 공격을 빠르게 몰아친 후에 뒤로 물러났다.

'방어력이 좋고, 반응이 빨라.'

변칙 공격으로 로아의 명검과 용을 죽이는 도끼가 바드레이의 몸을 두드렸지만 효과를 보진 못했다.

'무기가 튕겨 나오는 느낌? 철벽을 두드리는 손맛이었어.'

바드레이는 케이베른과 싸울 때에도 철혈의 워리어였고, 전투 업적으로 '드래곤의 피부'라는 스킬을 얻었다.

마스터하면 드래곤과 비슷한 기본 물리 방어력을 얻는 기술!

바드레이의 현재 경지는 마스터 직전이었다.

'역시 예상대로 까다롭군.'

위드는 초반의 부딪침으로 상대가 만만치 않다는 건 느꼈다. 그러니 더 재밌어지려고 했다.

"우와아아아아악!"

"최고다, 위드 님!"

"바드레이 잘 싸운다. 역시 무신!"

"멋지다. 진짜 전쟁의 신과 무신의 대결이다."

콜로세움은 구경꾼들의 함성으로 가득했다.

"위드 님! 이기세요!"

"뭉개 버립시다."

"저 위드 님한테 2,000만 골드 걸었습니다!"

동료들의 목소리가 들린 것도 같았다.

정작 위드와 바드레이는 주변을 돌아볼 여유도 없었지만.

―철혈의 육체가 가진 특성으로 상처가 저절로 아물고 있습니다.
매초마다 2,863의 생명력이 회복됩니다.

바드레이는 초반의 탐색전에서 조금이지만 손해를 봤다.

'해볼 만해. 위드의 검술이 뛰어나다고 해도 나를 압도할 수준은 아니야. 몬스터와 싸우면서 나 역시 계속 성장해 왔다.'

검술에 대해서는 약점으로 생각하고 있었지만, 다른 유저나 몬스터 상대로는 난전을 벌이면서도 제몫을 다했었다.

'난 더욱 강해졌다.'

철혈의 워리어가 되고 나서는 위험한 몬스터에게도 위축되지 않고 싸웠으며, 전투 기술도 꾸준히 향상되었다.

 그럼에도 검과 도끼를 동시에 운용하는 위드의 공격은 눈으로는 확인하기 힘들 정도로 현란했다. 칼리스와의 승부에서는 느긋한 여유마저 느꼈지만, 위드를 상대로는 다급하게 손발을 움직여야 했다.

 '제대로 한 수를 준비해 왔군. 검과 도끼의 동시 운용이라. 온몸이 긴장감으로 저려 올 정도로 강해.'

 바드레이는 입가에 미소를 지었다.

 "그동안 소식이 들리지 않기에 걱정했었다. 다행히 약하지 않군."

 "조금은 사냥을 했지."

 바드레이의 눈이 강하게 빛났다.

 '전사의 정점에 선 나다. 로열 로드의 시작부터 지금까지 수많은 경쟁자들을 밟고 올라온 자리.'

 투쟁심이 더욱 끓어오르고 있었다.

 그 모습을 본 위드도 직감했다.

 '나를 사냥감으로 보는 듯한 눈이네.'

 검과 도끼를 동시에 사용하면서 나름 기를 죽이고 시작하려고 했는데 크게 효과는 없었다.

 '1달도 넘게 연습을 했는데 말이야.'

 위드와 바드레이는 상대를 지켜보며 호흡을 골랐다.

서로 간에 오갔던 가벼운 타격의 피해는 금방 씻은 듯이 나아 버린 상태.

　"⋯⋯."

　"⋯⋯."

　바드레이는 먼저 움직일 생각이 없었다.

　흑기사를 마스터하고, 철혈의 워리어의 육체를 거의 완성시켰다. 그가 원하는 전투는 위드의 모든 공격을 막아 내고 그 후에 반격하는 것이었다.

　모든 군중이 납득할 수 있을 정도의 완전한 승리.

　'실컷 해 봐라. 어떤 수를 써도 나를 이기지 못한다는 걸 증명해 보이겠다.'

　바드레이는 한때의 승리가 아니라 영원히 남을 압도적인 강함을 모두에게 보여 주고 싶었다.

　위드는 그 마음을 알아차렸으나, 거부할 생각은 없었다.

　'철혈의 워리어라⋯ 원래 궁극의 방패란 존재하지 않아.'

　검치는 수련생들과 함께 콜로세움의 관중석에 앉아 있었다.

　"역시 막내 녀석이 감각은 있어. 무기를 다루는 핵심을 쉽게 파악하는 걸 보면 말이야."

　"그렇죠. 연장 2개를 동시에 잘 다루는군요."

검둘치도 웃으면서 칭찬을 해 줬다.

위드와 바드레이가 맞붙은 모습은 그들에게도 조금이지만 감탄이 나올 정도였다.

"도끼는 다루기 쉬운 무기라고 생각하기 쉽지만… 어설프게 힘으로 휘두를 때나 그렇고, 타점을 제대로 맞춰서 최대 공격력이 발동시키는 건 까다롭지. 기본기가 아주 충실해."

"맞습니다. 몸의 균형과 체중 이동을 이어지게 해야죠. 거기에 검까지 쓰면서 상대의 움직임을 압박하고 억제시키니, 감각이 없으면 아무리 오랫동안 연습해도 못합니다."

말로도 굉장히 어려운 경지!

그들은 느긋하게 위드와 바드레이의 전투를 지켜봤다.

"막내의 공격을 꽤나 잘 막아 내는 걸 보면 저놈도 꽤 해."

"당황하지 않고 잘 싸웁니다. 일반인 수준은 크게 뛰어넘는군요."

싸움 구경이야말로 역시 최고.

검삼치가 아쉬운 듯이 깊게 한숨을 쉬었다.

"바드레이 저놈은 내가 꺾어 줬어야 했는데."

"셋째야, 만난 적이 있더냐?"

"네, 스승님. 저번에 한번 봤죠. 잘 싸웠는데 졌습니다."

그 말에 검사치와 검오치가 깜짝 놀랐다.

"사형이 졌습니까?"

"그럼 막내도 위험한 거 아닙니까? 이렇게 많은 사람들이 보는 앞에서 지면 충격이 이만저만이 아니겠는데요."

검삼치는 고개를 저었다.

"막내는 우리랑 달라. 저건 시작도 안 한 거지. 스승님께
서 왜 저놈을 좋아하시는지 알지 않느냐."

막내가 도장에서 어떻게 검을 배웠는지는 모두가 지켜봤다.

사범들의 눈에 처음에는 기술이나 체력 모두 어설프기 짝
이 없었다. 한마디로 일반인들보다 조금 나은 정도.

그렇지만 강한 상대와 싸우다가 점점 불이 붙기 시작하면
달라진다. 상상도 하지 못할 방법들을 막 꺼내면서 자신의
능력을 마구 발휘한다.

히죽히죽 웃으면서 덤벼들 때는 사범들조차도 긴장해야
되는 상태.

"전투에서 잠재력이라는 건 별게 아니야. 반드시 이기려
고 하고, 아무리 작은 틈이라도 찾아낸다. 그러다 보면 자신
이 가진 전투력을 100% 발휘하게 되는 거지. 그 100%가 진
짜 무서운 거야."

위드는 과연 바드레이의 맷집이 어느 정도일지 궁금했다.

'때려 보면 알겠지.'

차원문의 장갑을 착용하자, 단거리 공간 이동이 가능한 차

원문들이 보이기 시작했다.

'변칙적인 공격을 얼마나 버틸 수 있을까.'

위드는 땅을 박차고 달려 나가다가 차원문을 통과했다.

공간을 이동하며 바드레이의 근처에 나타나서 검과 도끼를 휘둘렀다.

바드레이가 막아 내고 역공을 취했지만, 그 순간을 노렸다.

"분노의 반격!"

-영웅 스킬을 발동시켰습니다.
상대방이 공격해 올 때마다 더욱 강한 힘으로 반격합니다.
스킬 마스터!
최대 500%의 추가 피해를 입힙니다.

파바바바밧!

바드레이의 악마검과 착용하고 있는 갑옷에서 거센 불똥이 튀었다.

위드의 거칠고 빠른 공격이 온몸에 적중되고 있었다.

-약한 타격!
상대의 뛰어난 방어력에 의해 피해가 88% 감소됩니다.
13,837의 피해를 입혔습니다.

바드레이가 철혈의 워리어라고 해도 그냥 다 맞아 줘서는 피해가 컸다. 재빨리 몸을 돌리거나 정면을 막는 방패를 꺼내

들면, 위드는 다시 차원문으로 위치를 이동하면서 공격했다.

차원문을 연달아 통과하면서 마치 환영처럼 위치를 빠르게 바꾸었다.

"으아하아아아아!"

바드레이가 고함을 질렀다.

철혈의 워리어로서 짧은 순간 잃어버린 생명력만큼 추가로 방어력을 강화하는 스킬.

게다가 생명력을 빠르게 회복시켜 주는 효과도 있었다.

불과 1분도 되지 않은 공방전이지만 불이 붙은 듯이 치열하다.

물론 위드는 정신없이 몰아치는 것만으로는 부족하다고 판단했다.

'결정타를 날려야 해. 그렇다면 예전에 써먹었던 방법은 통할까? 확인해 봐야겠지?'

세상을 멈추게 하는 기술.

위드는 조각술 최후의 비기를 발동시켰다.

"찰나의 조각술!"

찰나의 에너지는 대륙을 통일한 이후에 쓸 일이 없어서 넘치도록 쌓여 있었다.

바드레이의 측면으로 돌아가서 로아의 명검을 휘둘렀다.

"헤라임 검술!"

-1차 연속 공격이 성공하였습니다.
 민첩이 20% 늘어납니다.

-2차 연속 공격이 성공하였습니다.
 힘이 40% 늘어납니다.

-3차 연속 공격이 성공하였습니다.
 민첩이 추가로 40% 늘어납니다.

-4차 연속 공격이 성공하였습니다.
 힘이 추가로 40% 늘어납니다.

네 번의 연속 공격이 그대로 작렬.

과거에 가르나프 평원에서 손쉽게 승리했던 방식.

그때만 하더라도 무려 스물아홉 번의 연속 공격을 적중시키며 승리를 거두었다.

한순간의 승부였지만 사실 이길 수 있는 다른 방법이 없었다.

기회는 단 한 번, 찰나의 조각술까지 사용한 몰아치기가 성공을 거둔 것일 뿐.

'설마 이번에도 막아 내지 못하나?'

바드레이가 몸을 돌리자마자 그대로 다시 찰나의 조각술을 발동시켜서 반대 위치로 돌아갔다.

-5차 연속 공격이 성공하였습니다.
묵직한 공격이 적중했습니다.
민첩이 추가로 30% 늘어납니다.

-6차 연속 공격이 성공하였습니다.
힘이 추가로 50% 늘어납니다.
충격파에 의한 2차 범위 타격이 15%의 공격력으로 이루어집니다.

-7차 연속 공격이 성공하였습니다.
민첩이 추가로 30% 늘어납니다.
힘이 추가로 20% 늘어납니다.
마나 1,500을 사용하여 원거리 공격이 이루어집니다.

일곱 번의 공격이 전광석화처럼 들어갔지만 여전히 피해를 제대로 입힌 느낌은 아니었다.

헤라임 검술이 확실히 강해지려면 몇 번의 공격이 더 성공해야 한다.

'찰나의 조각술을 예상하고 있었을 텐데. 그럼에도 막지 못하는 건가?'

-8차 연속 공격이 성공하였습니다.
민첩이 추가로 15% 늘어납니다.
적을 밀쳐 냅니다.

—9차 연속 공격이 성공하였습니다.
　힘이 추가로 25% 늘어납니다.
　적을 기절시키려고 했지만 상대가 이겨 냈습니다.

　헤라임 검술이 본격적으로 강해지기 시작하는 구간에 접어들었다.

　'도전을 해 놓고 이렇게 허무하게 진다고?'

　헤라임 검술을 계속 이어 나가려던 위드는 문득 불길한 느낌을 받았다.

　뒤통수가 간질거리는 듯한, 본능이 알려주는 경고신호.

　급하게 뒤로 물러서며 다른 스킬을 발동시켰다.

　"대파멸의 모래 폭풍!"

　땅에서부터 거대한 모래 폭풍이 일어나기 시작했다.

　어지간한 몬스터들은 한꺼번에 전부 쓸어버릴 수 있는 대규모 공격!

　바드레이도 지금까지 준비했던 스킬을 사용했다.

　"피의 징표!"

　위드의 이마에 검붉은 표시가 새겨졌다.

—피의 징표가 당신의 몸에 달라붙었습니다.
　전사의 피는 강력한 보복을 불러옵니다.
　지금까지 입힌 피해에 따라 생명력이 43,279 감소하였습니다.
　추가로 10초 동안 방어력의 67%가 감소합니다.

"예견된 방어!"

바드레이는 어지간한 공격은 무시하는 궁극의 방어 스킬도 사용, 그대로 거친 모래 폭풍을 몸으로 뚫으며 덤벼들었다.

"막지 못하는 힘!"

전사의 비기가 연속으로 3개가 사용되었다.

채채챙!

위드는 검과 도끼를 휘두르며 동시에 묵직한 상대의 공격을 쳐 냈다.

이미 사용하고 있던 조각 파괴술에도 불구하고 힘에서 밀린다.

눈을 어지럽히는 모래 폭풍 속에서 바드레이의 검이 위드의 가슴을 가볍게 베고 지나갔다.

-울부짖는 저주의 마검, 울토르에 베였습니다.
피를 오염시키고 육체를 약화하는 악마의 저주가 몸에 깃듭니다.
투철한 신앙심이 이에 저항합니다.
모든 신체 능력이 일시적으로 7% 저하됩니다.
생명력이 54,917 감소했습니다.

위드는 차원문을 통과하며 뒤로 빠져나갔다.

콜로세움의 모래 폭풍이 서서히 가라앉았지만 바드레이는 검을 들고 언제든지 공격을 해 보란 듯이 당당하게 서 있었다.

위드의 입가에 짙은 미소가 그려졌다.

'당연히 대비를 하고 있었네.'

일부러 공격을 당해 주며 피의 징표를 준비한다.

헤라임 검술은 한 번이라도 막거나, 끊어 내기만 하면 중단되는 스킬. 예견된 방어로 뚫어 내고, 자신의 힘까지 늘려서 거센 반격을 가한다.

'재밌네.'

위드는 오랜만에 피가 뜨겁게 흐르는 것을 느꼈다.

세포들이 하나하나 깨어나고, 머릿속이 맑아지는 기분.

'그래, 이런 맛이었어.'

위드가 즐겁게 히죽히죽 웃기 시작했다.

로열 로드가 시작되고 나서 지금까지 가장 중요했던 두 사람의 전투.

"누가 이길 것 같습니까?"

관중석에 앉아 있던 거인 기사 보에몽은 아크힘의 질문을 받고는 웃었다.

"바드레이 님이 이길 겁니다."

"위드도 여전히 만만치는 않은 것 같은데요. 제대로 오늘 전투를 준비한 것 같습니다."

아크힘은 만에 하나를 걱정하고 있었다.

바드레이를 믿었지만, 그가 패배하기라도 한다면 헤르메스 길드의 위상이 추락할 수 있다.

중앙 대륙을 정복했던 헤르메스 길드가 갈가리 찢겨 나갔던 과거가 다시 떠오른다.

물론 위드가 활동을 많이 하지 않아서 과거처럼 큰 피해는 아닐 수도 있지만, 그럼에도 흑역사를 남기는 것이었다.

보에몽이 자신 있게 말했다.

"바드레이 님은 아직 시작도 안 했습니다. 그리고… 이젠 슬슬 시작할 것도 같습니다."

"벌써요? 애초 계획대로라면……."

"완전한 승리를 위해서라면 참아야죠. 하지만 바드레이 님도 승부사입니다. 싸움이 벌어졌으니 마찬가지로 기다리지만은 않을 겁니다. 더 강하게 몰아칠 겁니다."

"그걸 어떻게 아는 겁니까?"

"보세요. 지금 창을 꺼내고 있어요."

악마 대공 제노키스의 창.

바드레이는 이 창을 구하기 위해 다섯 번도 넘게 원정을 갔다.

헤르메스 길드와 함께 악마 대공을 해치우기 위해 악마계를 넘나들었고, 무수히 많은 피를 흘린 끝에 마침내 얻어 냈다.

바드레이가 창을 뽑아 들자 목소리가 들렸다.

-나의 힘을 원하는 자여! 대가를 치를 준비는 되어 있는가.

"물론이다."

-그렇다면 좋다. 적을 부수고. 그 피를 뿌려라!

콜로세움을 둘러싼 세상이 변하기 시작했다. 하늘에 검은 먹구름이 뒤덮이고 천둥 벼락이 콜로세움으로 떨어졌다.

쿠르릉! 콰과광!

대지를 깊게 파헤치고, 이글거리는 불꽃이 넘실거리며 솟구쳤다.

"우왁!"

"이거 뭐야! 피해!"

"마법사들은 쉴드를 쓰라고."

관중석이 빠르게 수천 개의 보호 마법으로 뒤덮였다.

대부분의 벼락은 바드레이의 주변 땅에 내리꽂히고 있었다. 바람이 회전하고 불면서 어마어마한 악마의 힘이 바드레이에게 전달되었다.

바드레이가 소환 스킬을 발동시켰다.

"프락레키아 소환!"

콜로세움의 중앙에서 암흑의 포탈과 함께 나타나는 흑색의 말!

악마계에서 12마리 명마 중의 1마리로 꼽히는 전설의 말이었다.

바드레이는 창을 들고 프라레키아에 탔다.

"이러면 상황이 좀 달라지는데."

위드는 본격적으로 싸워 보려다가 슬그머니 검과 도끼를 교차하며 방어 자세를 취했다.

'바드레이가 전력을 다해서 부딪치려고 하고 있다.'

화려하고 강한 연속 공격에 자극받은 것이 틀림없었다.

위드를 상대하기 위해 짜 놓았던 계획은 단숨에 폐기되어 버린 상태!

기사 계열의 직업은 좋은 말을 탈수록 무기와 스킬의 위력이 강화된다. 바드레이가 흑색의 말에 올랐으니 첫 직업이었던 흑기사의 공격력을 300%, 400% 이상 발휘할 수 있었다.

"내 모든 것을 다해서 부딪칠 테니 살아남아 봐라. 폭풍의 섬광!"

두두두두!

바드레이와 말이 하나가 된 것처럼 달리기 시작했다.

위드를 중앙에 놓고 빙글빙글 돌면서 가속도가 붙게 되어 걷잡을 수 없이 빨라진다.

'젠장. 이건 웬만한 보스급 몬스터보다도 더하겠네.'

위드는 제자리에서 막으려던 생각을 버렸다.

'저건 잘못 맞으면 중상이다.'

어느새 빛이 바드레이와 말을 뒤덮었고, 하나의 섬광으로 변하여 돌진하고 있었다.

위드는 차원문을 통과하면서 10미터 정도를 이동하며 피했다.

쏴아아아악!

엄청난 소리를 내면서 땅을 가르고 지나친 바드레이의 돌격이었다.

하지만 멈추지 않고 돌아서서 그대로 다시 돌진해 왔다.

위드의 머릿속을 불현듯 스쳐 지나가는 생각.

'저건 피할 수 없는 것일지도 몰라. 피할수록 강해지는 종류의 공격이 아닐까.'

일대일 결투에서 사용하는 기사의 돌진 스킬.

지역을 완전히 벗어나지 않는 한 언제까지고 피하지는 못할지도 모른다.

'그렇다면 이번에는 받아친다.'

다시 섬광으로 변해 가는 흑색의 말과 함께 바드레이의 돌격이 다가오고 있었다.

"용기의 힘!"

위드의 몸에서도 찬란한 빛이 뿌려졌다.

―용사여, 그대가 지금까지 쌓고 이룩해 온 명성과 용기, 신에 대한 믿음으로 기적을 만드는 힘을 발동시키게 될 것입니다.
힘이 2,974 증가합니다.

위드가 지금까지 쌓은 업적이 용사의 권능에 의해 힘으로 바뀌었다. 조각 파괴술로 미리 힘을 늘려 놓은 상태였기 때문에 무지막지한 괴력이 몸에 흘렀다.

-프레야 여신이 그대를 축복합니다.

아름다움과 풍요로움을 관장하는 여신의 뜻을 잇는 용사여, 절대 부러지지 않는 검으로, 그 누구에게도 꺾이지 말지어다.

상태 이상에 대해 1시간 동안 면역이 됩니다.
생명력과 마나의 최대치가 100% 증가합니다.
모든 스텟들이 25% 높아집니다.
악마 계열의 무기와 스킬로부터의 피해가 절반으로 감소합니다.

-투신 바탈리가 그대를 축복합니다.

적을 만나면 후회 없이 싸워라!
전투는 용사를 더욱 강하게 해 줄 것이다.

공격력이 60% 증가합니다.
방어력과 모든 마법 저항력이 20% 증가합니다.
줄어든 생명력만큼 적에게 추가 피해를 입힙니다.
축복이 유지되는 동안 체력이 줄어들지 않습니다.
한 걸음이라도 피하거나 물러서지 않는 한 지속됩니다.
이 전투에서 도망칠 수 없습니다.

-헤스티아 여신이 그대를 축복합니다.

생명의 탄생과 죽음까지를 연결하는 불의 뜨거움을 사랑하는 전사여, 더러움을 남김없이 불태우리라.
화염의 피해를 증가시킵니다.

극초열의 불꽃을 일으킬 수 있습니다.
화염 공격의 범위가 최대 5배까지 늘어납니다.
생명력의 회복 속도가 빨라집니다.

　신들의 축복들도 연달아 펼쳐진다. 그만큼 상대가 강하며,
강력한 위험이 다가왔다는 것이리라.
　"용암의 강!"
　위드는 로아의 명검으로 땅을 내리쳤다.
　섬광으로 변한 바드레이의 돌격!
　대지를 부수며 폭발시킨 용암의 강!
　두 스킬이 맞부딪치는 순간 콜로세움이 뒤흔들렸다.

　위드와 바드레이의 스킬이 부딪치면서 강렬한 충격파가
콜로세움을 휩쓸었다.

-폭풍의 섬광을 막아 냈습니다.
악마의 말을 탄 흑기사의 돌격과 정면으로 충돌했습니다.
극심한 피해를 입었습니다.
생명력이 274,628 감소하였습니다.
약점 노출!
20초 동안 모든 공격에 3배의 피해를 입습니다.
열세 가지 저주와 약화가 부여되었습니다.
프레야 여신의 축복으로 기절하지 않습니다.

위드는 뒤로 튕겨 나가면서 메시지를 확인했다.

'예전이었다면 죽었다.'

조각사의 최대 약점.

힘도 약하고, 생명력도 적고, 물론 공격 스킬의 위력도 다른 직업들에 비해 부족하다. 네크로맨서와 용사를 거치면서 늘어난 생명력이 아니었다면, 까딱 잘못했으면 위험했을 상황이었다.

한편 충격을 받고 놀란 것은 바드레이도 마찬가지였다.

'이걸 막아 냈다.'

위드와의 결투를 위해서 준비해 온 필살기 중에 가장 강력한 것이었다.

폭풍의 섬광은 흑기사를 마스터하고 모든 공격력을 발휘한 일격. 충분히 승부를 결정지을 수 있으리라 생각했던 공격이 막혀 버린 것이다.

'생각보다 훨씬 강하다.'

바드레이의 생명력도 40만이 넘는 수치가 줄어 있었다.

돌격이 막히면서 악마의 말도 역소환되어 버리고 말았다.

그 순간, 위드가 폭발과 충격파를 뚫고 앞으로 튀어나왔다. 땅을 구르다가 그 즉시 네발 뛰기를 사용하며 덤벼든 것이다.

피해가 크긴 했지만 바드레이도 만만치 않은 손해를 봤다고 판단했다.

"자연의 검!"

하프 엘프 비슈르에게 배운 검술의 비기.

방어력을 높여 주고 생명력까지 회복시키는 검술을 사용하며 바드레이를 몰아붙였다.

위드가 휘두르는 검은 그 자체로 위협적이었다.

언제부터인지 도끼는 활용하지 않았지만, 그만큼 검술이 더 빨라졌다.

"구원의 방패!"

바드레이는 방어 스킬을 사용했다.

철혈의 워리어인 몸을 믿고 있었지만 그래도 공격을 당해 주며 생명력을 감소시킬 수는 없었다. 상대는 다른 유저도 아닌, 약간의 빈틈이라도 파헤칠 수 있는 위드인 것이다.

화염과 연기의 사각지대를 활용하여 순식간에 공격하기 때문에 방어력을 떠나 본능적으로 무시할 수 없도록 만들었다.

—생명력이 회복되고 있습니다.
잃어버린 생명력에 비례하여 매초마다 1,628의 생명력이 채워집니다.
신들의 축복에 의해 생명력 보충 속도가 3배로 증가합니다.

위드는 공격하면서 생명력을 회복했다.

어지간한 부상은 눈에 보일 정도로 빠르게 회복하는 철혈의 워리어만큼은 아니지만 그래도 검술의 비기가 있었다.

"신성한 불!"

위드는 콜로세움의 결투장에 불을 일으켰다. 무기와 몸 전체에 불을 붙였다.

"달빛 조각 검술!"

빛이 화염을 가르며 날아온다.

바드레이는 수십, 수백 개의 얇은 빛줄기들이 다가오는 것을 보았다. 그 아름다움만큼은 쉽게 눈을 뗄 수가 없었지만, 동시에 꽤나 위협적이었다.

"불굴의 방어!"

바드레이는 생명력의 일부를 바쳐 자신의 주변에 방패들을 생성시켰다.

칼리스를 상대로는 써 본 적도 없는 스킬이었다.

달빛 조각 검술이 발동되며 생겨난 빛이 방패를 통과하더니 그의 몸을 가르고 꿰뚫었다.

—달빛 조각 검술이 당신을 베었습니다.
방어력을 관통합니다!
생명력이 7,371 감소하였습니다.

'생각보단 많이 약하잖아?'

화려한 효과에 비해서 실질적인 피해는 적었다.

바드레이가 잠깐 방어에만 전념하며 시간을 주는 사이.

"세상의 끝!"

위드는 스킬을 사용하고 있었다.

하늘에서 빛줄기들이 무수히 지상으로 내리꽂혔다.

–자연의 힘이 당신의 육체를 꿰뚫고 파괴합니다.
 생명력이 58,276 감소하였습니다.

빛줄기가 창처럼 바드레이의 몸을 꿰뚫을 때마다 생명력
이 마구 줄어들었다.
"궁극의 내성 강화."

–방어력과 저항력이 200% 증가합니다.
 생명력이 50초 동안 3배로 증가합니다.

바드레이는 무너지지 않았다.
철혈의 워리어가 가진 비기.
이 스킬을 익히고 나서는 그 어떤 죽음도 없으리라고 생각
했다.
빛줄기들이 콜로세움을 강타하며 건물과 바닥이 꿰뚫리고
파헤쳐졌다.
위드가 사용한 세상의 끝은 그저 공격 스킬이라고 말할 수
가 없었다. 말 그대로 지역 전체를 파괴해 버리는 용사의 무
자비한 광역기!

–혹한 수호자의 판금 갑옷 내구도가 60% 이하가 되었습니다.
 일시적으로 방어력이 감소됩니다.

–형언할 수 없는 칠흑의 팔목 보호대의 손상이 심합니다.
방어력이 절반으로 감소하고, 특수 효과들이 적용되지 않습니다.

바드레이의 몸은 견뎌 냈지만 방어구의 손상은 피하지 못했다.

'큰 스킬로 단숨에 이기는 건 무리야.'

'예상대로 내 육체는 견뎌 낼 수 있다.'

전투의 양상이 바뀌어서, 위드와 바드레이는 근접전을 펼쳤다. 강력한 스킬로 상대방을 제압하는 것은 거의 불가능에 가깝다는 걸 깨달은 것이다.

"파괴자의 꿰뚫는 검!"

"광휘의 검술!"

마나의 소모가 심했기에 기본적인 검술 위주로만 싸웠다.

두 사람 모두 완전히 전투에 집중하고 있었다.

생명력과 마나, 체력을 소모하면서 싸우는 처절한 전투!

10여 분을 서로 치고받고 싸우면서 위드는 묘한 기분에 휩싸였다.

'바드레이와 싸우는 것이 점점 쉬워지고 있어.'

바드레이의 전투 기술은 결코 단순하지 않았다.

자주 속임수를 쓰고, 몇 번이나 공격 방식을 전환한다. 순간 대처나 반응도 빨랐다.

'어떤 스킬을 사용하고, 어떻게 공격할지를 알 것 같아.'

바드레이의 다음 동작들이 예상이 되었다. 모든 것들을 꿰뚫어 보는 것처럼 파악할 수 있었다.

그럴 때마다 위드의 공격이 바드레이의 빈틈을 거침없이 찔렀다. 상대방의 변칙 공격마저도 제대로 시작되기도 전에 막아 버리거나 무용지물로 만들어 버리면서.

그 변화를 가장 처음 느낀 것은 관중석에 앉아 있는 검치였다.

"막내가 한 단계 더 성장했구나."

"성장요?"

"싸우면서 주변의 모든 것을 보고 느끼고 있는 것 같다."

검둘치도 육체와 정신이 최고의 상태에 있을 때 가끔 경험해 보았다.

어떤 초월적인 감각이라고 할까. 고도의 집중력이 발휘되면, 주변의 모든 것들을 눈으로 보지 않아도 파악할 수 있었다. 10명과 동시에 싸우면, 등 뒤에 있는 5명이 무엇을 하고 있을지까지도 거의 정확하게 예상된다.

"마음의 눈을 떴군요."

"그래. 거기에 검과 하나 된 움직임까지. 더욱 자연스러워졌구나. 속도와 힘, 파괴력의 전달까지."

위드가 휘두르는 검의 궤적은 깨끗하고 아름다웠다.

바드레이를 정신없이 몰아붙이는데도 검술이 자연스러웠다. 나아가고 물러서는 것이 자연스럽고, 춤의 선처럼 현란했다.

"검은 그냥 무기다. 하지만 사람들이 하는 모든 행동들이 다 그렇지 않더냐. 일정 단계를 벗어나면 예술이 되는 것이지."

평범한 검, 때로는 위드의 손에서 찬란한 빛을 발산하는 검이 바드레이를 거침없이 몰아붙이고 있었다.

"울부짖는 영혼의 불꽃!"

바드레이가 저항하긴 했지만 방어를 뚫고 매서운 공격들이 거침없이 들어와서 조금씩 상처를 입혔다.

'말도 안 돼. 왜 이걸 막지 못하는 것이지?'

근접전에서 밀리는 건 알고 있었다. 인정하고 싶진 않았지만, 엄연히 사실이었다.

하지만 직접 싸워 보니 예상했던 수준을 훨씬 뛰어넘었다.

위드의 검술은 뛰어남을 넘어섰다.

빠르고 정교하고 효율적이고 군더더기가 없는 것을 넘는, 형용하기 힘든 그 무언가가 있었다.

바드레이가 어떻게 막거나 공격을 해도 조연이 될 수밖에는 없는 어떤 절대적인 흐름이 있었다.

'이게 이렇게 되네.'

위드도 자신의 검에서 그걸 느꼈다.

별 의식 없이, 머릿속에서 어떤 최적의 공식을 계산하는 게 아니라 그냥 몸이 흐르는 대로 맡겨 놓았더니 싸우는 게 재밌었다.

30분 정도가 흐르자 둘 사이의 격차는 더욱 커졌다.

-혹한 수호자의 판금 갑옷이 파괴되었습니다.

위드의 공격이 연달아 적중하고 있었다.

지켜보는 이들에게는 이상하게 보일 정도로 바드레이는 얻어맞기만 했다.

'도저히 이길 수 없다.'

바드레이는 이대로는 승산이 없다는 것을 깨달았다.

위드의 공격이 치명적이진 않았지만 피해가 쌓여 가고 있었다.

이미 갑옷도 파괴되었고, 자잘한 부상들을 어마어마하게 입었다. 얻어맞을 대로 얻어맞으면서 철혈의 워리어로서의 맷집도 한계로 다가가고 있었다.

그럼에도 아껴 두었던 최후의 수단을 쓸 기회를 노렸다.

'놈이 방심한다면 그땐 뒤집을 수 있다.'

20분이 더 흘렀다.

바드레이에게는 무척이나 길게 느껴지는 시간이었지만, 위드는 전혀 방심하는 모습이 아니었다.

전투에 완전히 집중하고 있었다.

상대를 낱낱이 살피면서 몰아치고, 흔들어 놓는다.

-온몸이 상처투성이입니다.

철혈의 육체가 버티지 못하고 있습니다.
체력과 생명력이 저하되고 있습니다.

'더는 기다릴 수 없다.'

바드레이는 최후의 수단을 사용하기 위해 하늘로 뛰어올랐다. 그의 몸에서 시커먼 날개가 6개나 돋아났다.

멸망의 일격!

단 한 번밖에 쓰지 못하는 스킬.

철혈의 워리어가 아닌, 흑기사의 궁극 스킬이었다.

바드레이의 모습이 악마처럼 변하고, 어둠이 강림했다.

"우와아아아아아!"

"미친! 끝내주게 싸우네."

"이게 진짜 랭킹 1, 2위를 다투는 사람들의 전투구나."

관중석의 수만 명이 감탄하고 있었지만, 바드레이는 스킬을 사용하면서 이상을 느꼈다.

–하벤 제국의 황제였던 당신은 충성스러운 부하들을 죽음으로 내몰고 주민들을 살육하면서 강한 힘을 갈망했습니다.

수상한 메시지 창이 떠오른 것이다.

흑기사 퀘스트를 하던 시절에, 하벤 제국의 황제로서 레벨과 스텟을 얻기 위해 나쁜 짓을 저지르기는 했다.

처음에는 약간, 나중에는 익숙해져서 조금 더 많이.

─흑기사로서 영광과 절망을 맛본 당신은 끝없는 힘을 추구했습니다. 그리고 마침내 어둠의 힘을 끌어들이게 되었습니다.

바드레이의 악마처럼 변한 형상에서 강렬한 검붉은 기운이 피어올랐다.

다른 직업들보다 성장도 빠르고 좋은 스킬도 많이 가진 흑기사. 그 영광과 절망을 모두 거치고 직업 퀘스트까지 끝낸 이후에 얻게 된 것은 멸망의 일격이라는 기술.

'뭔가 이상하긴 하지만… 이 승부에서는 나쁜 게 아니다.'

바드레이의 머리에서 뿔이 돋아나고, 입에서는 화염이 뒤덮고 있는 혀가 길게 튀어나왔다.

"와우…….."

"진짜 끝내주는구나."

콜로세움의 유저들은 그대로 앉아서 구경을 했다.

거대한 재난이 닥쳐오는 순간에도 마지막의 마지막까지 눈을 떼지 못하는 사람들의 심리. 로열 로드에서는 특히 자신이 위험하다는 걸 알아도, 때때로 한 번 정도는 죽어 줄 수 있다고 생각했다.

바드레이는 소환된 암흑의 창을 들고 지상에 있는 위드에게 날아왔다.

"멸망의 일격!"

무시무시한 회오리를 일으키면서 날아오는 바드레이.

"이런 걸 숨겨 놨을 줄은 몰랐는데. 막판까지 몰리니 별게 다 나오는구나."

위드는 더할 나위 없이 차분했다.

원 없이 실컷 즐기면서 싸웠고, 마지막까지도 방심하지 않았다.

바드레이가 완전히 악마처럼 변해서 사용하는 멸망의 일격은 의외이긴 했지만, 최후의 수단이 있을 거란 예상은 하고 있었다.

'궁지에 몰린 쥐는 고양이를 물게 되기 마련이지.'

냉정하고 차분하던 사람이라고 해도 마찬가지다. 평정심을 잃은 상태에서는 과격해지기 마련.

이런 거친 싸움을 몇 시간씩 하다 보면 결국에는 서두르게 된다.

'큰 기술을 쓸 때는 말이야, 그걸 꼭 상대방이 맞아 줘야 한다는 법은 없지.'

위드는 차원문을 연달아 통과하면서 멸망의 일격을 아슬아슬하게 피하며 바드레이의 옆으로 돌아갔다.

주변 사람들이 볼 때는 짜릿한 광경이었지만 크게 위험하진 않았다. 빨랐지만 충분히 피할 수 있는 공격이었을 뿐이다.

"광휘의 검술."

위드의 검에서 빛이 뻗어 나오고 있었다.

조각술 마스터 자하브에게 배운, 어둠을 베어 버리는 검술.

회오리의 중심에 있는, 악마의 몸으로 변형된 바드레이가 목표물이었다.

> –바드레이를 공격했습니다.
> 생명력에 29,593의 피해를 입힙니다!
> 로아의 명검이 거대한 적에게 3배의 추가적인 피해를 가합니다.
> 적의 최대 생명력을 일부 줄입니다.
>
> 치명적인 일격!
> 바드레이의 방어력이 약화되었습니다.

몸집이 커지고 빨라지긴 했지만 그만큼 때릴 곳도 많아졌다. 더구나 광휘의 검술과 로아의 명검에 딱 맞는 형태의 적이었다.

"크우워어어어억!"

위드는 어둠의 힘을 끌어들여서 거대해진 바드레이의 몸을 마구 베었다.

바드레이도 몇 시간 동안이나 수세에 몰리면서 쌓여 왔던 분노와 울분을 토해 내기 위해 창을 휘둘렀다.

> –빛의 힘이 상처를 악화시키고 있습니다.
> 피해량이 5% 증가합니다.

바드레이도 더 이상 피하지 않았다.
'어리석었어.'

위드는 아까처럼 무의식과 고도의 집중력 사이를 오갈 필요도 없었다.

바드레이의 몸이 커지면서 오히려 빈틈은 커졌다. 멸망의 일격을 사용하며 생성된 창도 익숙하지 않은 모양이었고.

회오리가 몰아치면서 위드의 생명력을 깎아먹고 있긴 했지만 견딜 수는 있는 정도였다.

'철혈의 워리어라…….'

위드는 바드레이가 나쁜 선택을 했다고 느꼈다.

그 무엇으로도 꿰뚫거나 허물어뜨리기 어려운 단단한 방어력? 결투에서는 매우 강력한 장점이다.

'그런데 근본적으로 멍청한 짓이야.'

방어력이 뛰어난 철혈의 워리어라니, 생각만 해도 끔찍한 일이었다.

위드가 만약 바드레이의 입장이었다면 어땠을까.

오랫동안 고민할 필요도 없이 광전사나 다른 공격형 전사 계열의 직업을 선택했을 것이다. 어쩌면 궁수가 좋을 수도 있었고.

'더 강해질 생각을 했어야지.'

방어력은 죽지 않는 것에 의미가 있었다.

반면에 공격력이란 높아질수록 사냥 속도가 그에 맞춰서 향상될 수 있다. 같은 시간 동안에 더 많은 몬스터들을 사냥하면서 성장하는 것이다.

철혈의 워리어가 아니라 공격적인 직업을 선택했다면, 지금까지 사냥을 하며 레벨을 훨씬 더 높일 수 있었으리라.

'나와의 싸움을 생각해서 철혈의 워리어가 되었다는 건 지지 않겠다는 의도였겠지. 그러나 이기려 했다면 그냥 더 강해졌으면 됐어.'

칼리스 같은 조금 약한 유저들의 입장에서는 철혈의 워리어가 통곡의 벽처럼 느껴질 수도 있었다.

그러나 위드에게 맞아도 죽지 않고 완전한 승리를 거두려는 생각부터가 틀렸다.

'그냥 한 대 맞고 한 대 때려서 바로 죽일 생각을 했어야지.'

"위드!"

바드레이가 창을 강하게 내질렀다.

좌라라라락!

위드는 로아의 명검을 기울여 창을 가볍게 흘려 보내며 다가가서 목을 베었다.

―치명적인 일격이 터졌습니다.
　29%의 피해를 추가합니다.

몸을 돌리면서 또 한 번.

―치명적인 일격이 터졌습니다.
　47%의 피해를 추가합니다.
　맷집의 효과가 발생하지 않습니다.

바로 옆으로 돌면서 다시 한번.

바드레이는 저항하지 않았다. 모든 상태가 정상적으로 싸울 수 없는 수준이었다.

멸망의 일격을 발동시키면서부터 육체가 붕괴되기 시작했다. 광휘의 검술은 그의 생명력과 마나의 최대치를 낮추고, 스킬도 사용하지 못하게 만들었다.

위드는 싸우면서 느꼈다.

이번만큼은 어떤 속임수도 없이 바드레이가 진짜 죽음을 앞두고 있다는 것을.

'처음 멜버른 광산에서 싸웠을 때는 졌고, 그다음에는 기습으로 이겨 냈지. 그리고 이젠… 진짜 승리다.'

바드레이의 생명력이 0.5%도 남지 않았을 거라고 짐작했다. 그럼에도 마지막 순간까지 여유를 부리거나 방심하지는 않았다.

'끝이다.'

위드의 빛을 뿜어내는 검이 바드레이의 몸을 마구 베었다. 그리고……

－영광을 추구하는 흑기사이며 철혈의 워리어인 바드레이가 목숨을 잃었습니다.

–레벨이 오르셨습니다.

–전투 업적 '승리자'를 달성하셨습니다.
검술 스킬의 위력이 영구적으로 1% 강해집니다.

–전투 업적 '영웅 살해'를 달성하셨습니다.
베르사 대륙에서 가장 높은 레벨을 가진 이의 목숨을 빼앗았습니다.
결투 시 모든 스킬의 위력이 2% 강해집니다.

–위대한 전투 업적으로 인하여 명성이 64,313 올랐습니다.

–카리스마가 4 상승하셨습니다.

–힘이 2 상승하셨습니다.

–생명력의 최대치가 1,000 증가하였습니다.

–명예가 30 늘어났습니다.

–전투 업적으로 모든 스텟이 3씩 늘어납니다.

위드는 0.5초 정도 가만히 서 있었다.

이번엔 완벽한 승리라고 할 만했다. 정말로 바드레이를 다시 이긴 것이다.

스킬이나 스텟도 짭짤한 수준이었다.

그리고…….

샤샤샥!

―철혈의 팔목 보호대를 습득하셨습니다.

―거대한 다이아몬드 원석을 습득하셨습니다.

―비밀이 봉인된 영혼 팔찌를 얻었습니다.

바드레이로부터의 전리품 수거!

그리고 콜로세움이 떠나갈 듯한 유저들의 함성이 들렸다.

"위드 만세!"

"위드 님이 또 이겼다!"

"대륙 최강인 위드!"

콜로세움 관중석에 앉아 있던 유저들이 모두 일어서서 멋진 결투를 본 감동의 박수를 치고 있었다.

베르사 대륙에서 많은 유저들이 결투를 벌이지만 이렇게 환상적인 모습을 보여 줄 수 있는 사람이 또 누가 있을까.

무신 바드레이의 신화가 다시 꺾이기도 했지만, 그들은 위드가 보여 준 검술에도 순수한 동경을 드러냈다.

위드가 사자후를 터트렸다.

"왔노라. 싸웠노라. 이겼노라!"

"와아아아아아아아!"

"만세! 위드 만세!"

"아르펜 제국의 황제 위드!"

열광의 콜로세움!

인기는 여전히 변함이 없었다.

오랜만에 대중 앞에 모습을 드러냈기에 오히려 더욱 열광적인 분위기였다.

위드와 바드레이의 결전 이후로 긴 시간이 흘렀다.

로열 로드에서는 새로운 영웅들이 탄생하고, 모험을 하며, 유저들은 열광했다.

도시와 마을이 파괴되고 대륙을 휩쓰는 대재난도 벌어졌다.

유저들은 싸우고, 타협하고, 때로는 기적도 만들어 내면서 살아갔다.

전쟁과 평화, 휴식과 발전.

로열 로드는 최고의 자리를 지켰다.

학생들의 꿈이 베르사 대륙의 황제나 모험가, 달빛 조각사가 된 지도 오래.

이현은 텔레비전 리모컨을 돌리다가 KMC미디어의 채널을 봤다.

－오주완 씨. 악신의 무덤은 여전히 모험가들의 발길을 허락하지 않네요.

－그렇습니다. 기록에 따르면 지하 99층으로 이루어져 있다고 하는데, 아직까진 그 누구도 60층 이하로 내려간 사람이 없습니다.

－과연 공략이 가능할까요? 아니면 영영 불가능할까요?

－몇몇 모험가 길드에서 악신의 무덤은 공략 불가로 판정을 내렸습니다만, 아무도 짐작할 수 없죠. 혜민 씨도 잘 알겠지만 우리에겐 불가능을 기적으로 돌려놓았던 위드도 있지 않았습니까?

신혜민은 KMC미디어의 전속 진행자로 여전히 활동하고 있었다.

오동만과 오랜 연애 끝에 결혼식을 올리고 나서 그날 저녁 푸홀 워터파크로 신혼여행을 갔다.

로열 로드에서 신혼여행을 보내는 것이 유행이기도 했지만, 푸홀 워터파크의 축제를 생중계하기 위해서였다.

"악신의 무덤이라……."

이현은 약간 흥미가 생기기도 했지만 이내 관심을 지웠다.

위드는 만능형의 잡캐로 키워 놓았기 때문에 모험, 생산, 전투, 발굴. 모든 것이 가능하다.

악신의 무덤도 공략을 시도할 수는 있겠지만, 다른 모험가들이 할 일로 남겨 두기로 했다.

"누군가는 해내겠지. 해내지 못하더라도 어쩔 수 없고."

이현은 로열 로드가 꽤 오래되었다는 생각을 했다.

로자임 왕국의 세라보그 성에서 위드라는 이름으로 시작하고, 리트바르 마굴을 소탕하며 달빛 조각사로 전직!

"그땐 참 죽을 맛이었는데."

천공의 섬에서 데스 나이트 반 호크를 만나고, 프레야 교단의 의뢰를 받아 얼어붙어 있던 모라타에 도착하여 사람들을 구하고 빙룡을 조각.

"나름 낭만도 있었지. 고생했던 일은 다 추억으로 남는 것 같아. 물론 등 따뜻하고 배부른 다음의 일이지만."

오크 카리취로 변신해서 불사의 군단과 싸웠고, 엠비뉴 교단을 퇴치하며, 수많은 조각품들을 만들었다. 북부의 개척자로, 모라타를 키워서 아르펜 제국을 건국했다.

수많은 모험을 이룩했으며 그로 인해 유저들의 생활이 바뀌었다.

많은 사람들이 푹 빠져 있는 로열 로드는 이제 꿈과 희망이 되었다.

여전히 행복한 세상이기는 하지만 새로 시작하는 유저들은 불리한 점이 많은 것도 사실이었다.

레벨 1,000을 넘는 유저들이 꽤나 많아진 시점에 그들을 쫓아가기란 무리였으니까.

장비들을 구하기 쉬워졌고, 좋은 스킬도 익히기 편해졌다. 과거보다 훨씬 성장 속도가 빨라지긴 했지만 그래도 따라잡기 힘든 격차가 생겼다.

"어딘가에서 다른 가상현실 게임이 나올 줄 알았는데."

이현은 유병준 박사의 업적이 너무나도 대단하단 걸 시간이 흐를수록 느낄 수 있었다.

로열 로드의 재미와 영향력이 너무 탁월하기에 다른 경쟁자들은 감히 개발을 시도할 수도 없었다. 세월이 지날수록 로열 로드를 개발한 이에 대한 존경심만 깊어진다고 할까.

정작 로열 로드와 인공지능 베르사의 창조주인 유병준 박사는 요즘도 실컷 현질을 해서 푸홀 워터파크에 별장을 사고 미녀들을 구경하느라 정신이 없었지만.

"그렇다면 내가 새로 하나 만들어 보는 건 어떨까?"

─로열 로드 같은 새로운 가상현실을 말입니까?

인공지능 베르사가 소파에 앉아서 대답했다.

이현에게만 보이는 모습이었지만, 실제로 이곳에 존재하는 건 아니다.

인공지능의 두뇌는 지구 전역의 생산 설비를 가동하고, 환경오염을 감소시키고, 복지 정책을 실시했다.

"내가 만들 수 있겠어? 실제로는 네가 만드는 것이 되겠지만."

─가능합니다.

"기왕이면 훨씬 더 좋은 걸로."

─로열 로드의 개발 과정과 지금까지의 운영으로 쌓인 데이터가

많습니다. 새로운 가상현실 기술도 개발되었죠. 대륙의 지형이나 모험, 몬스터에 대한 정보와 유저들의 성장과 취향 등, 자료들을 바탕으로 훨씬 나은 세계를 만들어 낼 수 있을 것입니다.

이현은 로열 로드에 대한 애착이 깊었다.

모든 모험과 사냥, 노가다까지 추억으로 남았다.

서윤과 결혼도 했고, 믿을 수 있는 동료들을 만났고, 세상을 더 알게 되었다.

그 경험이 쌓여서 인생이 바뀌었다.

제2의 고향이라고 할까.

그럼에도 다음 세대를 위해 로열 로드로는 부족했다.

"그래, 그럼 만들자. 새로운 시대를 위해. 더 많은 사람들이 꿈을 꿀 수 있도록."

새로운 가상현실을 만들라는 이현의 명령에 인공지능 베르사는 작업을 시작했다.

-대륙을 만들겠습니다.

"그래. 규모는 최대한 키우도록 해. 종족도 많이 넣고, 도시도 듬뿍 만들어 놓고. 풍경도 조금 좋았으면 해."

-그렇게 진행하겠습니다.

인공지능은 전 세계 컴퓨터 자원을 끌어모았다.

유니콘 그룹의 막대한 전산망이 있었고, 평범한 대중은 모르는 지하 비밀 시설의 컴퓨터들도 동원되었다.

로열 로드의 데이터와 유저들의 반응을 고려하여 새로운 대륙은 1달 만에 만들어졌다.

-완성되었습니다.

이현은 모니터에 나오는 3차원 지도를 보고 나서 말했다.

"이걸로는 부족해."

-네?

"규모를 최대한 키우라는 말 못 들었어? 로열 로드도 넓긴 했지만 완벽히 마음에 들진 않았어."

-어떤 점에서요?

"대륙의 모습이 좀 단순했잖아. 모험을 하려고 할 때 던전에 들어가거나, 금역을 방문하거나. 더 다양한 곳을 돌아다닐 수 있었으면 좋았을 거야. 하늘에서도 말이야."

이현도 그랬지만 사람들은 하늘을 참 좋아했다.

와이번이나 그리폰을 타고 자유롭게 날아다니는 즐거움.

비행 생명체의 도움을 받거나 마법을 써야만 날아다닐 수 있었던 건 좀 아쉬웠다.

조인족들이 인기를 끌긴 했지만, 그들도 나중에는 하늘에서의 삶이 단조롭다는 평가를 내렸다.

바다에 대해서도 미지의 영역으로 남겨 놓는 이들이 많았다.

일반인들이 깊은 바다를 돌아다녀 보는 경우가 얼마나 될까. 가상현실에서는 꿈을 쉽게 이룰 수 있었다.

"지저의 도시나 천공의 섬 같은 장소가 더 많아야 하고, 새로운 종족이 더 있는 것도 좋겠어. 여러 큰 섬을 지배하는 해상 왕국도 필요해."

-반영하도록 하겠습니다.

인공지능은 이현의 주문 사항을 반영하여 사흘 만에 대륙을 다시 완성시켰다.

이번에는 단순 지도가 아니라 모니터를 통해서 대륙의 구석구석을 직접 살펴볼 수도 있었다.

이현은 용암이 부글부글 끓는 곳을 살피다가 고개를 저었다.

"…부족해."

-어떤 점에서요?

"진짜 멋진 곳이어야지. 도시를 벗어나기만 해도 가슴이 뛰어야 해."

-반영하겠습니다.

"왕국들도 그래. 하벤 왕국이나 칼라모르 왕국이나 브리튼 연합 지역도 있었지. 그 배경이 어떤 곳들인지는 알겠어. 하지만 역사가 흐르지 않는다는 느낌이야."

-역사요?

"오래전에 죽어서 형태만 남아 있는 왕국들 같은 느낌? 그저 유저들의 정복 대상이 될 뿐이었잖아. 왕국들끼리 적극적으로 전쟁도 하고 생산도 하고 개척도 해야지. 유저들도 거기에 맞춰서 어울리고 말이야."

인공지능은 이현의 잔소리를 실컷 들은 후 대륙을 새로 만들고 왕국과 직업, 종족을 다시 설정해야 했다.

"모험도 더 만들어."

ㅡ로열 로드의 모험도 많았다는 평가가 대부분입니다만.

"꿈과 환상이 있어야 한다고. 신계나 마계, 정령계 등을 더 적극적으로 탐험하고… 업적이나 성장에도 한계가 없어야 돼."

ㅡ알겠습니다.

"로열 로드와는 다를 거야. 시작부터 엄청난 인원의 유저들이 함께 살아가게 될 테니까. 그냥 평범한 세상을 하나 더 만드는 건 의미가 없어. 그들이 꿈을 꿀 수 있도록 해야 돼."

ㅡ반영하겠습니다.

"사람들이 꿈꾸는 걸 멈추지 않을 수 있도록. 그런 멋진 세상을 우린 만들어야 해."

THE END

꿈의 도약, 로크에서 하십시오
(주)로크미디어에서 신인 작가를 모십니다

즐거운 세상, 로크미디어는 꿈을 사랑하고 도전을 두려워하지 않는 작가 분들의 참신한 작품을 기다리고 있습니다. 21세기 장르 문학계를 이끌어 갈 차세대 선두 주자 (주)로크미디어에서 여러분의 나래를 활짝 펴 보시길 바랍니다.

모집 분야 판타지와 무협을 포함한 장르 문학
모집 대상 아마추어 작가, 인터넷 작가
모집 기한 수시 모집
  작품 접수 시 유의 사항
    1. 파일명은 작가명_작품명.hwp형식을 갖춰 주십시오.
    1. 파일에 들어갈 내용은 다음과 같습니다.
      − 성명(필명인 경우 실명을 밝혀 주세요), 연락처, 이메일 주소.
      − 제목, 기획 의도.
      − A4 용지 1장 분량의 등장인물 소개.
      − A4 용지 2장 분량의 전체 줄거리.
      − 본문.
    1. 작품이 인터넷에 연재되고 있다면, 게시판명과 사이트의 구체적이고 정확한 주소를 기재해 주십시오.

선택된 작품은 정식 계약 후 출판물로 간행되어 전국 서점에 유통됩니다.
작가분은 (주)로크미디어의 전폭적인 지원하에 전속 작가로 활동하시게 됩니다.
※ 자세한 내용은 로크미디어 홈페이지(rokmedia.com)를 참조하세요.

(03920) 서울시 마포구 성암로 330 DMC첨단산업센터 3층 318호
(주)로크미디어 편집부 신간 기획 담당자 앞
전화 : 02 − 3273 − 5135
www.rokmedia.com   이메일 : rokmedia@empas.com

서상현 판타지 장편소설

환생한
대마법사의
정주행

학교에서 펼쳐지는 배틀 로열!
낙제생의 참교육(?)이 시작된다!

힘에 눈먼 제자에게 살해당한
마법 학교 교장, 대마법사 아르키스
전생의 힘을 고스란히 간직한 채
퇴학을 앞둔 낙제생의 몸으로 환생하다!

미친, 학생을 마력을 높이는 제물로 쓰다니!

성배 재료 양성소로 바뀌어 버린 학교
선생부터 학생까지 모두 개판!
아르키스는 이 모든 걸 되돌리기 위해
교장실까지 미친 정주행을 시작하는데……

재능 먹는 플레이어

갈드 퓨전 판타지 장편소설

**유재무죄 무재유죄!
지금 지구는 大플레이어 시대!**

재능충만 인정받는 더러운 헌터민국!
하루하루 힘겹게 버텨 가던 무재능 인간 영민
하지만 오늘은 정말 재수가 없었다

마왕과 SSS급 태양의 기사 라실
그들의 최후 결전에 휘말린 영민
얼떨결에 마왕의 해골바가지를 지르밟고
라실을 살리려다 도리어 막타(?)를 치고 마는데……

"어? 어??? 어!!!!"

[재능 탐욕 SSS를 각성하셨습니다.]
[재능 마왕 SSS, 세계수 SSS를 포식합니다.]
[이제부터 해당 재능들이 가진 힘을 사용할 수 있습니다.]

**유재능을 넘어 트리플 SSS급 플레이어 영민
그의 숨 가쁜 재능 탐식이 시작된다!**